Eine bezaubernde Erbin

SHERRY THOMAS

Sherry Thomas: „Eine bezaubernde Erbin"
© 2012 Sherry Thomas
Originaltitel: „Ravishing the Heiress"

© 2013 Deutsche Erstausgabe, Übersetzung: Bettina Ain für Agentur Libelli
Lektorat: Ute-Christine Geiler & Birte Lilienthal, Agentur Libelli

Titelbild: Gestaltung – © 2013 Frauke Spanuth

KAPITEL 1

Schicksal

ES WAR LIEBE AUF DEN ERSTEN BLICK.

Es war nichts dabei, sich auf den ersten Blick zu verlieben, aber Millicent Graves war nicht dazu erzogen worden, sich überhaupt zu verlieben, und schon gar nicht Hals über Kopf.

Sie war das einzige Kind eines Mannes, der mit der Herstellung von Konservendosen reich geworden war. Lange bevor sie solche Dinge verstehen konnte, war entschieden worden, dass sie eine gute Partie machen sollte – damit durch sie das Familienvermögen mit einem alten und erhabenen Titel verknüpft werden würde.

Millies Kindheit hatte daher aus endlosen Unterrichtsstunden bestanden: Musik, Zeichnen, Kalligraphie, Rhetorik, Etikette und, wenn noch Zeit blieb, moderne Sprachen. Mit zehn konnte sie anmutig mit drei Büchern auf dem Kopf die Treppe hinabschweben. Mit zwölf konnte sie stundenlang auf Französisch, Italienisch und Deutsch höfliche Konversation machen. Und an ihrem vierzehnten Geburtstag konnte Millicent, die kein besonderes musikalisches Talent besaß, endlich Liszts *Douze Grandes Études* spielen, was sie einzig und allein ihrem Fleiß und ihrer Entschlossenheit zu verdanken hatte.

Im selben Jahr erkannte ihr Vater, dass sie niemals eine große Schönheit – oder überhaupt schön – werden würde, und begann die Suche nach einem aristokratischen Bräutigam, der verzweifelt genug war, ein Mädchen zu heiraten, dessen Familienvermögen von – Gott bewahre! – Sardinen herrührte.

Die Suche endete zwanzig Monate später. Mr Graves war nicht besonders glücklich mit der Wahl, da der Titel des einen Earls, der bereit war, im Austausch für ihr Vermögen um die Hand seiner Tochter anzuhalten, weder besonders alt noch besonders großartig

3

war. Aber Dosensardinen haftete ein derartiges Stigma an, dass selbst dieser Earl Mr Graves' letzten Heller verlangte.

Und dann, nachdem monatelang verhandelt worden, alle Vereinbarungen niedergeschrieben und unterzeichnet worden waren, besaß der Earl die Rücksichtslosigkeit, einfach im Alter von dreiunddreißig tot umzufallen. Jedenfalls empfand Mr Graves seinen Tod als gedankenlose Beleidigung. Millie weinte in der Ungestörtheit ihres Zimmers.

Sie hatte den Earl nur zweimal gesehen und war weder von seinem blutleeren Äußeren, noch von seinem missmutigen Wesen begeistert. Aber er hatte auf seine Art ebenso wenig eine Wahl wie sie. Sein Landsitz war ihm in einem schrecklich baufälligen Zustand hinterlassen worden, und seine Pläne zur Verbesserung der Situation hatten wenig bis gar keine Wirkung gezeigt. Als er versuchte, eine Erbin von angesehenerer Herkunft zu umwerben, war er kläglich gescheitert, vermutlich, weil sowohl sein Aussehen als auch sein Charakter wenig hermachten.

Ein temperamentvolleres Mädchen hätte sich gegen einen Bräutigam gewehrt, der siebzehn Jahre älter war als sie. Ein unternehmungslustigeres Mädchen hätte ihre Eltern davon überzeugt, dass sie sich selbst auf dem Heiratsmarkt umsehen durfte. Millie war kein solches Mädchen.

Sie war ein ruhiges, ernstes Kind, das instinktiv verstand, wie viel von ihr erwartet wurde. Und obwohl es durchaus wünschenswert war, dass sie alle zwölf der *Grandes Études* gut spielen konnte statt nur elf, so ging es am Ende bei ihrer Ausbildung nicht um die Musik – oder um Sprachen oder Benehmen –, sondern um Disziplin, Selbstbeherrschung und Verzicht.

Liebe war nie Teil der Gleichung gewesen. Ihre Meinung war nie Teil der Gleichung gewesen. Es war das Beste, dass sie sich von dem Prozess löste, denn sie war nur ein Rädchen in der großen Maschinerie, die „eine gute Partie machen" hieß.

In jener Nacht weinte sie allerdings um den Mann, der, genau wie sie, keinerlei Einfluss darauf hatte, wie sein Leben verlief. Aber die große Maschinerie ratterte weiter. Zwei Wochen nach der Beerdigung von Earl Fitzhugh luden die Graves seinen entfernten Cousin, den neuen Earl Fitzhugh, zum Essen ein.

Millie hatte nur wenig über den verstorbenen Earl gewusst. Sie wusste noch weniger über den neuen, außer, dass er erst neunzehn

Jahre alt war und in seinem letzten Jahr in Eton war. Dass er so jung war, verstörte sie ein wenig – sie war darauf vorbereitet gewesen, einen älteren Mann zu heiraten, nicht einen, der praktisch in ihrem eigenen Alter war. Aber davon abgesehen dachte sie nicht weiter über ihn nach: Ihre Hochzeit war ein Geschäftsabschluss, je weniger sie sich persönlich damit befasste, desto unproblematischer würde alles verlaufen.

Leider war es mit ihrer Gleichgültigkeit – und ihrem Seelenfrieden – in dem Moment vorbei, als der neue Earl durch die Tür trat.

MILLIE HATTE DURCHAUS EINE EIGENE MEINUNG. Sie achtete sehr genau auf das, was sie sagte und tat, aber ihrer Fantasie erlegte sie nur selten Beschränkungen auf. Das war die einzige Freiheit, die sie hatte.

Manchmal, wenn sie nachts im Bett lag, stellte sie sich vor, sich zu verlieben, wie es in den Büchern von Jane Austen geschah – ihre Mutter gestattete ihr nicht, die Brontës zu lesen. Liebe, so schien es ihr, war das Ergebnis von genauer, kluger Beobachtung. Miss Elizabeth Bennet, zum Beispiel, war nicht der Meinung, dass Mr Darcy einen guten Ehemann abgeben würde, bis sie sah, wie beeindruckend Pemberley war, welches für Mr Darcys ebenso beeindruckenden Charakter stand.

Millie stellte sich vor, dass sie eine wohlhabende, unabhängige Witwe war, die die Herren in ihrer Reichweite mit ironischem, aber keinesfalls boshaftem Scharfsinn prüfte. Und wenn sie Glück hatte, würde sie den einen Gentleman mit gutem Charakter, Verstand und Humor finden.

Das schien ihr der Inbegriff romantischer Liebe zu sein: die stille Zufriedenheit zweier verwandter Seelen, die in sanfter Harmonie zusammenfanden.

Ihr innerer Aufruhr, als der neue Earl Fitzhugh in das Gesellschaftszimmer geführt wurde, traf sie daher völlig unvorbereitet. Es war, als erschiene ihr ein Engel, dessen grelles weißes Licht sie blendete. Von diesem übernatürlichen Strahlen eingehüllt stand vor ihr ein junger Mann, der seine Flügel gerade in diesem Moment zusammengefaltet haben musste, um zumindest im Ansatz einem Sterblichen zu ähneln.

Aus reinem Selbstschutz senkte sie instinktiv den Kopf, bevor sie noch die Herrlichkeit seiner Züge ganz begriffen hatte. Aber in ihrem Inneren herrschte wilde Aufregung, ein Gefühl, das zu gleichen Teilen aus Freude und Elend bestand.

Hier musste ein Fehler vorliegen. Der verstorbene Graf konnte unmöglich einen Cousin haben, der so aussah. Jeden Augenblick würde er als Kommilitone des neuen Earls vorgestellt werden, oder vielleicht als Sohn Colonel Clements', des Vormunds des jungen Earls.

„Millie", sagte ihre Mutter, „darf ich dir Lord Fitzhugh vorstellen. Lord Fitzhugh, meine Tochter."

Großer Gott, er war es doch. Dieser umwerfend gutaussehende junge Mann war der neue Lord Fitzhugh.

Sie musste ihren Blick heben. Er erwiderte ihn mit ruhigen, blauen Augen, als er ihr die Hand gab.

„Miss Graves", sagte er.

Ihr Herz schlug wie trunken. Sie war so eine absolute Aufmerksamkeit eines Mannes nicht gewohnt. Natürlich kannte sie die freundliche Aufmerksamkeit ihrer Mutter, aber wenn ihr Vater mit ihr sprach, so hing sein Blick immer halb auf seiner Zeitung.

Lord Fitzhugh hingegen konzentrierte sich völlig auf sie, als wäre sie die wichtigste Person, der er je begegnet war.

„Mylord", murmelte sie. Sie nahm die Wärme auf ihrem Gesicht ebenso unangenehm wahr wie die Perfektion seiner Wangenknochen, die die Alten Meister sofort hätte zum Pinsel greifen lassen.

Gleich nach ihrer Vorstellung wurde das Abendessen aufgetragen. Der Earl bot Mrs Graves seinen Arm, und Millie verbarg nur mühsam ihren Neid, während sie Colonel Clements' Arm nahm.

Sie blickte zum Earl, als der gerade in ihre Richtung sah. Ihre Blicke trafen sich einen Augenblick lang.

Hitze strömte durch ihre Adern. Sie wurde nervös, fühlte sich beinahe benommen.

Was war nur mit ihr los? Millicent Graves, Mauerblümchen *par excellence*, durch deren Adern der *Mangel* an Leidenschaft floss, empfand solch seltsam aufflammende Wallungen nicht. Um Himmels Willen, sie hatte ja noch nicht einmal einen Brontë-Roman gelesen. Warum fühlte sie sich dann auf einmal wie eines der jungen

Bennet-Mädchen, die kicherten und kreischten und sich nicht im Geringsten beherrschen konnten?

Sie war sich nur am Rande des Umstands bewusst, dass sie nichts über den Charakter, Verstand oder das Temperament des Earls wusste. Dass sie sich oberflächlich und närrisch aufführte, als wollte sie den Karren vor den Ochsen spannen. Aber das Chaos in ihrem Inneren hatte ein Eigenleben entwickelt.

Als sie den Salon betraten, sagte Mrs Clements: „Was für ein wunderbar gedeckter Tisch. Finden Sie nicht auch, Fitz?"

„In der Tat", sagte der Earl.

Sein Name war George Edward Arthur Granville Fitzhugh – der Familienname war auch zugleich der Titel. Aber offensichtlich nannten ihn die, die ihn kannten, Fitz.

Fitz. Ihre Lippen und Zähne spielten mit der Silbe. *Fitz*.

Beim Essen ließ der Earl Colonel Clements und Mrs Graves den größten Teil der Unterhaltung bestreiten. War er schüchtern? Beherzigte er noch immer der Vorstellung, dass man Kinder sehen, aber nicht hören sollte? Oder nutzte er die Gelegenheit, sich ein Bild von seinen zukünftigen Schwiegereltern zu machen – und somit auch von seiner zukünftigen Frau?

Allerdings schien er ihr selbst keinerlei Aufmerksamkeit zu schenken. Es wäre ihm auch nicht leicht gefallen: Ein dreistöckiger, silberner Tafelaufsatz mit Orchideen, Lilien und Tulpen an jedem seiner sieben Arme versperrte ihm die Sicht.

Durch Blüten und Stängel konnte sie manchmal einen Blick auf sein Lächeln erhaschen – wobei ihr jedes Mal die Ohren glühten, auch wenn es Mrs Graves zu seiner Rechten galt und nicht ihr. Allerdings noch häufiger sah er zu ihrem Vater.

Ihr Großvater und ihr Onkel hatten das Vermögen der Graves aufgebaut. Als sich die Geldsäcke der Familie füllten, war ihr Vater jung genug gewesen, um nach Harrow geschickt zu werden. Er hatte sich wie erwartet die Sprechweise der Oberschicht angeeignet, aber sein natürliches Temperament war zu blass, um seine Bildung in vollem Glanz aufstrahlen zu lassen, wie es die Familie eigentlich gehofft hatte.

Dort saß er nun, am Kopf des Tisches, weder ein risikofreudiger Hasardeur wie sein verstorbener Vater, noch ein charismatischer, kühl kalkulierender Unternehmer wie sein verstorbener Bruder, sondern ein Bürokrat, ein Verwalter des Reichtums und Besitzes, der ihm anvertraut worden waren. Ganz sicher keiner der aufregendsten Männer.

Und doch gehörte ihm an diesem Abend die ganze Aufmerksamkeit des jungen Earls.

Hinter ihm hing ein riesiger Spiegel mit verziertem Rahmen an der Wand, der die Gesellschaft bei Tisch in allen Details wiedergab. Millie sah manchmal in den Spiegel und stellte sich vor, sie wäre eine unbeteiligte Beobachterin, die eine private Mahlzeit in all ihren Nuancen dokumentierte. Aber an diesem Abend hatte sie es noch nicht gewagt, in den Spiegel zu schauen, da der Earl am anderen Ende des Tisches neben ihrer Mutter saß.

Sie fand ihn im Spiegel. Ihre Blicke trafen sich erneut.

Er hatte nicht zu ihrem Vater gesehen. Im Spiegel hatte er *sie* angesehen.

Mrs Graves hatte sie über die Geheimnisse der Ehe aufgeklärt – sie hatte nicht gewollt, dass Millie von den Tatsachen des Lebens regelrecht überfallen wurde. Die Wahrheit über das, was sich zwischen einem Mann und einer Frau hinter verschlossenen Schlafzimmertüren abspielte, hatte dafür gesorgt, dass Millie Vertretern des anderen Geschlechtes üblicherweise mit einer gewissen Vorsicht begegnete. Aber seine Aufmerksamkeit löste ein Feuerwerk in ihr aus – Wonneschauer explodierten in ihr, vollkommene Glücksgefühle brachen über sie herein.

Wenn sie verheiratet wären und allein …

Sie errötete.

Aber sie wusste es schon: Es würde ihr nichts ausmachen.

Nicht mit ihm.

Die Herren hatten sich kaum wieder im Salon zu den Damen gesellt, als Mrs Graves verkündete, dass Millie der Gesellschaft etwas vorspielen werde.

„Millicent beherrscht das Pianoforte wirklich hervorragend", sagte sie.

Dieses Mal freute sie sich darauf, ihre Fähigkeit zur Schau stellen zu können – ihr fehlte vielleicht wahres musikalisches Talent, aber ihre Technik war perfekt.

Als sie sich an das Klavier setzte, wandte sich Mrs Graves an Lord Fitzhugh: „Mögen Sie Musik, Sir?"

„Sehr sogar", antwortete er. „Kann ich Miss Graves vielleicht behilflich sein? Ich könnte die Seiten für sie umblättern."

Millies Hand hielt über dem Notenhalter inne. Die Sitzbank war nicht besonders lang. Er würde dicht neben ihr sitzen.

„Bitte", sagte Mrs Graves.

Tatsächlich setzte er sich so dicht neben sie, dass sein Hosenbein die Rüschen ihres Rockes berührte. Er duftete frisch und anregend, wie ein Nachmittag auf dem Land. Und das Lächeln auf seinem Gesicht, als er seinen Dank murmelte, ließ sie vergessen, dass eigentlich sie ihm hätte danken müssen.

Er sah von ihr weg zum Notenblatt. „Die *Mondscheinsonate*. Haben Sie nicht etwas Längeres?"

Die Frage verwirrte – und erfreute – sie. „Normalerweise hört man nur den ersten Satz der Sonate, das *Adagio Sostenuto*. Aber es gibt zwei zusätzliche Sätze. Ich kann nach dem ersten Satz weiterspielen, wenn Sie möchten."

„Ich wäre Ihnen sehr verbunden."

Sie war froh, dass sie fast automatisch und größtenteils aus dem Gedächtnis spielen konnte, denn sie konnte sich überhaupt nicht auf die Noten konzentrieren. Seine Fingerspitzen ruhten leicht auf der Ecke des Notenpapiers. Er hatte wunderschöne Hände, stark und elegant. Sie stellte sich vor, wie er eine seiner Hände um einen Kricketball schloss – es war beim Essen erwähnt worden, dass er in der Schulmannschaft spielte. Der Ball, den er warf, musste schnell wie ein Blitz sein. Er würde ein Krickettor sofort umwerfen und den Schlagmann ausscheiden lassen, und die Menge würde in Jubelrufe ausbrechen.

„Ich habe eine Bitte, Miss Graves." Er senkte seine Stimme beinahe zu einem Flüstern.

Während sie spielte, konnte ihn außer ihr niemand hören.

„Ja, Mylord?"

„Ich möchte, dass Sie weiterspielen, ganz gleich, was ich sage."

Ihr Herz setzte einen Schlag lang aus. Jetzt ergab alles langsam Sinn. Er wollte neben ihr sitzen, damit sie sich in einem Raum voller Erwachsener privat unterhalten konnten.

„Gut, ich spiele weiter", entgegnete sie. „Was möchten Sie sagen, Sir?"

„Ich möchte wissen, ob Sie zu dieser Ehe gezwungen werden?"

Lediglich die unzähligen Stunden, die sie am Klavier verbracht hatte, hielten Millie davon ab, abrupt innezuhalten. Ihre Finger drückten weiterhin die richtigen Tasten. Noten verwandelten sich ohne ihr Zutun in Töne. Aber es war, als würde jemand im Nachbarhaus am Klavier sitzen. Sie nahm die Musik nur wie aus großer Ferne wahr.

„Vermittle ... vermittle ich den Eindruck, dass ich gezwungen würde, Sir?" Selbst ihre Stimme klang ihr fremd.

Er zögerte. „Ganz und gar nicht."

„Warum fragen Sie dann?"

„Sie sind sechzehn."

„Es ist nicht besonders ungewöhnlich, mit sechzehn zu heiraten."

„Einen Mann, der mehr als doppelt so alt ist?"

„Sie klingen so, als sei der Earl altersschwach gewesen. Er war ein Mann in den besten Jahren."

„Ich bin mir sicher, dass manche dreiunddreißigjährigen Männer Sechzehnjährige dahinschmelzen lassen, aber mein Cousin war kein solcher Mann."

Sie kamen ans Ende der Seite, und er blätterte gerade noch rechtzeitig um. Sie warf ihm einen raschen Blick zu, doch er sah sie nicht an.

„Darf ich Ihnen eine Frage stellen, Mylord?", hörte sie sich selbst sagen.

„Bitte."

„Werden *Sie* dazu gezwungen, mich zu heiraten?"

Bei ihren Worten wurde ihr schwindlig, als wiche ihr alles Blut aus dem Körper. Sie hatte Angst vor seiner Antwort. Nur ein Mann, der selbst gezwungen wurde, würde sich die Frage stellen, ob nicht auch sie unter demselben Druck stand.

Er schwieg eine Weile. „Finden Sie diese Art Absprachen nicht auch außerordentlich geschmacklos?"

Freude und Elend – sie war zwischen diesen beiden völlig entgegengesetzten Gefühlen hin und her gerissen gewesen. Aber jetzt war ihr nur noch elend zumute. Seine Stimme klang höflich. Aber seine Frage klagte sie der Mittäterschaft an. Er wäre nicht hier, wenn sie nicht zugestimmt hätte.

„Ich ..." Sie spielte das *Adagio Sostenuto* viel zu schnell – kein Mondlicht in ihrer Sonate, nur im Sturm gegen Fensterläden peitschende Äste. „Ich schätze, ich hatte Zeit, mich damit abzufinden. Ich wusste mein ganzes Leben lang, dass ich in dieser Angelegenheit kein Mitspracherecht haben würde."

„Mein Cousin hat jahrelang gewartet", sagte der Earl. „Er hätte früher heiraten und einen Erben bekommen sollen, dem er alles hinterlassen konnte. Wir sind nur ganz entfernt verwandt."

Er will mich gar nicht heiraten, dachte sie benommen, nicht im Geringsten.

Das war ihr nicht neu. Sein Vorgänger hatte sie auch nicht heiraten wollen. Sie hatte seine Abneigung als etwas, was zu erwarten gewesen war, akzeptiert. Hatte auch nie etwas anderes erhofft. Aber die Unwilligkeit des jungen Mannes auf der Klavierbank neben ihr … Es war, als hielte sie einen Eisklumpen in den bloßen Händen, dessen Kälte sich in schwarzen, brennenden Schmerz verwandelte.

Es war demütigend, sich so nach jemandem zu verzehren, der ihre Gefühle nicht erwidern konnte, der den bloßen Gedanken, sie zur Frau nehmen zu müssen, so abstoßend fand.

Er blätterte zur nächsten Seite. „Denken Sie nie bei sich: *Nein, das werde ich nicht tun?*"

„Natürlich habe ich daran *gedacht*", sagte sie, nach all den Jahren des stillen Gehorsams plötzlich verbittert. Aber sie zwang sich, ihre Stimme ruhig und gleichmäßig klingen zu lassen. „Und dann denke ich ein wenig weiter. Laufe ich davon? Meine Fertigkeiten als Dame sind jenseits der Mauern dieses Hauses nicht sehr nützlich. Biete ich meine Dienste als Gouvernante an? Ich weiß nichts über Kinder – rein gar nichts. Weigere ich mich einfach und warte ab, ob mein Vater mich so sehr liebt, dass er mich nicht enterbt? Ich bin mir nicht sicher, ob ich den Mut dazu habe, das herauszufinden."

Er rieb die Ecke eines Notenblattes zwischen seinen Fingern. „Wie ertragen Sie das?"

Dieses Mal lag kein anklagender Unterton in seiner Frage. Wenn sie wollte, konnte sie darin sogar eine Art trostloses Mitgefühl erkennen. Was ihr Elend, dieses garstige Monster mit messerscharfen Zähnen, nur steigerte.

„Ich beschäftige mich mit anderen Dingen und denke nicht zu genau darüber nach." Ihre Stimme klang so bitter, wie sie es sich nur selten gestattete.

Da, jetzt war es klar. Sie war ein stumpfsinniger Automat, der alles tat, was andere ihm auftrugen: aufstehen, schlafen gehen und zwischendurch eine Menge Verachtung von künftigen Ehemännern ernten.

Sie hatten einander nichts mehr zu sagen und tauschten nur noch die üblichen Höflichkeiten am Ende ihres Vortrages aus. Jeder applaudierte. Mrs Clements sagte sehr nette Dinge über Millies musikalisches Können – was sie aber kaum hörte.

Der Rest des Abends zog sich in die Länge so lange wie Königin Elizabeths Herrschaft.

Mr Graves, der für gewöhnlich sehr ruhig und schweigsam war, unterhielt sich lebhaft mit dem Earl über Kricket. Millie und Mrs Graves hörten sich aufmerksam Colonel Clements' Armeegeschichten an. Hätte jemand durch das Fenster hineingesehen, wäre ihm die Gesellschaft im Salon äußerst normal und recht gut gelaunt erschienen.

Und doch lag genug Kummer in der Luft, um Blumen welken und Tapeten sich verziehen zu lassen. Niemand bemerkte die Niedergeschlagenheit des Earls. Und niemand – außer Mrs Graves, die Millie immer wieder besorgt musterte – bemerkte ihre. War Unglück wirklich so unsichtbar? Oder wandten die Leute einfach nur den Blick davon ab, als handelte es sich um Aussatz?

Nachdem die Gäste gegangen waren, erklärte Mr Graves das Abendessen zu einem *succès énorme,* einem gewaltigen Erfolg. Und er, der dem vorherigen Earl durch und durch skeptisch gegenübergestanden hatte, lobte dessen jungen Nachfolger in den höchsten Tönen. „Ich freue mich darauf, Lord Fitzhugh zum Schwiegersohn zu haben."

„Er hat mir noch keinen Antrag gemacht", erinnerte ihn Millie. „Und er wird es vielleicht auch nie tun."

Zumindest hoffte sie das. Sollten sie doch jemand anderen für sie finden. Irgendjemand anderen. „Oh, er wird dir auf jeden Fall einen Antrag machen", sagte Mr Graves. „Er hat keine andere Wahl."

„HAST DU WIRKLICH KEINE ANDERE WAHL?", fragte Isabelle.

In ihren Augen glitzerten Tränen. Hilflosigkeit brannte in Fitz. Er konnte nichts tun, um diese Zukunft aufzuhalten, die wie ein entgleister Zug auf ihn zuraste, und noch weniger, um den Schmerz der Frau, die er liebte, zu lindern.

„Die einzige Wahl, die ich habe, ist, nach London zu gehen, um eine andere Erbin zu finden, die bereit ist, mich zu heiraten."

Sie wandte ihr Gesicht ab und fuhr sich mit der Hand über die Augen. „Wie ist sie, diese Miss Graves?"

Wen kümmerte das schon? Er konnte sich nicht an ihr Gesicht erinnern. Er wollte es auch gar nicht. „Es gibt nichts, was gegen sie spricht."

„Ist sie hübsch?"

Er schüttelte den Kopf. „Das weiß ich nicht. Und es interessiert mich auch nicht."

Sie war nicht Isabelle – sie konnte nie hübsch genug sein.

Es war ihm unerträglich, Miss Graves als unverrückbaren Teil seines Lebens zu betrachten. Er fühlte sich missbraucht. Er hob die Schrotflinte und drückte den Abzug. Fünfzehn Meter von ihnen entfernt explodierte eine Tontaube. Der Boden war von Scherben übersät. Es war eine qualvolle Unterhaltung gewesen.

„Nächstes Jahr um diese Zeit könntest du ein Kind haben", sagte sie mit brechender Stimme. „Die Graves wollen ja was für ihr Geld haben – und das schon bald."

Oh Gott, natürlich würden sie das von ihm erwarten. Eine weitere Tontaube zersprang. Er spürte den Rückstoß an seiner Schulter kaum.

Es war ihm zunächst nicht so schrecklich vorgekommen, aus heiterem Himmel Earl zu werden. Er wusste sofort, dass er seine Pläne, in die Armee einzutreten, aufgeben musste: Ein Earl, auch wenn er noch so arm war, war zu wertvoll, um an vorderster Front zu kämpfen. Es war ein heftiger Schlag gewesen, aber bei Weitem nicht niederschmetternd. Er hatte sich für das Militär entschieden, weil es ihm etwas abverlangen würde. Ein Anwesen vor dem Ruin zu retten und wiederaufzubauen, war ebenso anspruchsvoll und ehrenhaft. Und er hatte nicht angenommen, dass es Isabelle etwas ausmachen würde, Countess zu werden. Sie würde eine hervorragende Figur in der Gesellschaft abgeben.

Aber sobald er Henley Park, seinen neuen Wohnsitz, betrat, gerann ihm das Blut in den Adern. Er war mit seinen neunzehn Jahren kein armer Earl geworden, sondern ein vollkommen mittelloser.

Der Zustand des Landsitzes war erschreckend. Die Orientteppiche im Herrenhaus waren mottenzerfressen, genau wie die Samtvorhänge. Durch viele der Kamine zog der Rauch nicht ab: Die Wände und Gemälde waren rußgeschwärzt. Und in jedem der oberen Räume waren die Decken grün und grau mit Schimmel bedeckt, der sich wie die Linien einer verzerrten Landkarte überallhin ausbreitete.

Ein Haus von dieser Größe benötigte fünfzig Diener allein im Haus und kam notfalls mit dreißig aus. Aber in Henley Park waren die Bediensteten auf fünfzehn gekürzt worden, von denen die eine Hälfte zu jung – viele der Hausmädchen waren gerade erst zwölf Jahre alt – und die andere zu alt war. Einige der Bediensteten arbeiteten schon ihr ganzes Leben für die Familie und konnten nirgendwo anders hin.

In seinem Zimmer knarzte alles: der Boden, das Bett, die Türen des Kleiderschrankes. Die Rohrleitungen waren hoffnungslos veraltet. Der lange Niedergang des Familienvermögens hatte begonnen, ehe es zu entscheidenden Modernisierungen der Innenausstattung hatte kommen können. In den drei Nächten, die er dort verbracht hatte, hatte er zitternd vor Kälte dagelegen und den munteren Zusammenkünften der Ratten in den Wänden gelauscht.

Es war noch einen Schritt von einer völligen Ruine entfernt, aber es war nur ein sehr kleiner Schritt.

Isabelles Familie war durch und durch ehrbar. Die Pelhams, wie die Fitzhughs selbst, waren mit einigen Familien des Hochadels verwandt und galten allgemein als zuverlässig, aufrecht und gottesfürchtig, kurz: sie waren so etwas wie der Stolz des niederen Adels. Aber weder die Fitzhughs noch die Pelhams waren wohlhabend. Die Geldmittel, die sie zusammenkratzen konnten, würden nicht einmal reichen, um das Dach von Henley Park abzudichten oder das verrottende Fundament instand zu setzen.

Wenn es aber nur das Haus gewesen wäre, hätten sie es mit einigen Entbehrungen noch irgendwie hinbekommen. Unglücklicherweise hatte er auch achtzigtausend Pfund Schulden geerbt. Und davor gab es kein Entkommen.

Wäre er zehn Jahre jünger, hätte er seinen Kopf in den Sand stecken können und Colonel Clements hätte sich um seine Probleme kümmern müssen. Aber in zwei Jahren wurde er volljährig, war also fast schon ein Mann. Er konnte vor seinen Problemen nicht davonlaufen, die sich mit jedem Augenblick der Unachtsamkeit mit Sicherheit nur verschlimmern würden.

Die einzige mögliche Lösung bestand im Verkauf seiner Person. Er würde seinen verfluchten Titel gegen eine Erbin tauschen, deren

Vermögen groß genug war, um seine Schulden zu begleichen und sein Haus zu retten.

Aber dazu musste er Isabelle aufgeben.

„Lass uns nicht mehr davon reden", sagte er mit zusammengebissenen Zähnen.

Er verlangte nicht viel vom Leben. Der Weg, den er für sich selbst vorgezeichnet hatte, war einfach und geradlinig: Offiziersausbildung in Sandhurst, der ein Offizierspatent folgen würde, und sobald er seine erste Beförderung erhielt, wollte er um ihre Hand anhalten. Sie war nicht nur schön, sie war auch intelligent, widerstandsfähig und abenteuerlustig. Zusammen wären sie unglaublich glücklich geworden.

Tränen rollten ihr über die Wangen. „Ob wir nun davon reden oder nicht, es wird ja doch geschehen."

Sie hob ihre Schrotflinte und schoss die letzte verbliebene Tontaube in Stücke. Zersplittert wie sein Herz.

„Ganz gleich, was auch passiert …"

Er konnte nicht weitersprechen. Er war nicht länger in der Lage, ihr seine Liebe zu gestehen. Was auch immer er sagte, es würde die Sache nur noch schlimmer machen.

„Heirate sie nicht", flehte sie mit heiserer Stimme und feurigem Blick. „Vergiss Henley Park. Lass uns zusammen durchbrennen."

Wenn das doch bloß möglich wäre. „Wir sind beide noch nicht volljährig. Unsere Ehe wäre ohne die Zustimmung deines Vaters und meines Vormundes nicht gültig. Ich weiß nicht, wie dein Vater dazu steht, aber Colonel Clements ist fest entschlossen, dass ich meine Pflicht tue. Er würde dich eher in den Ruin treiben, als unsere Ehe zu erlauben."

Über ihnen grollte Donner. „Isabelle, Lord Fitzhugh", rief ihre Mutter aus dem Haus. „Kommt besser rein. Es regnet gleich!"

Keiner von beiden rührte sich.

Regentropfen landeten auf seinem Kopf, jeder so schwer wie ein Kiesel.

Sie starrte ihn an. „Erinnerst du dich an deinen ersten Besuch hier?"

„Natürlich."

Er war sechzehn gewesen, sie fünfzehn. Er war am Ende des Michaelis-Trimesters mit Pelham, Hastings und zwei weiteren Schulkameraden aus Eton hergekommen. Sie kam die Treppe hinabgelaufen, um Pelham zu umarmen. Fitz hatte sie vorher schon gesehen, als sie Pelham in Eton besucht hatte, aber an jenem Tag war sie nicht länger das kleine Mädchen mehr, sondern eine anmutige, junge Frau, voller Lebensdrang und Elan. Das Licht der Nachmittagssonne, das schräg in die Eingangshalle fiel, ließ sie aussehen, als stünde sie in Flammen. Und als sie sich umdrehte und zu ihm: „Ah, Mr Fitzhugh, ich erinnere mich an Sie", sagte, war es bereits um ihn geschehen.

„Erinnerst du dich an die Kampfszene in *Romeo und Julia?*", fragte sie leise.

Er nickte. Er wünschte sich, dass er die Zeit zurückdrehen, die Gegenwart hinter sich lassen und stattdessen wieder in jenen glücklicheren Tagen leben könnte.

„Ich erinnere mich ganz deutlich an alles: Gerry war Tybalt und du Mercutio. Du hattest einen von Vaters Gehstöcken in einer Hand und ein belegtes Brot in der anderen. Du hast einmal abgebissen und gespottet: ‚Tybalt, du Ratzenfänger! willst du dran?'" Sie lächelte trotz ihrer Tränen. „Dann hast du gelacht. Mein Herz setzte kurz aus, und ich wusste in dem Moment, dass ich den Rest meines Lebens mit dir verbringen wollte."

Sein Gesicht war feucht. „Du wirst einen Besseren finden." Er zwang sich zu den Worten.

„Ich will niemand anderen. Ich will nur dich."

Und er wollte nur sie. Aber es sollte nicht sein. Sie sollten nicht zusammen kommen.

Es regnete in Strömen. Es war ein erbärmlicher Frühling gewesen. Er bezweifelte, jemals wieder unter einem wolkenlosen Himmel zu stehen.

„Isabelle, Lord Fitzhugh, kommt sofort rein", wiederholte Mrs Pelham.

Sie rannten. Als sie das Haus erreichten, griff sie nach seinem Arm und zog ihn zu sich. „Küss mich."

„Ich kann nicht. Selbst wenn ich nicht um Miss Graves anhalte, werde ich eine andere heiraten."

„Hast du jemals geküsst?"

„Nein." Er hatte auf sie gewartet.

„Ein weiterer Grund, warum du mich jetzt küssen solltest. Damit, ganz gleich, was passiert, wir unseren ersten Kuss geteilt haben."

Ein Blitz fuhr durch die Wolkendecke. Er starrte die wunderschöne Frau an, die niemals die seine werden würde. War es so falsch?

Vermutlich nicht, denn im nächsten Augenblick küsste er sie und verlor sich in diesem letzten Moment der Freiheit und des Glücks.

Als sie ihre Rückkehr ins Haus nicht länger hinauszögern konnten, zog er sie fest an sich und flüsterte, was er ihr nicht hatte sagen wollen:

„Ganz gleich, was auch passiert, ich werde dich immer, immer lieben."

KAPITEL 2

Acht Jahre später, 1896

„WIE ICH HÖRE, IST MRS ENGLEWOOD wieder in London", sagte Millicent, Lady Fitzhugh, beim Frühstück.

Fitz sah von seiner Zeitung auf. Es war seltsam. Obwohl seine Frau sich nie mit Klatsch abgab, schien sie von allem zu erfahren, sobald es geschah.

Sie trug ein kornblumenblaues Morgenkleid. Ein solches Kleid, welches ausschließlich zu Hause und im Familienkreis getragen wurde, war in seiner Form und Machart lockerer als seine eng geschnürten Verwandten, das Promenadenkleid und das Besuchskleid. Aber seine Frau hatte etwas so höchst – fast übertrieben – Adrettes an sich, dass sogar das bequemere Hauskleid züchtig und korrekt an ihr wirkte.

Ihr hellbraunes Haar hatte sie zu einem festen Knoten aufgesteckt, mit nicht einer losen Haarsträhne – nie hing auch nur eine Locke heraus, bis auf das eine Mal, als sie mit einem Vorschlaghammer einen Kamin aus Ziegelsteinen zertrümmert hatte. Mit ihren Augen, von einer ähnlichen Farbe wie ihr Haar, überflog sie geschäftig eine Einladung nach der anderen. Es waren sanfte Augen, die nie jemanden wütend ansahen und nur sehr selten Missfallen ausdrückten.

Manchmal überraschte es ihn, wie jung sie noch immer aussah. Wie jung sie noch immer *war*. Sie waren seit fast acht Jahren verheiratet, und sie war noch nicht mal fünfundzwanzig.

„Ja", erwiderte er, „deine Information ist zutreffend, wie gewöhnlich."

Sie griff nach dem Salzstreuer. „Wann hast *du* es erfahren?"

„Gestern Abend." Sein Herz setzte bei den Worten vor Freude einen Schlag aus.

Isabelle. Es war sieben Jahre her, seit er sie an ihrem Hochzeitstag das letzte Mal gesehen hatte. Acht, seit sie das letzte Mal miteinander gesprochen hatten.

Und jetzt kehrte sie als ungebundene Frau in sein Leben zurück.

Lady Fitz öffnete einen weiteren Umschlag und blickte kurz auf seinen Inhalt. „Sie wird es sicherlich kaum erwarten können, dich zu sehen."

Seit seiner ersten Begegnung mit der ehemaligen Millicent Graves hatte er gewusst, dass sie über eine bewundernswerte Selbstbeherrschung verfügte. Aber manchmal überraschte ihn ihre Gleichmut doch. Er kannte keine andere Ehefrau, die ihr Interesse am Wohlbefinden ihres Mannes mit einem solchen Mangel an Besitzanspruch vereinte – zumindest keine ohne eigenen Liebhaber.

„Das hoffe ich", sagte er.

„Soll ich deine Termine in irgendeiner Weise anpassen?", fragte sie, ohne ihn anzusehen. „Wenn ich mich nicht irre, werden wir morgen bei der Abfüllanlage erwartet, um den neuen Apfelschaumwein und die Limonade mit Zitronengeschmack zu probieren. Und übermorgen wollten wir wegen der Cremewaffeln und Schokoladenkroketten zur Keksfabrik."

Isabelles Rückkehr fiel in denselben Zeitraum wie ihr halbjährlicher Geschmackstest neuer Produkte bei Cresswell & Graves.

„Danke, aber das wird nicht nötig sein. Ich bin heute zu ihr eingeladen."

„Oh", sagte seine Frau.

Ihre Haltung erinnerte ihn häufig an einen Blanc-manger-Pudding: glatt, mild und perfekt in Form. Aber in diesem Augenblick flog ein namenloses Gefühl über ihre Züge. Und plötzlich glich sie nicht länger einem farblosen Pudding, sondern vielmehr der Oberfläche eines vertrauten und dennoch unerforschten Sees, und er, der er am Ufer stand, hatte gerade eine Bewegung unter der Wasseroberfläche wahrgenommen, einen geheimnisvollen Schatten, der so schnell verschwand, dass er sich fragte, ob er ihn sich nur eingebildet hatte.

„Grüße sie doch bitte von mir", sagte sie, als sie erneut nach dem Salzstreuer griff.

„Das werde ich."

Sie sah den Rest ihres Poststapels durch, trank ihren Tee aus und erhob sich – sie begann und beendete ihr Frühstück immer vor ihm. „Vergiss nicht, dass man uns heute bei den Queensberrys zum Essen erwartet."

„Das werde ich nicht."

„Ich wünsche dir einen guten Tag."

„Dir ebenfalls, Lady Fitz."

Ihr Gang war so ruhig wie sie selbst. Ihr blauer Rock raschelte kaum, als sie den Flur entlang ging. Aus Gewohnheit lauschte er auf ihre sich entfernenden Schritte. Der Rhythmus und die Leichtigkeit ihres Gangs waren ihm beinahe so vertraut wie der Rhythmus seines eigenen Atems.

Als er sie nicht mehr hörte, zog er Isabelles Brief aus der Innentasche seines Morgenrocks und las ihn erneut:

Mein liebster Fitz,

(wage ich mich mit diesem Gruß schon zu weit vor? Nun ja, ich bin noch nie besonders zurückhaltend gewesen, und das wird sich gewiss nicht ändern.)

Ich danke dir für das reizende Haus, das du für mich und die Kinder besorgt hast. Sie lieben den Garten, der so versteckt liegt. Mir selbst gefällt ganz besonders der helle, heitere Salon, von dem aus wir auf die Grünfläche auf der anderen Straßenseite blicken können.

Es ist so lange her, seit ich dich das letzte Mal gesehen habe, da sollten mir ein paar Tage mehr nichts ausmachen. Und dennoch bin ich zu ungeduldig, um auf unser Wiedersehen zu warten, auch wenn das Haus eigentlich noch lange nicht so weit hergerichtet ist, dass ich Besucher empfangen kann. Wirst du morgen herkommen?

Deine Isabelle

Der Brief war so herzlich formuliert und ihre informelle Unterschrift war das Verheißungsvollste daran. Viele Jahre war sie ihm Isabelle gewesen, aber er hatte sie immer nur Miss Pelham oder – wie in ihrem derzeitigen Briefverkehr – Mrs Englewood genannt. Dass sie ihren Brief mit ihrem Vornamen unterschrieb, war eine unmissverständliche Einladung zu größerer Vertrautheit.

Isabelle. Das erste Mädchen, das er geküsst hatte. Die einzige Frau, die er je geliebt hatte.

Er steckte das Blatt wieder ein und schlug die Zeitung auf. Ein Dienstmädchen kam herein, um Lady Fitz' Teller abzuräumen.

Ihm kam ein Gedanke. „Geben Sie mir den Teller."

Das Dienstmädchen blickte ihn verständnislos an.

„Den Teller in Ihrer Hand."

Seine Frau hatte von ihrem Rührei etwas übrig gelassen, was ihr überhaupt nicht ähnlich sah. Zum Frühstück bediente man sich selbst, und sie nahm sich nie mehr, als sie essen konnte. Zur Überraschung des Dienstmädchens spießte er etwas von dem Rührei auf seine Gabel.

Er hätte es nicht ohne seinen Kaffee herunterschlucken können. Er wusste, dass sie ihre Eier salzig mochte, aber das hier war weniger Rührei als Rühr*salz*. Er würde das nächste Mal, wenn er sie sah, mit ihr darüber reden müssen: So viel Salz musste schädlich für die Gesundheit sein.

So undenkbar ihm das vor acht Jahren erschienen war, so waren sie doch gute Freunde geworden. Und Freunde achteten aufeinander.

MILLIE TRAF HELENA, FITZ' ZWILLINGSSCHWESTER, als diese aus ihrem Zimmer kam. Die Zwillinge sahen sich nicht ähnlich. Fitz glich mit seinem schwarzen Haar und seinen blauen Augen eher seiner älteren Schwester Venetia. Helena hatte hingegen das kastanienrote Haar und die grünen Augen ihrer Großmutter mütterlicherseits geerbt.

An diesem Morgen trug Helena eine waldgrüne Samtjacke und einen dazu passenden Rock. Zwischen den beiden Revers leuchteten die Falten ihrer weißen Hemdbluse so frisch wie die Morgenluft. Eine Kamee-Brosche an ihrem Hals, die nicht das Profil einer Frau in Elfenbein, sondern einen römischen Adler aus Onyx zeigte, vervollständigte das Ensemble.

Venetia galt als die große Schönheit ihrer Familie, aber Helena war auf ihre eigene Weise ebenfalls schön und ebenso selbstsicher und talentiert. Aber sie war stärker vom rechten Pfad abgekommen, als sie alle je vermutet hätten.

Anfang des Jahres hatte Fitz' bester Freund Lord Hastings herausgefunden, dass Helena heimlich eine Affäre mit Mr Andrew Martin hatte. Mr Martin war ein netter, junger Mann, und Millie bezweifelte nicht, dass er ebenso in Helena vernarrt war wie sie in ihn. Das Problem bestand darin, dass er Helena liebte, seit sie sich vor vielen Jahren das erste Mal getroffen hatten, aber niemals den Mut gehabt hatte, sich seiner Mutter zu widersetzen und sich gegen die langjährige Erwartung aufzulehnen, seine Cousine dritten Grades zu heiraten.

Millie verstand die Macht der ersten großen Liebe – sie selbst befand sich noch immer fest in ihrem Griff. Aber Mr Martin war ein verheirateter Mann, und Helena hatte ihren Ruf in größte Gefahr gebracht, als sie sich mit ihm einließ. Millie und Venetia hatten Helena in der Hoffnung, räumliche Entfernung zu Mr Martin würde sie wieder zur Vernunft bringen, so schnell wie möglich auf die andere Seite des Atlantiks gebracht.

Die Reise nach Amerika war keine völlige Zeitverschwendung gewesen – eine Reihe von Ereignissen, die dort ihren Anfang genommen hatten, gipfelten in der unerwarteten, aber überglücklichen Ehe von Venetia mit dem Duke of Lexington. Aber unglücklicherweise schien Helenas Zuneigung zu Mr Martin mit jeder Meile, die sie sich von ihm entfernte, nur zu wachsen.

Helena war sowohl volljährig als auch finanziell unabhängig, und ihre Familie konnte sie nicht einfach dazu zwingen, Mr Martin aufzugeben. Aber seit Januar behielten sie sie ständig im Auge. Sie ging nirgendwo hin, ohne dass Venetia, Millie oder ihre neue Zofe Susie, die allein für diesen Zweck angestellt worden war, sie begleitete.

Susie war bereits vorausgegangen, sodass sie schon auf Helena warten würde, wenn die Kutsche der Fitzhughs sie bei ihrem kleinen Verlagshaus in der Fleet Street absetzte. Dann würde sie vor Helenas Büro sitzen und sicherstellen, dass sie sich nicht mitten am Tag zu einem verbotenen Treffen mit Mr Martin davonschlich.

Diese unablässige Beaufsichtigung belastete Helena. Sie wirkte ruhelos und beinahe elend. Millie hasste es, eine ihrer Wärterinnen zu sein, aber ihr blieb keine andere Wahl. Wenn Helena nicht an ihre Zukunft denken wollte, dann musste ihre Familie das Denken für sie übernehmen.

„Helena, genau dich suche ich", sagte sie fröhlich. „Denkst du daran, dass du heute Nachmittag zum Tee bei Lady Margaret Dearborn eingeladen bist?"

Eine Affäre war kein Grund, nicht länger an gesellschaftlichen Veranstaltungen teilzunehmen, auf denen sie begehrenswerten

Junggesellen vorgestellt werden konnte. Sonst würde es so aussehen, als hätte ihre Familie alle Hoffnungen aufgegeben, sie noch zu verheiraten. Und das kam nicht in Frage.

Die Aussicht auf eine Teegesellschaft weckte in Helena keine Begeisterung. „Bei Lady Margaret Dearborn treffen sich doch nur Leute, die verrückt nach der Jagd sind. Ihre Gäste reden nie über etwas anderes als die Fuchsjagd."

„Du hast eine Abhandlung zum Thema Fuchsjagd veröffentlicht, soweit ich weiß."

„Auf Provisionsbasis, ohne jedes Risiko, sonst hätte ich das gar nicht ins Programm aufgenommen."

„Zumindest hast du dadurch etwas, worüber du dich mit den anderen Gästen unterhalten kannst." Millie stellte sich auf die Zehenspitzen und küsste Helena auf die Wange. „Deine Kutsche wartet, meine Liebe. Ich sehe dich heute Nachmittag."

„Warte", sagte Helena. „Stimmt es, was ich gehört habe? Dass Mrs Englewood wieder in England ist?"

Millie ignorierte das schmerzhafte Ziehen in ihrer Brust und nickte. „Fitz wird sie heute Nachmittag besuchen. Ein ziemlich bedeutsamer Tag für die beiden, nicht wahr?"

„Vermutlich." Die Frage, die sich in Helenas Augen widerspiegelte, galt hingegen nicht Fitz, sondern Millie.

Millie war nie besitzergreifend, überschwänglich oder demonstrativ in ihren Emotionen. Die gelassene Art, mit der sie ihre Ehe anging, hätte jeden davon überzeugen müssen, dass sie ihren Ehemann sehr gern hatte, aber nicht liebte. Und dennoch vermuteten seine Schwestern nun schon seit Jahren etwas anderes.

Vielleicht war die unerwiderte Liebe wie ein Gespenst in diesem Haus, eine Präsenz, die am Rande der Sinne entlangstrich, eine Hitze in der Dunkelheit, ein Schatten in der Sonne.

Sie tätschelte Helenas Arm und ging.

DER GARTEN STAND IN VOLLER BLÜTE.

Das Gras war so grün wie auf einer Uferböschung, die Bäume groß und schattig. Vögel zwitscherten in den Zweigen, im Springbrunnen plätscherte das Wasser. In einer Ecke des Gartens blühten violette Hortensien, jeder Blütenkopf so groß und leuchtend wie ein Blumenstrauß.

Leg dir einen Garten an, hatte Mrs Graves Millie an ihrem Hochzeitstag geraten. *Einen Garten mit einer Bank.*

Millie spreizte die Finger auf den Latten der Bank. Sie war schlicht, aber hübsch, aus Eichenholz und in einem hellen, warmen Braun lackiert. Die Bank gehörte ihr nicht, sie stand schon hier, als sie Fitz' Ehefrau wurde. Aber auf Henley Park gab es eine fast exakte Kopie, die Fitz ihr vor ein paar Jahren als Zeichen seiner Wertschätzung geschenkt hatte.

Und sie hatte wieder zu hoffen begonnen – Närrin, die sie war.

„Ich dachte mir, dass ich dich hier finde", sagte ihr Mann.

Überrascht blickte sie über ihre Schulter. Er stand hinter der Bank, seine Hände ruhten leicht auf der Rückenlehne – dieselben eleganten Hände, die ihr die Noten umgeblättert hatten, während seine Worte ihr Innerstes nach außen gekehrt hatten.

Jetzt trug er an seinem rechten Zeigefinger einen Siegelring, dessen Gravur das Wappen der Fitzhughs zeigte. Der Ring war ein Geschenk von ihr. Ihn an seiner Hand zu sehen hatte sie damals berührt und berührte sie noch immer.

Sie wollte ihn unter ihren Fingern fühlen. Mit der Zunge darüber fahren. Seine metallene Liebkosung am ganzen Körper spüren.

„Ich dachte, du wärst schon fort."

Von ihrem Sitzplatz im oberen Stock aus hatte sie zugesehen, wie er davonspaziert war. Es war noch früh, er würde sich erst in einigen Stunden mit Mrs Englewood treffen, aber als er um die Ecke gegangen war, hatte er seinen Gehstock einmal im Kreis wirbeln lassen. Bei ihm bedeutete eine solche Geste so viel, wie bei einem anderen Mann ein Tanz durch die Straßen.

„Mir fiel ein, dass ich heute bei Hatchards vorbeikomme", sagte er. „Soll ich fragen, ob deine Bücher angekommen sind?"

„Das ist sehr freundlich von dir, aber du hast heute sicherlich viel zu tun …"

„Dann hätten wir das geklärt: Ich werde kurz beim Buchhändler vorsprechen."

„Danke", murmelte sie.

Er lächelte. „Es ist mir ein Vergnügen."

Sie hatte ihre Bestellung bei Hatchards vor einigen Tagen kurz erwähnt. Dass er sich daran erinnerte und anbot, für sie nachzufragen, hätte sie an einem anderen Tag begeistert – sie hätte es als weiteres Anzeichen dafür gesehen, dass sie ihm immer mehr ans Herz wuchs.

Heute zeigte seine Zuvorkommenheit nur, wie wunderbar glücklich er darüber war, bald seine Liebste wiederzusehen. Er war wie der junge Sommer selbst, seine wiederbelebte Hoffnung und wiedererwachten Träumen ließen ihn von innen strahlen. Und jeder Bettler auf seinem Weg – sie eingeschlossen – durfte doppelt so viel Großzügigkeit und Freundlichkeit erwarten wie sonst.

Er wandte sich zum Gehen, hielt aber noch einmal inne: „Ich hätte es fast vergessen: Du solltest etwas mehr Acht auf die Menge Salz geben, die du zu dir nimmst. Du hast so viel auf deine Rühreier gestreut, dass sie für die nächsten zehn Jahre konserviert sind."

Und dann war er fort und ließ sie allein im Garten zurück.

FITZ STAND VOR ISABELLES HAUS.

Er dachte, er hätte gelernt, besonnen zu sein, aber jedes Gefühl, das ihn heute überkam, war ungezügelt, raubte ihm den Atem. Eine zweite Chance – nicht vielen war diese Gnade vergönnt und noch weniger waren in der Lage, sie mit beiden Händen zu ergreifen.

Furcht und Hoffnung durchströmten seine Adern mit gleicher Intensität. So viele Jahre waren vergangen. Was, wenn sie sich nur anschwiegen, sobald sie einander gegenüberstanden?

Er klingelte. Ein Dienstmädchen mit großer, weißer Haube und langer, weißer Schürze öffnete die Tür, nahm seine Karte entgegen und bat ihn, ihr ins Haus zu folgen. Er blieb in der Diele stehen, die, von einem rechteckigen Spiegel und einem schmalen Konsolentisch darunter einmal abgesehen, leer war. Ein silbernes Tablett für Visitenkarten stand auf dem Tisch. Daneben befand sich eine Fotografie, die er sofort erkannte.

Er hatte eine Kopie derselben Fotografie in den Tiefen seines Ankleideraumes. Sie war am Ende seines ersten Aufenthaltes auf dem Landgut der Pelhams aufgenommen worden. Die Damen saßen in ihrem Sonntagsstaat in der vorderen Reihe, die Herren standen ehrwürdig hinter ihnen. Er selbst wirkte unglaublich jung. Isabelle schien untypisch gesittet, die Hände unschuldig im Schoß.

Aber diese Hände verbargen ein Geheimnis. Sobald der Fotograf seine Zufriedenheit mit dem Ergebnis erklärt hatte, hatte sie Fitz beiseite gezogen und ihm in die Hand gegeben, was sie in ihrer Tasche versteckt hatte: eine winzige Haselmaus namens Alice. Alice war das perfekte Haustier für einen beschäftigten Schüler. Sie hielt über den größten Teil des Winterhalbjahres, das sich in Eton in Michaelmas Half, von September bis Mitte Dezember, und Lent Half, von Mitte Januar bis Ende März, aufteilte, Winterschlaf und kam erst im April wieder hervor, um in seiner Tasche von Beeren, Nüssen und der einen oder anderen Raupe zu leben.

„Ich habe diese Fotografie immer ganz nah bei mir", sagte eine vertraute Stimme. „Sie ist die Einzige, was ich von dir habe."

Er stellte das Bild wieder hin und wandte sich vorsichtig und langsam ihr zu.

Isabelle.

Sie war sowohl größer als auch schmaler, als er sie in Erinnerung hatte – und nicht mehr achtzehn. Ihr Gesicht hatte etwas schärfere Züge angenommen. Die Umrisse ihrer Kiefer wirkten angespannt. Ihrer Haut schien es schwerer zu fallen, sich straff über ihre Züge zu legen.

Aber diese Züge waren wie gemeißelt und so stolz wie eh und je. Ihr Haar war noch immer blauschwarz. Das Feuer in ihren Augen war ungeschmälert. Und in der Intensität ihres Blicks erkannte er die Isabelle Pelham seiner Vergangenheit.

Während er sie anschaute, erhielten lange verlorene Erinnerungen, die so verblasst waren wie die Seiten eines uralten Manuskriptes, plötzlich wieder Farbe, Leuchtkraft und Schärfe. Isabelle im Frühling, die Arme voller Hyazinthen. Isabelle in ihrem weißen Tenniskleid, wie sie ihm mit ihrem Schläger zuwinkte, ihr Lächeln strahlender als die Sonne auf dem tiefgrünen Rasen. Isabelle, unter deren Füßen Laub raschelte, die sich gelegentlich zu ihrer ein paar Schritte hinter ihnen gehenden Gouvernante umdrehte, um ihr etwas zu sagen, während er selbst nur Augen für sein Mädchen hatte.

„Mrs Englewood", sagte er. „Wie geht es Ihnen?"

„Fitz, meine Güte", murmelte sie. „Du siehst genauso aus wie damals. *Genauso.*"

Er lächelte. „Ich sehe noch immer aus wie neunzehn?"

„Nein, natürlich nicht. Du bist ein erwachsener Mann. Aber dein Wesen hat sich nicht geändert." Sie schüttelte ein wenig den Kopf, beinahe ungläubig. „Komm, wir können uns nicht im Stehen unterhalten. Setzen wir uns."

Der Tisch war bereits für den Tee gedeckt worden. Isabelle goss ihnen beiden ein.

„Erzähl mir alles", bat sie.

„Erzähl mir von Indien", verlangte er im selben Moment.

Sie lächelten. Er bestand darauf, dass sie ihn zuerst mit ihren Geschichten unterhielt. Delhi war unerträglich heiß im April. Kaschmir war vermutlich der schönste Ort der Welt, besonders die Stadt Srinagar am Ufer des Dal-Sees. Und ihr schmeckte das Essen in Hyderabad am besten. Er berichtete ihr Neuigkeiten über ihre gemeinsamen Freunde und Bekannten: Liebeswerben, Eheschließungen, Kinder und kleinere und größere Skandale.

Eine Stunde verging wie im Flug.

Schließlich hob sie ihre Teetasse und sah ihn an. „Du hast nichts von dir selbst erzählt, Fitz. Wie geht es dir?"

Wie *ging* es ihm? „Ich kann mich nicht beklagen", erwiderte er.

Isabelle blickte ihn ein wenig spöttisch an. Ein Lächeln umspielte ihre Mundwinkel. Wie gut er sich an diesen besonderen Ausdruck erinnerte – sie war kurz davor, etwas Ungehöriges zu sagen. „Wie ich höre, bist du äußerst beliebt bei den Damen."

Er senkte den Blick. Von ihnen beiden war immer er der Schüchterne gewesen. „Man kann sich auf diese Weise die Zeit vertreiben."

Und sie halfen ihm, sein Unglück zu ertragen – und zu vergessen.

„Lady Fitzhugh hat also Verständnis?"

„Sie ist immer schon sehr vernünftig gewesen."

„Als ich noch in Indien war, hieß es, ihr beiden kämt gut miteinander aus. Ich habe es nicht richtig glauben können – aber ich schätze, es stimmt."

Endlich kamen sie auf seine Ehe zu sprechen. Ihr Gesichtsausdruck verfinsterte sich, als betrachtete sie den Grabstein eines Freundes.

„Dafür, dass ich kein Mitspracherecht in der Sache hatte", sagte er, „habe ich mit der Frau, die ich erhalten habe, großes Glück gehabt."

„Du … bist also froh, dass du sie geheiratet hast?"

Dieses Mal sah er nicht weg. „Das habe ich nicht gesagt. Du weißt, dass ich über glühende Kohlen gekrochen wäre, um dich zu heiraten, wären die Umstände anders gewesen."

„Ja", erwiderte sie mit zitternder Stimme. „Ja, ich weiß."

Die Haustür öffnete sich, und der Klang von lebhaft plappernden Kinderstimmen wehte herein, gefolgt von einem raschen „Psst" ihrer Gouvernante.

„Entschuldige mich kurz", sagte Isabelle. Sie verließ den Salon und kehrte mit einem Jungen und einem Mädchen zurück. „Darf ich dir Hyacinth und Alexander Englewood vorstellen? Kinder, das ist Lord Fitzhugh, ein alter Freund von Onkel Pelly und Mama."

Hyacinth war sechs, Alexander ein Jahr jünger. Beide waren hübsch und kamen nach ihrer Mutter. Plötzlich brachte Fitz kein Wort mehr heraus. Wären die Dinge anders gelaufen, wären das *seine* Kinder, und sie würden ihn nicht mit solch ernster und neugieriger Vorsicht betrachten, sondern ihm mit breitem Grinsen in die Arme laufen.

Sie blieben nur eine Minute, ehe sie mit ihrer Gouvernante in den Untiefen des Hauses verschwanden. Isabelle verweilte einen Augenblick bei der Tür und sah ihnen nach. „Sie werden so schnell groß."

Fitz schluckte einen Kloß in seiner Kehle runter. „Dir haben die Namen Hyacinth und Alexander schon immer gefallen."

„Das haben sie. Hyacinth und Alexander Fitzhugh", flüsterte sie mit Tränen in den Augen.

Sie setzte sich wieder. Das Licht der Sonne, das durch die offenen Vorhänge fiel, glitzerte auf dem Goldrand der Untertassen. Sie drehte ihre Tasse auf dem Teller – sie war nie gut darin gewesen, still zu sitzen.

Und dann sah sie ihn an, kühn und entschlossen, Isabelle, wie er sie kannte. „Ist es zu spät, etwas von dem, was wir hätten haben können, einzufordern?"

Als ob sie fragen musste. Als ob er nicht seit Wochen schon dasselbe dachte, seit ihr erster Brief ihn erreichte. Als ob er diese seltene, unbezahlbare zweite Chance nicht mit beiden Händen ergreifen und niemals loslassen würde.

„Nein", antwortete er. „Es ist nie zu spät."

KAPITEL 3

Der Pakt

1888

ZWEI WOCHEN NACH DEM GEMEINSAMEN Dinner setzten sich die Anwälte beider Seiten erneut an den Verhandlungstisch. Obwohl sich der neue Earl den Erfordernissen seines neuen Besitzes beugte, war der Preis für seine Kapitulation so hoch wie das Matterhorn.

Doch Mr Graves war so beeindruckt von seiner Jugend und Schönheit, dass er sich kaum darüber beschwerte, für *diesen* Earl das Doppelte bezahlen zu müssen. Die Verhandlungen kamen schnell zu einem Abschluss, und Millie war wieder verlobt.

In der ganzen Zeit hörte sie kein Wort von Lord Fitzhugh selbst. Es gab keine Briefe, keine Blumen und keinen Verlobungsring. Er gab vor, zu sehr mit dem Studium beschäftigt zu sein, und lehnte ein zweites Essen bei den Graves ab. Zum vierten Juni, dem wichtigsten Feiertag in Eton, an dem Freunde und Familie in Scharen in die Schule strömten, erhielten die Graves keine einzige Einladung, um an den Festivitäten teilzunehmen.

Und warum sollte er sich auch anders verhalten? An Lord Fitzhughs Stelle würde Millie auch die letzten Tage ihrer Freiheit nach Kräften genießen und keine Sekunde an die Frau verschwenden, an die sie schon bald für den Rest ihres Lebens gebunden wäre.

Aber dass sie verstand, warum er Distanz wahrte, machte es nur noch schlimmer. Wenn sie nicht von ihrem Elend niedergedrückt wurde, dann überkam sie Scham. In seinen Augen würde sie immer alles symbolisieren, was am Erwachsenwerden reizlos war: die erdrückenden Pflichten, der Mangel an Entscheidungsfreiheit und die entsetzliche Notwendigkeit, auf seine Träume zu verzichten, um die Gläubiger bezahlen zu können.

Die Unnahbarkeit Lord Fitzhughs konnte hingegen Mrs Graves nicht davon abhalten, Millie am Tage des Eton-Harrow-Spiels zum Lord's Cricket Ground zu zerren.

Kricket war bei Jung und Alt ein beliebter Zeitvertreib sowohl für die gehobene Gesellschaft als auch die Arbeiter. Einige weniger gesetzte Pfarrer gesellten sich an manch einem Sonntagnachmittag zu einem Spiel zu ihren Gemeindemitgliedern. Und es war *das* beherrschende Spiel im Leben der Schüler.

Das Eton-Harrow-Spiel auf dem Lord's Ground war jedoch kein Sportereignis. Der Sport diente der guten Gesellschaft lediglich als Ausrede, sich zu einem fröhlichen, ganztägigen Picknick unter der warmen Sommersonne zu versammeln. Und da hierfür keine Einladungen benötigt wurden, war es für die Neureichen auch eine der wenigen Gelegenheiten, sich ohne Schwierigkeiten unter die Aristokraten zu mischen.

Aus diesem Grund suchte Mrs Graves auch immer schon Monate im Voraus nach der passenden Kleidung, die sie und ihre Tochter zu dieser wichtigen Veranstaltung tragen würden. Aber zwei Jahre in Folge hatten sie jetzt darauf verzichten müssen. Im ersten Jahr, weil Millies Großvater mütterlicherseits gestorben war, im zweiten wegen heftiger Bauchschmerzen, die Mr Graves plagten und nach der feinfühligen Aufmerksamkeit seiner Frau und Tochter verlangten.

Da in diesem Jahr niemand im Sterben lag und niemand auch nur ansatzweise gesundheitlich angeschlagen war, konnte Millie nur hilflos zusehen, wie Mrs Graves voller Tatendrang ihren Ausflug plante.

Am ersten Spieltag wurde ihr wunderschöner Landauer mit Picknickkörben beladen noch vor dem Morgengrauen zum St. John's Wood geschickt, um den Damen am Rande des Kricketfeldes einen Platz zu sichern. Die Damen selbst, gewandet in den neuesten Kleidern aus Worth's Pariser Modeatelier, verließen das Haus jedoch nicht vor elf Uhr.

Um Kricket ging es dabei gar nicht. Es ging darum, zu sehen und gesehen zu werden – und das konnte man am besten zur Mittagszeit.

Als sie ankamen, verließen die Spieler gerade das Feld. Mit einer Behändigkeit, die ihre Beschwerden über schmerzende Gelenke Lügen strafte, stieg Mrs Graves aus ihrer zweitbesten Kutsche, die sie zum Rand des Kricketfeldes gebracht hatte, um welches sich die Gefährte bereits in drei, manchmal auch fünf Reihen drängten. Sie zog Millie mit sich, als sie sich unter die Zuschauermenge mischte, die gerade das von beiden Mannschaften verlassene Spielfeld betrat.

Der Himmel erstreckte sich in makellosem Blau über ihnen und der gestutzte Rasen in lebhaftem Grün unter ihnen. Zahllose Damen promenierten in ihren besten Frühlingskleidern, pastellene Farbkleckse wohin man auch sah, die sich vom düsteren Schwarz der Herrenröcke abhoben wie Edelsteine auf dem dunklen Samt einer Schmuckschatulle.

Es war ein herrlicher Anblick, wenn man in der Stimmung war, den Tag zu genießen. Millie war es nicht. Ihr hatte öffentliche Aufmerksamkeit noch nie gefallen, ganz besonders nicht, wenn sie aus jenen Seitenblicken bestand, die sie in ihrer extravaganten Aufmachung auf sich zog, die sich viele der hochgeborenen Damen nicht hätten leisten können. Schlimmer noch, Mrs Graves hatte sich in die typische neureiche Mutter einer heiratsfähigen Tochter verwandelt.

Dabei war sie das gewöhnlich nie: Sie war stolz auf ihre ehrbare großbürgerliche Abstammung. Die soziale Leiter hinaufzusteigen hatte sie nie im Sinn gehabt. Sie tat es aus Pflichtgefühl der Familie ihres Mannes gegenüber, besonders seines verstorbenen Vaters und Bruders, die sich beide danach gesehnt hatten, die Familie mit adligem Blut zu vereinen.

Aber dieser besondere Anlass schien ihr zu Kopf gestiegen zu sein. Sie erzählte jedem, der lange genug stehenblieb, dass ihre Tochter, die jetzt mit dem reizenden Lord Fitzhugh verlobt war, die Gesellschaft im Sturm erobern würde. *Oh, meine Millie gibt ein ganz zauberhaftes Bild auf der Tanzfläche ab. Oh, meine Millie ist eine ganz hinreißende Gesprächspartnerin. Die stolzesten Damen werden meine Millie bewundern, und man wird sie überallhin einladen.*

Millies Einwände, sie sei nur mittelmäßig begabt, veranlassten Mrs Graves nur zu noch größeren Übertreibungen.

Schließlich traf Mrs Graves eine alte Freundin, die bereits alles über Millies bevorstehenden Aufstieg zur Countess Fitzhugh wusste und die bereits davon überzeugt worden war, dass Millie neue Maßstäbe als Gastgeberin der guten Gesellschaft setzen würde. Daher drehte sich ihre Unterhaltung um Millies Aussteuer, das Hochzeitsbankett und ihre Flitterwochen.

Als Mrs Graves gerade wortreich von Flitterwochen in Rom schwärmte, die ihr selbst gut gefallen hätten, hätte Mr Graves sich nicht heftig geweigert, zwei Wochen lang nichts anderes als Makkaroni zu essen, teilte sich die Menge und gab den Blick auf Lord Fitzhugh frei.

Er stand inmitten einer Schar uniformierter Schüler und ihren Schwestern in farbenfrohen Sommerkleidern. Es waren wenigstens fünf Mädchen, aber er hatte nur Augen für eine schöne, junge Dame mit rabenschwarzen Haaren und Lippen von so lieblichem Rosa, wie Millie es, außer an Mrs Graves' preisgekrönten Pfingstrosen, noch nie gesehen hatte.

Millie war neidisch, aber zunächst nicht sonderlich beunruhigt: Es war nicht ungewöhnlich, dass die Aufmerksamkeit eines jungen Mannes von einer schönen, jungen Frau angezogen wurde. Dann erkannte sie, dass der Blick des Earls nicht nur Interesse bekundete, sondern verzweifelte Sehnsucht ausdrückte, als wäre er ein Gefangener in seiner Zelle, der den winzigen Flecken Himmel anstarrte, den man ihm zu sehen gewährte.

Es brach Millie das Herz. Sie hatte sich tausend Gründe für seinen Widerwillen, sie zu heiraten, ausgedacht, aber nie war ihr in den Sinn gekommen, dass er in eine andere verliebt sein könnte. Aber er war es. Verzweifelt verliebt. Und verzweifelt unglücklich über den Verlust seiner Liebsten.

Sie musste sich verstecken. Er durfte sie nicht sehen. Auf keinen Fall sollte er denken, sie sei hergekommen, um ihm nahe zu sein. Und er durfte nie, niemals erfahren, dass sie mehr mit ihm verband als höfliches Pflichtbewusstsein.

Gott schien ihr Gebet erhört zu haben. Der mahnende Gongschlag, der das Ende der Pause ankündigte, ertönte. Millie zog Mrs Graves am Ärmel. „Das Spiel geht gleich weiter, Mutter. Lass uns zur Kutsche zurückkehren."

Mrs Graves belächelte Millies Ansinnen. „Niemand verlässt das Feld vor dem zweiten Gong."

Als Millie sich umsah, erkannte sie, dass Mrs Graves leider recht hatte. Die fröhliche Menge blieb unbeeindruckt, wo sie war. Gelächter ertönte wie Artilleriefeuer um sie herum, und jedes Lachen hinterließ eine weitere Wunde in ihrem Herzen.

Sie blickte zum Earl in der Hoffnung, er hätte sie noch nicht gesehen, aber in diesem Augenblick schaute er in ihre Richtung. Ihre Blicke trafen sich. Und der Ausdruck auf seinem Gesicht – ein

Zurückschrecken seiner Seele –, bestätigte ihr alles, was sie längst wusste und nicht länger leugnen konnte.

Sie riss ihren Blick von ihm los, aller Hoffnung beraubt.

DER ZWEITE GONG ERTÖNTE, lauter und schriller. Polizisten betraten das Feld, um notfalls sicherzustellen, dass das Spiel fortgesetzt werden konnte. Aber natürlich würde sich die elegante Menge, die dem Eton-Harrow-Spiel beiwohnte, nicht mit der Polizei einlassen. Die Damen und Herren verließen das Spielfeld und kehrten zu den Zuschauertribünen, Bänken und Kutschen zurück.

Mrs Graves setzte jedoch noch eine Stunde lang ihre Besuche fort. Millie war froh darüber, dem Spiel den Rücken zuwenden zu können. Aber wo sie auch hingingen, überall schien es einen Jungen zu geben, der in seiner Kricketbegeisterung seine Mutter und Schwestern mit dem Spielverlauf behelligen musste. Der Name des Earls wurde dabei nur allzu oft erwähnt.

„Habt ihr das gesehen? Fitzhugh hat einen glatt über den Spielfeldrand geschlagen. Das gibt sechs Runs!",rief ein Eton-Anhänger.

„Nein, nicht noch einen über den Spielfeldrand! Zumindest hat er den Boden berührt, also nur vier Runs", murrte einer von der Harrow-Seite. „Fitzhugh hat schon neunzig Punkte eingefahren. Wann scheidet er endlich aus?"

Schließlich kehrten sie zu ihrem Landauer zurück und verzehrten ihr Picknick.

„Ist es nicht Zeit, nach Hause zu fahren?", fragte Millie Mrs Graves.

„Natürlich nicht", antwortete Mrs Graves. „Wenn das Spiel zum Tee unterbrochen wird, gehen wir zum Eton-Pavillon, sodass dein Verlobter dir seine Freunde vorstellen kann."

Seine Freunde mussten wissen, was er wirklich empfand, und bedauerten ihn sicherlich deswegen. Wenn Mrs Graves, die nichts davon ahnte, wie unwillig der Earl seine Ehe eingehen würde, überschwänglich ihre Freude auszudrücken begann … Millie konnte sich das Kichern nur allzu gut vorstellen.

„Aber wir sind nicht zum Eton-Pavillon eingeladen, und wir …"

Mrs Graves legte ihre behandschuhte Hand auf Millies. „Meine Liebe, es gibt keinen Grund, sich wegen der Hochzeit zu schämen. Vergiss nie, was du in diese Ehe alles einbringen wirst, und halte dich nicht für weniger wert, nur weil er jung und attraktiv ist. Die Verbindung ist vielmehr zu seinem Vorteil. Verstehst du das?"

Die eigentliche Frage war, ob *er* es verstand.

Er tat es nicht und würde es auch nie tun.

Mrs Graves berührte Millies Wange. „Ich liebe deinen Vater sehr, aber ich wünschte, er wäre nicht so unnötig stur, wenn es um deine Heirat geht. Du solltest einen Ehemann haben, der dich zu schätzen weiß, denn kein Mann hat mehr Glück als der, der dich zur Ehefrau bekommt.

Aber da die Dinge nun einmal so sind, wie sie sind, habe ich dich heute hierher gebracht. Versteck dich nicht, Liebes. Und weiche nicht zurück. Ich weiß, dass es nicht einfach ist, aber es wird nur schlimmer, wenn du dich versteckst. Halte den Kopf hoch und mache deine Ansprüche geltend. Er hat uns also nicht eingeladen, obwohl er es hätte tun sollen. Das heißt, dass es jetzt an dir liegt, ihn deine Anwesenheit spüren zu lassen, sodass er seine Pflicht tut und deine Stellung in seinem Leben öffentlich anerkennt."

Das konnte sie nicht. Sie besaß nicht die Stärke, jemanden zu irgendetwas zu nötigen. Sie wollte sich am liebsten in einem Loch verkriechen.

„Ja, Mutter", sagte sie.

„Gut." Mrs Graves tätschelte Millie die Schulter. „Ich werde jetzt einen Augenblick lang meine Augen schließen und mich ausruhen, und dann werden wir uns Lord Fitzhugh präsentieren. Und wehe, er ist nicht angemessen beeindruckt und erfreut."

MRS GRAVES MACHTE EIN NICKERCHEN. Millie zerknitterte ihr Taschentuch. Der Junge in der Kutsche neben ihnen berichtete vom Geschehen auf dem Spielfeld, nannte aber zum Glück nicht die Namen der einzelnen Spieler.

Plötzlich verstummte er – mitten im Satz. Millie schaute zu ihm hinüber, um zu sehen, ob er sich an seinem Essen verschluckt hatte, aber er starrte einfach nur mit offenem Mund geradeaus.

Er war nicht der Einzige. Die Mienen der anderen in der Kutsche – die Eltern, eine Schwester und ein Bruder – waren in ähnlicher Verwunderung erstarrt. Um sie herum hielten auch die Leute in weiteren Kutschen in ihren Tätigkeiten inne und sahen alle gebannt in dieselbe Richtung.

Millie drehte sich um und erblickte die schönste Frau, die je auf Gottes Erde gewandelt war. Ein Wesen wie aus einer alten Sage war sie, die Reinkarnation der schönen Helena oder Aphrodite selbst, die zu einem Rendezvous mit ihrem Adonis vom Olymp herabgestiegen war.

Sie lief nicht, sondern schwebte über den Boden. Ihr cremefarbener Sonnenschirm beschattete ein Gesicht, das sowohl makellos symmetrisch war, als auch auf jene unbeschreibliche Art erschütternd, die wahre Schönheit von bloßer Hübschheit unterscheidet. Millie hätte schwören können, dass die Wolken, die in der letzten halben Stunde die Menge vor der Sonne geschützt hatten, beiseite wichen, damit ein heller Sonnenstrahl auf die Frau fallen und ihre einzigartige Schönheit beleuchten konnte, denn es wäre eine Schande gewesen, diesen Liebreiz nicht perfekt in Szene zu setzen.

Sie hätte es nicht für möglich gehalten, doch sie kam auf die Kutsche der Graves zu.

„Miss Graves, nicht wahr?", fragte sie lächelnd.

Ihr Lächeln war so überwältigend, dass Millie fast nach hinten in ihren Sitz gefallen wäre. Sie musste nach ihrer Stimme suchen. Und für einen Moment wusste sie plötzlich nicht mehr, ob sie überhaupt Miss Graves war.

„Äh … ja?"

„Ich weiß, wie unhöflich es ist, sich selbst vorzustellen, aber da wir demnächst zur selben Familie gehören, hoffe ich, dass es Ihnen nicht allzu viel ausmacht."

Millie hatte keine Ahnung, wovon die Fremde sprach. Sie konnte die Worte kaum hören, wurde ihre Aufmerksamkeit doch völlig von der Bewegung ihrer Lippen beansprucht. Aber sie war sich einer Sache ganz sicher: Völlig egal, was diese Frau wollte, niemandem würde es je etwas ausmachen.

„Nein, natürlich nicht."

„Ich bin Mrs Townsend. Und diese hübsche junge Dame hier ist meine Schwester, Miss Fitzhugh."

Erst als Mrs Townsend ihre Gefährtin vorstellte, bemerkte Millie, dass noch jemand neben ihr stand. Es war eine große, schlanke Rothaarige, die auf ihre eigene Weise auch durchaus hübsch war.

„Es freut mich, Sie beide kennenzulernen", erklärte Millie, noch immer ganz geblendet von Mrs Townsends Schönheit.

„Sie sind mit meinem Zwillingsbruder verlobt", sagte Miss Fitzhugh, die wohl bemerkt hatte, dass Millie ihre Denkfähigkeit völlig verloren hatte.

„Oh, natürlich."

Er hatte Schwestern. Das wusste Millie. Und jetzt, da sie aus ihrer Benommenheit gerissen worden war, erinnerte sie sich auch daran, dass die Schwestern im Ausland gewesen waren. Miss Fitzhugh war in der Schweiz zur Schule gegangen, und die unvergleichliche Mrs Townsend war mit ihrem Ehemann auf Reisen durch den Himalaya gewesen.

„Mr Townsend und ich haben die Heimreise angetreten, sobald wir vom Tod des Earls erfuhren. Wir sind so schnell wir konnten hergereist, haben den Ärmelkanal aber erst gestern überquert", erklärte Mrs Townsend, „nachdem wir meine Schwester in Genf abgeholt hatten."

Auf den ersten Blick hatte Millie Mrs Townsend für so alterslos wie eine Göttin gehalten, aber jetzt sah sie, dass sie tatsächlich noch sehr jung war, kaum älter als zwanzig.

„Und ich bin froh, dass wir uns so beeilt haben", fuhr Mrs Townsend fort. „Erst als wir hier ankamen, haben wir erfahren, dass das Hochzeitsdatum bereits feststeht."

Mr Graves, der keinen weiteren Schwiegersohn an die Launenhaftigkeit des Schicksals verlieren wollte, hatte darauf bestanden, dass die Hochzeit stattfand, sobald die Finanzen geregelt waren. Aber Lord Fitzhugh weigerte sich: Er wollte nicht heiraten, solange er noch zur Schule ging. Die Zeremonie war also auf den Tag nach dem Ende des Sommerhalbjahres gelegt worden, in etwas mehr als zwei Wochen.

„Unser Bruder ist ein anständiger junger Mann – der anständigste überhaupt", fuhr Mrs Townsend fort. „Aber er *ist* ein Mann und als solcher völlig unwissend, wenn es um Verlobungen und Hochzeiten geht. Außerdem kann er sich von Eton aus um nichts kümmern. Aber jetzt, wo ich wieder da bin, werden wir sofort anfangen. Zunächst mit einem Gartenfest, um Sie unseren Freunden vorzustellen, danach ein Abendessen zur Feier der Verlobung und natürlich ein Ball zu Ihren Ehren, sobald Sie aus den Flitterwochen zurückgekehrt sind. Der Ball wird auf dem Lande stattfinden müssen, da London bis dahin wie leergefegt sein wird."

Millie hatte geglaubt, sich von allen Illusionen befreit zu haben. Doch sie lag falsch. Eine Hoffnung hatte es in ihrem Herzen noch gegeben: Der Glaube, dass zumindest ein Teil von Lord Fitzhughs Verachtung nicht seine eigene war, sondern die Abneigung seiner Familie gegen diese Ehe widerspiegelte, die er eingehen musste, um die Familie vor dem finanziellen Untergang zu bewahren.

Jetzt, wo sich seine Schwestern als herzlich und hilfsbereit herausstellten und Mrs Townsend anbot, sich ganz hinter Millies Eintritt in die gute Gesellschaft zu stellen, gab es keine falschen Hoffnungen mehr, denen sie sich hingeben konnte.

Diese Ehe würde ihr Ende bedeuten.

Sie konnte nicht fliehen. Sie konnte sich nicht verstecken. Und bis zur Hochzeit waren es nur noch zwei Wochen.

DIE IDEE ENTSPRANG IHREM KOPF wie Athene dem Haupte Zeus': perfekt und vollkommen geformt. Millie fragte sich, warum sie nicht schon viel früher darauf gekommen war.

Vielleicht war sie das aber sogar, in all den Tagen und Nächten, seit sie wusste, dass sie die Frau von Lord Fitzhugh werden würde. Vielleicht hatte sie trotz aller Versuche, sich nicht das Schlimmste auszumalen, sich genau darauf vorbereitet.

Mrs Graves erwachte, kurz nachdem Mrs Townsend ihre Pläne für die Feier, das Abendessen und den Ball verkündet hatte. Millies Teilnahme am Gespräch war nicht länger nötig, und so konnte sie ihren Plan genau bedenken und verfeinern, während sie so tat, als lauschte sie der Unterhaltung.

Als sie zur Teezeit zum Pavillon der Eton-Spieler gingen, kam ihr der Weg sehr lang und doch viel zu kurz vor.

Sie bekam nur undeutlich mit, wie sie Lord Fitzhughs Freunden vorgestellt wurde. Sie war dankbar für Mrs Townsends Anwesenheit, durch die die jungen Männer nicht imstande waren, einen zusammenhängenden Satz zu formulieren, geschweige denn sich daran zu erinnern, dass Lord Fitzhugh dieses Mauerblümchen, das da neben ihr stand, nicht heiraten wollte.

Dann bat sie Lord Fitzhugh leise um ein Wort. Dank Mrs Townsends magnetischer Anziehungskraft musste er Millie nur wenige Schritte von den eifrigen Kricketspielern wegführen, die versuchten, seine Schwester zu beeindrucken. Die Geräusche der umherwandelnden Menge verschafften Millie und ihrem Verlobten das Maß an Ungestörtheit, das sie brauchten.

Er war dünner, als sie es in Erinnerung hatte, wirkte vorsichtiger, und er sprach mit leiser Stimme: „Was kann ich für Sie tun, Miss Graves?"

Würde er immer so mit ihr reden, mit dieser sorgfältig distanzierten Höflichkeit? „Ich habe über das nachgedacht, was Sie gesagt haben. Und durch ihre Worte ist mir klar geworden, dass ich tatsächlich hierzu gezwungen werde. Ich hatte nie eine andere Wahl. Man hat mir nie zu verstehen gegeben, dass es für meine Existenz auf dieser Welt einen anderen Grund gäbe, als das Verbindungsglied zwischen dem Namen der Graves und einer edleren und älteren Blutlinie zu sein.

Ein albernes Ziel. Aber so sind nun einmal die Gegebenheiten, und wir müssen sie hocherhobenen Hauptes meistern, oder es wird uns beiden schlecht ergehen. Bei Ihrem Vorgänger gab es keinen Zweifel daran, dass man von mir erwartete, so bald wie möglich einen Erben hervorzubringen. Aber … darf ich davon ausgehen, dass Sie es nicht so eilig damit haben, Vater zu werden?"

Er blickte zu seiner Linken. Sie folgte seinem Blick nicht, aber hegte keinen Zweifel daran, dass sie, würde sie es tun, die junge Dame sehen würde, die er liebte. „Sie haben recht", sagte er. „Ich habe kein Bedürfnis, allzu bald die Kinderstube zu füllen."

„Ich auch nicht. Ich möchte nicht in der naheliegenden Zukunft Mutter werden. Vielleicht nicht einmal in der nicht so naheliegenden Zukunft."

„Was schlagen Sie also vor? Einen Pakt für Kinderlosigkeit?" Es lag düsterer Humor in seiner Stimme, der aber nicht seine Augen erreichte.

„Etwas von viel größerem Ausmaß: einen Pakt der Freiheit."

Er neigte den Kopf. Zum ersten Mal schien er Interesse an der Unterhaltung zu zeigen. „Wie lautet er?"

„Wir sprechen unser Ehegelöbnis, und bis die Frage nach einem Erben akut wird, leben wir davon unbelastet – als hätten wir nie geheiratet. Beachten Sie aber, ich sage nicht, als ob Sie Ihren Titel nie geerbt hätten. Da kann ich Ihnen nicht helfen. Wenn Sie keinen General finden, der bereit ist, einen Lord in seine Reihen aufzunehmen, werden Sie in der Armee keine Karriere machen können. Aber in allen anderen Belangen können Sie tun, was Sie wollen: reisen, Zeit mit Ihren Freunden verbringen, so viele Damen umwerben, wie sie wollen. Gehen Sie zur Universität, wenn es das ist, was Sie wollen. Daheim wird Sie keine nörgelnde Ehefrau erwarten. Keine Verpflichtungen, keine Konsequenzen."

„Und Sie? Was werden Sie tun?"

„Dasselbe, von den offenkundigen Unterschieden einmal abgesehen. Es gibt bestimmte Dinge, die eine unverheiratete junge Frau einfach nicht tut, und ich werde mich daran halten. Davon abgesehen werde ich es genießen, die Herrin meines eigenen Haushaltes zu sein. Und ich werde mir keine Sorgen darüber machen müssen, wie ich mit meinem Ehemann zurechtkomme – zumindest ein paar Jahre lang."

Er schwieg. Im Licht der Nachmittagssonne strahlte seine Kricketuniform in grellem Weiß, und er sah außergewöhnlich schön aus.

„Also, was sagen Sie?"

„Klingt verlockend. Wo ist der Haken?"

„Es gibt keinen."

„Alle guten Dinge gehen irgendwann zu Ende." Er klang nicht so, als ob er ihr wirklich glaubte. „Wann läuft die Frist für unsere Vereinbarung aus?"

Sie hatte nicht darüber nachgedacht, wie lang, nur dass es sehr lang dauern sollte. „Wie wäre es mit sechs Jahren?"

Sechs Jahre waren unerhört. Selbst wenn er die Zeitspanne halbierte, sollte es lange genug sein, dass sie sich wieder in den Griff bekam.

„Acht", sagte ihr Verlobter.

Wenn er die Wahl hätte, würde er dich nie berühren.

Sie hätte mittlerweile gegen die Erniedrigungen dieser geplanten Ehe unempfindlich sein sollen, aber ihr Herz erstarrte dennoch vor Schmerz. Sie straffte die Schultern und reichte ihm die Hand. „Dann sind wir uns einig."

Er blickte auf ihre ausgestreckte Hand. Einen Augenblick lang bröckelte die Maske seiner Teilnahmslosigkeit. Sein Gesicht verzerrte sich zu einem rauen, rebellischen Ausdruck – aber nur einen Augenblick lang. Der Handel war abgeschlossen, der Vertrag unterzeichnet. Er hatte keine Wahl; was er wollte, war unerheblich.

Als sein Blick auf ihren traf, wirkte er ausdruckslos – der Blick eines Mannes ohne jede Hoffnung.

„Einverstanden." Er schüttelte ihre Hand. Seine Stimme war ebenfalls ausdruckslos, eine Mauer, die seine Wut verbarg. „Danke."

Sie zitterte innerlich. „Kein Grund, mir zu danken. Ich habe es für mich selbst getan."

Wahrere Worte hatte sie nie gesprochen.

KAPITEL 4

1896

DA DER VERKEHR EINE WEILE zum Erliegen gekommen war, hatten Helena und Millie nach ihrer Rückkehr von Lady Margaret Dearborn gerade noch Zeit, sich umzuziehen, ehe sie zum Abendessen aufbrechen mussten.

Fitz wartete auf sie, als sie die Treppe herunterkamen. „Ihr seht beide hinreißend aus."

Helena konnte an ihrem Zwilling keinen offensichtlichen Unterschied feststellen, obwohl er zum ersten Mal seit acht Jahren mit seiner Isabelle gesprochen hatte, aber sein Blick ruhte länger auf seiner Frau als sonst.

„Danke", sagte Millie. „Wir sollten uns beeilen, wenn wir nicht zu spät kommen wollen."

Ihr Ton war der einer ganz normalen Ehefrau in einer ganz normalen Ehe an einem ganz normalen Tag. Wie seltsam, dass Fitz nie aufzufallen schien, wie eigenartig das war. Solch fortwährend neutrale Erwiderungen waren unnatürlich – zumindest empfand Helena das so.

Die Unterhaltung in der Kutsche auf dem Weg zu den Queensberrys war ebenfalls größtenteils ganz normal: Die Gesellschaft war immer noch vollauf damit beschäftigt, dass ihre Schwester Venetia mit dem Duke of Lexington durchgebrannt war. Die Leute kauften immer mehr Konservendosen. Helena hatte sich mit Miss Evangeline South geeinigt, deren zauberhafte Bilderbücher sie schon lange hatte veröffentlichen wollen.

Erst als sie in die Straße der Queensberrys einbogen, stellte Millie ihre Frage, als wäre es eine reine Nebensache: „Und wie geht es Mrs Englewood?"

„Es scheint ihr gut zu gehen. Sie ist froh, wieder zurück zu sein", sagte Fitz. Nach kurzem Schweigen fügte er hinzu: „Sie hat mir ihre Kinder vorgestellt."

Seine Stimme klang in Helenas Ohren belegt. Ihre Brust zog sich zusammen. Sie erinnerte sich noch gut an seine stumme Verzweiflung, als er ihnen von seiner bevorstehenden Hochzeit erzählt hatte. Sie erinnerte sich an die Tränen, die Venetias Wangen hinabgerollt waren – und an ihre eigenen. Sie erinnerte sich, wie schwer es ihr gefallen war, nicht in aller Öffentlichkeit zu weinen, als sie danach Isabelle getroffen hatte.

„Es müssen sehr hübsche sein", murmelte Millie.

Fitz sah zum Fenster raus. „Ja, das sind sie. Außergewöhnlich hübsch."

Millie hatte ihre Frage zur perfekten Zeit gestellt: In genau diesem Augenblick hielt die Kutsche vor dem Anwesen der Queensberrys an, und als sie das Haus betraten und Freunde und Bekannte begrüßten, wurde nicht mehr von Isabelle Pelham und ihren Kindern gesprochen.

Zu ihrem Verdruss stellte Helena fest, dass Viscount Hastings ebenfalls anwesend war. Hastings war Fitz' bester Freund und derjenige, der Helenas Familie von ihrer Affäre erzählt hatte – *nachdem* er sich mit der Lüge, ihr Geheimnis wahren zu wollen, einen Kuss von ihr erschwindelt hatte. Hinterher hatte er ihr dreist erklärt, er habe lediglich versprochen, die Identität ihres Geliebten zu verheimlichen, nicht die Affäre selbst.

Zum Glück war er beim Essen nicht neben sie gesetzt worden. Es sollten besser keine Gegenstände in ihrer Nähe liegen, mit denen sie auf ihn losgehen könnte, wenn sie länger als eine Viertelstunde seine Anwesenheit ertragen musste. Aber nach dem Essen, als sich die Herren wieder zu den Damen im Salon gesellten, dauerte es nicht lange, bis er zu ihr trat.

Sie hatte sich eine Chaiselongue mit Millie und Mrs Queensberry geteilt, welche Hastings mit großer Herzlichkeit begrüßten und sich dann, als hätten sie sich gegen sie verschworen, erhoben und unter die Leute mischten.

„Sie sehen frustriert aus, Miss Fitzhugh." Er senkte die Stimme. „War es in letzter Zeit einsam in Ihrem Bett?"

Er wusste ganz genau, dass sie einer strengeren Beobachtung ausgesetzte war als die Aktienpreise an der Börse. Sie hätte nicht mal einen Hamster in ihr Bett schmuggeln können, geschweige denn einen Mann.

„Sie wirken etwas kraftlos, Hastings", entgegnete sie. „Haben Sie die Schönheiten Englands mal wieder atemlos unbefriedigt zurückgelassen?"

Er lächelte breit. „Ah, Sie wissen also, wie es ist, atemlos unbefriedigt zu sein? Von Andrew Martin habe ich allerdings auch nicht mehr erwartet."

Ihr Tonfall wurde spitz. „Zweifellos erwarten Sie von sich selbst ebenso wenig."

Er seufzte übertrieben. „Meine Liebe, so verunglimpfen Sie mich also, während ich im Gegenzug doch allenthalben nur Ihr Loblied singe."

„Nun, wir alle tun, was wir tun müssen", entgegnete sie mit zuckersüßer Stimme.

Er erwiderte nichts – jedenfalls nicht mit Worten.

Meistens verschwendete sie keinen weiteren Gedanken an ihn. Aber dann betrachtete er sie mit diesem kleinen Lächeln um die Lippen und einhundert schmutzigen Gedanken im Sinn, und sie ertappte sich dabei, wie sie gegen etwas ankämpfen musste, was sehr nah an das Gefühl von Schmetterlingen im Bauch heran kam.

Er hatte in Eton und Oxford gerudert und besaß noch immer die kräftige Statur eines Ruderers. In jener Nacht, in der er sie wegen ihrer Affäre zur Rede gestellt hatte, als sie ihm gestattet hatte, sie gegen die Wand zu drücken und zu küssen, hatte sie seine festen Muskeln nur allzu deutlich gespürt.

„Ich suche nach einem Verleger", sagte er plötzlich.

Sie musste sich von der Erinnerung an ihren mitternächtlichen Kuss losreißen. „Ich wusste gar nicht, dass Sie des Schreibens kundig sind."

Er schnalzte mit der Zunge. „Meine liebe Miss Fitzhugh, würde Byron heute noch unter den Lebenden weilen, würde er sich vor Neid auf meine Genialität seinen gesunden Fuß verdrehen."

Ihr kam ein schrecklicher Gedanke. „Bitte sagen Sie mir, dass Sie nicht in Versen schreiben."

„Grundgütiger, nein. Ich bin Romanautor."

Sie atmete erleichtert auf. „Ich veröffentliche keine Unterhaltungsliteratur."

Er ließ sich davon nicht beirren. „Betrachten Sie es als Memoiren."

„Ich kann nicht erkennen, was Sie in Ihrem Leben getan haben wollen, das es wert wäre, gedruckt zu werden."

„Habe ich nicht erwähnt, dass es ein erotisches Buch ist – oder eher erotische Memoiren?"

„Und Sie glauben, es wäre angemessen für mich, so etwas zu veröffentlichen?"

„Warum nicht? Sie brauchen Bücher, die sich gut verkaufen, um Mr Martins Geschichtsbücher gegenzufinanzieren."

„Das heißt aber nicht, dass ich bereit bin, den Namen meines Verlages auf Pornografie zu drucken."

Er lehnte sich mit einen Ausdruck geheuchelter Empörung zurück. „Meine liebe Miss Fitzhugh, nur weil es Sie erregt, ist es noch lange keine Pornografie."

Etwas stieg heiß in ihr hoch. Wut, ja – aber vielleicht nicht nur. Sie beugte sich zu ihm vor, wobei sie sicher ging, dass er Einblick in ihren Ausschnitt erhielt, und flüsterte: „Sie liegen falsch, Hastings. *Nur* Pornografie erregt mich."

Als sich seine Augen überrascht weiteten, erhob sie sich mit schwingenden Röcken und ließ ihn allein auf der Chaiselongue zurück.

„KANN ICH KURZ MIT DIR SPRECHEN?", fragte Fitz. Helena war gleich nach ihrer Rückkehr auf ihr Zimmer gegangen. Millie hatte kurz mit der Haushälterin gesprochen und wollte gerade die Treppe hinaufgehen.

Sie wandte sich um. „Natürlich, Mylord."

Er mochte ihren leicht hoheitsvollen Unterton. Als sie geheiratet hatten, hatte er sie für so farblos wie Wasser gehalten. Wohingegen Isabelle berauschender war als der beste Whiskey. Aber seitdem hatte er gelernt, dass seine Frau trockenen Humor, Geistesschärfe sowie eine durchaus ironische Weltsicht besaß.

„Glaubst du, es ist Hastings jemals in den Sinn gekommen", fragte sie ihn, als sie die Stufen herabkam, „dass zynischer Spott nicht die beste Art sein könnte, Helena den Hof zu machen?"

Perlen und Diamanten glänzten in ihrem Haar. Seine Countess war nicht abgeneigt, am Abend etwas Glanz zur Schau zu stellen. „Ich wage zu sagen, dass es ihm täglich in den Sinn kommt, aber er ist zu stolz, um jetzt auf einmal seine Herangehensweise zu ändern."

Sie führte den Haushalt von ihrem Salon im oberen Stockwerk aus, doch wenn sie geschäftlichen Besuch empfingen oder etwas besprechen mussten, dann nutzten sie stets sein Arbeitszimmer.

Sie setzte sich wie üblich auf ihren Stuhl gegenüber von seinem Schreibtisch und öffnete ihren Fächer, ein Accessoire aus schwarzer Spitze über Schildpattstäben. Ihr Geschmack bei ihrem persönlichen Schmuck überraschte ihn manchmal – der Fächer war mehr als nur ein wenig verführerisch. Aber er konnte ihr kaum einen Vorwurf daraus machen, dass sie ihre ansonsten recht strenge Garderobe mit dem einen oder anderen unerwarteten Artikel auffrischte.

Sie fuhr mit einem behandschuhten Finger über die Fächerstäbe. „Du möchtest mit mir über Mrs Englewood sprechen?"

Natürlich hatte sie es erraten. „Ja."

Zitterte ihr Fächer? Er konnte es nicht sagen, denn sie schloss ihn mit einer knappen Bewegung und legte ihre Hände in den Schoß. „Und du möchtest die alte Beziehung wieder aufnehmen?"

Er war wohl sehr durchschaubar. „Das würden wir beide gerne."

Sie neigte ihm ihr Gesicht zu und lächelte ein wenig. „Ich freue mich für euch beide. Es war schrecklich, dass ihr so lange voneinander getrennt sein musstet."

„Was unseren Pakt betrifft …", setzte er an.

„Mach dir darüber keine Sorgen. Das Letzte, was ich will, ist, dir und Mrs Englewood irgendwie im Weg zu stehen."

„Du hast mich falsch verstanden. Ich werde keine Affäre mit Mrs Englewood eingehen – jedenfalls nicht *nur* eine Affäre. Es geht um ein dauerhaftes Arrangement, und ich habe vor, ihr treu zu sein."

„Ich habe nichts falsch verstanden", erwiderte sie leise. „Ich habe nichts anderes von dir erwartet. Und ich wünsche euch beiden nur das Beste."

Etwas an ihrer verständnisvollen Zustimmung weckte in ihm das Bedürfnis, sie in den Arm zu nehmen. Sie kam ihm nur selten einsam vor, aber jetzt tat sie es.

„Bevor Mrs Englewood und ich unser gemeinsames Leben beginnen, möchte ich unseren Pakt ehren."

Der Fächer entglitt ihren Fingern und fiel laut klappernd zu Boden. „Was meinst du damit, dass du ihn ehren willst?"

Er hob den Fächer auf und reichte ihn ihr. „Es wäre ein Pflichtversäumnis meinerseits, täte ich es nicht. Es wäre auch dir und deiner Familie gegenüber ungerecht – wenn ich dieses Vermögen annehmen würde, ohne zumindest zu versuchen, dir einen Sohn zu geben, der den Titel erbt."

Ihr sonst so scharfer Verstand schien sie im Stich gelassen zu haben. „Du willst mir einen Sohn schenken", wiederholte sie langsam.

„Es ist nur gerecht."

„Aber wir wissen nicht, wie lange es dauert, bis ich einen Erben bekomme. Du könntest für unbestimmte Zeit warten müssen." Sie stand auf. Ihre Stimme bekam einen fast hysterischen Unterton. „Was, wenn ich unfruchtbar bin? Was, wenn ich eine dieser Frauen bin, die dazu bestimmt sind, nur Töchter zu bekommen? Was, wenn …"

Sie verstummte mitten im Satz, als bemerkte sie, dass sie auf sehr untypische Art reagierte. Er war wie gelähmt: Er hatte sie seit ihren Flitterwochen nicht so emotional gesehen – und damals war sie es nur gewesen, weil er Gefahr lief, seine Gesundheit und seinen Verstand zu zerstören.

Sie schluckte. „Meine Einschätzung der Lage unterscheidet sich von deiner." Ihre Stimme war wieder beherrscht und unter Kontrolle. „Ich verstehe sehr wohl, dass eure Übereinkunft dauerhaft sein wird, und ich bin ganz dafür. Ich denke, dass du nach all den Jahren, die vergangen sind, nicht noch mehr Zeit verschwenden solltest."

Ein beängstigender Gedanke beschlich ihn: Sie wollte nicht, dass er sie berührte. Obwohl sich ihre Ehe in echte Freundschaft und tiefe Zuneigung verwandelt hatte, bestürzte sie der Gedanke, mit ihm zu schlafen, noch so sehr wie an jenem Tag, als sie den Pakt vorgeschlagen hatte.

„Es wird nicht lange dauern", sagte er. „Sechs Monate. Es ist egal, ob du ein Kind empfängst oder nicht, und es ist egal, ob das Kind ein Junge oder ein Mädchen ist: sechs Monate und der Rest unterliegt Gottes Willen."

„Sechs Monate", wiederholte sie schwach, als hätte er ihr sechzig Jahre in Sibirien vorgeschlagen.

Er konnte ihren Terminkalender eines jeden Tages auswendig aufsagen, aber ihr Herz war wie ein ummauerter Garten, unsichtbar für jeden, dem der Eintritt verwehrt war.

„Ich kenne den wahren Grund dafür, dass du unseren Pakt nie hast erfüllen wollen", hörte er sich selbst sagen. „Du wolltest es schon vor einigen Monaten verschieben, bevor wir überhaupt von Mrs Englewoods Plänen, zurückzukehren, gehört hatten."

Sie starrte ihn an, als hätte sie Angst vor dem, was er gleich sagen würde.

„Du erwähnst ihn nie, aber ich habe es nicht vergessen. Es gab jemanden, den du aufgeben musstest, um mich zu heiraten."

Sie lachte auf, ein leises, seltsames kleines Geräusch. „Oh ja, der."

Er ging zu ihr. Sie trug niemals Parfum, aber ihre Seife duftete nach dem Lavendel von ihrem Landsitz – und nach einem Hauch von etwas Weicherem, Süßerem. Die Wärme ihres Körpers milderte den sonst so strengen Lavendelduft, ließ ihn interessanter erscheinen. Beinahe sinnlich.

Er legte ihr eine Hand auf die Schulter. Sie zitterte bei seiner Berührung kaum wahrnehmbar – er hoffte, es war vor Überraschung und nicht vor Abscheu.

„Millie … ich denke, ich kann dich Millie nennen?"

Sie nickte.

„Wir sind Freunde, Millie – gute Freunde sogar. Wir werden das gemeinsam durchstehen. Und wenn es vorüber ist, bin ich nicht der Einzige, dem es frei steht, alten Träumen zu folgen. Auch du bist dann ungebunden, und ich wünsche dir nur das Beste."

Sie sah weg. „Ich weiß kaum, was ich sagen soll."

„Dann sag ja."

„Du … du verlangst nicht, dass wir noch heute Nacht beginnen, oder?"

Sein Puls raste. Natürlich nicht, aber bei dem bloßen Gedanke wurde ihm heiß.

Dann erkannte er, warum sie es für möglich hielt, dass er eine solch plötzliche und ungehörige Forderung stellen könnte: Seine Finger hatten wie aus eigenem Willen entschieden, sich nicht damit zu begnügen, still liegen zu bleiben, sondern waren an ihrem Hals zu der empfindlichen Stelle unter ihrem Ohr hinaufgewandert.

In einer Bewegung, die man als Liebkosung bezeichnen konnte.

Er zog hastig seine Hand zurück. „Nein, nicht heute Nacht."

„Wann?" Ihre Stimme war kaum zu hören.

Er starrte auf die Stelle, wo eben noch seine Hand gewesen war, ihre glatte, bloße Schulter, ihr schlanker Hals, ihr anmutiges Ohrläppchen. „Heute in einer Woche."

Sie sagte nichts.

„Vertrau mir: Alles wird gut werden, und wer weiß, vielleicht empfängst du ja sofort."

Sie wandte ihr Gesicht ab, aber selbst aus diesem Winkel konnte er, der die subtilen Abstufungen in ihrem Gesichtsausdruck über Jahre hinweg studiert hatte, erkennen, dass sie sich um eine ausdruckslose Miene bemühte.

Er zögerte, sie wieder zu berühren, aber es war undenkbar, sie nicht zu trösten.

„Es wird nicht so schlimm werden." Er zog sie in eine lockere Umarmung. „Ich verspreche es."

FÜR IHN WÜRDE ES NICHT SCHLIMM WERDEN, für sie hingegen schon.

Verstand er nicht, was er da von ihr verlangte? Sie sollte seine Geliebte werden, wohl wissend, dass sie an einem nicht allzu fernen Tag beiseitegeschoben würde, wohl wissend, dass selbst, wenn er mit ihr schlief, sein Herz und seine Gedanken bereits bei der glücklichen Zukunft mit Mrs Englewood weilten.

Sag es ihm. Es ist allein deine Schuld, wenn du es ihm nicht sagst.

Er küsste ihr Haar.

Hör auf. Fass mich nicht an.

Aber sie liebte diese seltenen Berührungen. Als er sie hochgehoben und umhergewirbelt hatte, als er vier Walzer mit ihr getanzt hatte, als er ihr im Luftschiff den Arm um die Schultern gelegt hatte. Und natürlich jene Nacht in Italien. Immer und immer wieder schwelgte sie in jenen Erinnerungen, jedes Detail auf Hochglanz poliert, jede Empfindung vollends ausgeschöpft.

Selbst jetzt sehnte sich ihr Körper danach, ihm näher zu sein. Sie wollte ihre Nase an seine Haut drücken und seinen Geruch einatmen – er duftete immer so herrlich, als wäre er gerade eben erst über eine sonnige Wiese gegangen. Sie wollte mit ihrer Handfläche über seine Wangen fahren, um die beginnenden Stoppeln zu spüren. Sie wollte ihre Hände unter sein Hemd wandern lassen und jede Kontur und Linie mit jener leidenschaftlichen Hingabe kennenlernen, mit der sie einst die *Grandes Études* gemeistert hatte.

Es gibt keinen anderen. Ich liebe dich. Ich habe immer nur dich geliebt. Um Himmels Willen, zwing mich nicht dazu.

Er küsste sie aufs Ohr, ein flüchtiger, unschuldiger Kuss. Trotzdem loderte Verlangen in ihr auf. Sie war verbrannt, nur noch Schutt und Asche.

„Es wird bald vorbei sein", murmelte er. „Es wird vorbei sein, ehe du es merkst."

Und für den Rest ihres Lebens würde sie nur noch ein Nebengedanke in seiner und Mrs Englewoods alles überstrahlenden Glückseligkeit sein.

Ich kann nicht. Ich kann nicht. Lass mich in Ruhe.

„Ich werde ein besonders rücksichtsvoller Liebhaber sein. Das verspreche ich."

Ein kleiner Schluchzer entrang sich ihrer Kehle, so sehr sie auch versuchte, ihn zu unterdrücken.

Er umarmte sie fester. Sie konnte kaum atmen. Sie wollte, dass er sie nie wieder losließ.

„Also gut", sagte sie. „Sechs Monate. Heute in einer Woche."

„Danke", flüsterte er.

Es war der Anfang vom Ende.

Vielleicht war es auch das Ende von etwas, was niemals hatte beginnen sollen.

KAPITEL 5

Die Flitterwochen

1888

IN FITZ' KOPF HAUSTE EIN RIESE, der unermüdlich einen Vorschlaghammer von der Größe des Olymps schwang. Er zuckte, der Boden hart und kalt unter seinem schmerzenden Körper.

„Steh auf!" Das Brüllen des Riesen war wie ein Nagel, der mitten durch Fitz' Schädel getrieben wurde. „Herrgott noch einmal, steh *auf!*"

Es war kein Riese, der brüllte, sondern Hastings. Fitz wollte ihm sagen, dass er die Klappe halten und ihn in Ruhe lassen sollte – wenn er hätte aufstehen können und nicht wie ein gemeiner Trunkenbold auf dem Boden liegen würde. Und wenn er sprechen könnte. Aber seine Kehle schien mit Sand und Kies gefüllt, er brachte kein Wort heraus.

Hastings fluchte und zog ihn an der Rückseite seines Hemdes hoch. Sie waren etwa gleich groß, aber Hastings war kräftiger. Er zerrte Fitz über den Boden, wobei sich dem der Magen umdrehte und sein Kopf schmerzte, als würde er gegen eine Wand geschlagen.

„Hör auf, Gott verflucht, hör auf."

Hastings kümmerte sich nicht um seinen Protest. Er beförderte ihn in eine halbwegs aufrechte Haltung und stieß ihn dann in eine mit siedend heißem Wasser gefüllte Wanne.

„Himmel!"

„Wasch dich und werde nüchtern", knurrte Hastings. „Ich kann Colonel Clements nicht viel länger warten lassen."

Colonel Clements konnte ihn mal.

Der Vorschlaghammer schlug erneut zu und Fitz erinnerte sich, dass heute sein Hochzeitstag war. Die Zeit hielt für niemanden an, am wenigsten für einen jungen Mann, der nur das behalten wollte, was er besessen hatte.

Er wischte sich mit einer nassen Hand über das Gesicht und öffnete schließlich die Augen. Er war in einem Bad mit abblätternder brauner Tapete, breiten, schleimgrünen Vorhängen und einem verbogenen Spiegelrahmen, dem der Spiegel fehlte. Sein Stadthaus, wie ihm schaudernd wieder einfiel.

Hastings hatte kein Mitleid mit ihm. „Beeil dich!"

„Colonel Clements …" Er atmete scharf ein. Es fühlte sich so an, als hätte ihm jemand in sein rechtes Auge gestochen. „Er sollte nicht vor halb elf hier sein."

Die Hochzeit war um halb zwölf.

„Es ist viertel vor elf", sagte Hastings grimmig. „Wir versuchen seit zwei Stunden, dich fertig zu machen. Der erste Diener hat es nicht einmal geschafft, dass du dich rührst. Den zweiten hast du durch den Raum geschleudert. Ich hab dich in deinen Gehrock gesteckt und du hast dein halb verdautes Abendessen darüber erbrochen."

„Du machst Witze." Er erinnerte sich an nichts.

„Ich wünschte, es wäre so. Das war vor einer Stunde. Dein Rock ist ruiniert, du wirst meinen tragen müssen. Und wenn du den ruinierst, dann, das schwöre ich dir, hetze ich die Hunde auf dich."

Fitz drückte sich die feuchten Finger gegen die Schläfen. Das war ein Fehler: Schmerz zog sich wie Stacheldraht durch sein Hirn. Er atmete zischend aus. „Warum hast du zugelassen, dass ich mich so betrinke?"

„Ich hab versucht, dich davon abzuhalten. Du hast mir fast die Nase gebrochen."

„Wovon redest du?"

„Dein Verhalten letzte Nacht, Lord Fitzhugh. Eines der Mädchen, die Copley eingestellt hatte, ist übrigens davongelaufen und hat geschrien, dass sie unmöglich die unnatürlichen Handlungen vollziehen könne, die du von ihr verlangt hast."

Fitz hätte gelacht, wäre er dazu in der Lage gewesen. Vor vierundzwanzig Stunden war er noch Jungfrau gewesen – es könnte sogar sein, dass er das immer noch war. „Das ist unmöglich", murmelte er schwach.

„Leider nicht", sagte Hastings. Sein Gesicht zeigte eine Mischung aus Ungeduld, Mitleid und Entmutigung. „Es reicht, du musst dich zusammenreißen. Die Kutsche fährt um elf ab – wir hätten um elf bei der Kirche sein sollen."

Fitz bedeckte seine Augen. „Warum passiert mir das?"

„Ich weiß es nicht. Ich weiß es wirklich nicht." Hastings' Stimme war belegt. Mit einer Hand drückte er Fitz die Schulter. „Was kann ich tun?"

Was konnte er tun? Was konnte irgendjemand tun?

„Lass mich einfach kurz allein."

„In Ordnung. Du hast zehn Minuten."

Zehn Minuten.

Fitz vergrub das Gesicht in seinen Händen. Wie konnte er sich zusammenreißen, wenn sein ganzes Leben zerbrach? Nicht in zehn Minuten, so viel war sicher. Nicht in einhundertzehn Jahren.

WIE DURCH EIN WUNDER KAM die Gruppe des Bräutigams noch vor der Gruppe der Braut an, wenn auch nur um wenige Sekunden. Hastings versuchte, Fitz dazu zu bringen, in die Kirche zu rennen, damit er nicht draußen gesehen wurde, wenn die Brautkutsche vorgefahren kam. Aber Fitz hätte selbst dann nicht rennen können, hätte ihn jemand mit einem Messer bedroht.

Er schob Hastings' Hand weg. „Ich bin hier. Das muss reichen."

Die Kirche lag mit der Kutsche nur zehn Minuten von seinem Stadthaus entfernt. Er hätte schon vor einer Stunde hier sein und in der Sakristei auf und ab gehen müssen, bis es an der Zeit war, vor den Altar zu treten.

Und das wäre er, bei Gott, er wäre es, würde er Isabelle heiraten. Er wäre bei Sonnenaufgang aus dem Bett gesprungen und noch vor den Trauzeugen fertig gewesen. Er wäre derjenige gewesen, der an ihre Türen geklopft hätte, um sicherzugehen, dass alle rechtzeitig wach und ordnungsgemäß angezogen waren. Und wären leichte Mädchen auf seinem Junggesellenabschied gewesen, hätte er sie zu seinen Kommilitonen geführt – es wäre ihm nicht in den Sinn gekommen, seinen Körper vor seiner Hochzeit zu entehren.

Aber hier stand er nun, entehrt, schlecht hergerichtet und zu spät – und trotz allem immer noch gut genug für die Zeremonie, die den Verkauf seines Namens und seiner Person besiegelte.

Die unbarmherzig grelle Sonne verstärkte das Pochen in seinem Schädel. Die Luft in London war nahezu immer schmutzig – manchmal konnte man den Dreck direkt schmecken. Aber die sintflutartigen Regengüsse der letzten Woche seiner Freiheit hatten sie reingewaschen. Der Himmel war wolkenlos blau und weit. Es war geradezu lachhaft, wie schön der Himmel war, perfekt für jede Hochzeit außer seiner eigenen.

Meter über Meter von Organza war in die Kirche gestopft worden. Tausende Maiglöckchen standen überall, und ihr Duft lag so schwer wie Weihrauch in der Luft. Sein noch immer empfindlicher Magen zog sich zusammen.

Die Kirchenbänke waren bis zum letzten Platz besetzt. Als er den Gang entlangging, wandte sich ihm ein Meer aus Gesichtern zu, das von einer Welle des Geflüsters begleitet wurde – ohne Zweifel führte seine beinahe unverzeihliche Verspätung zu Kommentaren.

Doch als er sich dem Altar näherte, verstummte eine Reihe nach der anderen. Was sahen sie in seinem Gesicht? Abscheu? Kummer? Elend?

Er konnte nicht sehen, was vor ihm lag.

Und dann erblickte er Isabelle, die sich aus ihrem Sitz auf einer Kirchenbank erhob und sich zu ihm umwandte.

Er hielt inne und starrte sie an. Ihre Augen waren rot und geschwollen, ihre Wangenknochen zeichneten sich scharf ab, ihre Haut war so blass wie Eis – und sie war unermesslich schön.

Sie sah ihn an. Ihre Lippen teilten sich und formten die Worte: *Lauf mit mir fort.*

Warum nicht? Sollte Henley Park doch verrotten. Sollten seine Gläubiger doch zur Hölle gehen. Und sollten die Graves doch jemand anderen finden, an den sie ihre Tochter verschachern konnten. Das hier war *sein* Leben. Und er würde es so leben, wie es *ihm* gefiel.

Er brauchte nur die Hand auszustrecken. Sie würden einen Platz für sich finden und sich ihr eigenes Glück schmieden, das Leben bei den Hörnern packen und es niederringen.

Er hob die Hand einen Zentimeter, dann noch einen. Vergiss doch die Ehre, vergiss das Pflichtgefühl, vergiss alles, wozu du erzogen worden bist. Alles, was sie brauchten, war ihre Liebe.

Liebe würde aus ihr eine Ausgestoßene machen. Sie würde ihre Familie verlieren, ihre Freunde, ihre ganze Zukunft wäre vernichtet. Und wenn ihm etwas zustieße, bevor er volljährig war – dann hätte er sie für den Rest ihres Lebens verdammt.

Er ließ seine Hand sinken.

Hastings ergriff seinen Arm. Er befreite sich aus dem Griff. Er *war* der Mann, zu dem man ihn erzogen hatte. Ihn musste niemand zum Altar schleifen.

Den Blick noch immer auf Isabelle gerichtet formten seine Lippen die Worte: *Ich liebe dich.*

Dann schritt er mit hoch erhobenem Kopf den Rest des Weges zu seinem Untergang.

Während der gesamten Zeremonie blickte Millie nicht ein einziges Mal ihren Bräutigam an.

Wenn es angebracht war, wandte sie ihm das Gesicht zu, aber unter ihrem Schleier starrte sie nur auf den Saum ihres viel zu extravaganten Kleides, dessen Perlstickereien so schwer waren wie ihr Herz. Und als er ihren Schleier lüftete, um ihr einen züchtigen Kuss auf die Wange zu geben, konzentrierte sie sich auf seine nebelgraue Weste und die kaum sichtbaren, fein gewebten Karos.

Jetzt waren sie Mann und Frau und würden es bis an das Ende ihrer Tage bleiben.

Die Gemeinde erhob sich, als sie zur Kirchentür gingen. Kein Freund des Bräutigams reichte ihm die Hand und beglückwünschte ihn. Niemand lächelte das frischvermählte Paar an. Einige Damen hatten die Köpfe zusammengesteckt und tuschelten miteinander.

Plötzlich sah Millie sie, Miss Isabelle Pelham, bleich, geschlagen und doch beinahe majestätisch in ihrem Stolz und ihrem Schweigen. Unendlich langsam und für alle deutlich sichtbar lief ihr eine Träne über die Wange.

Millie war entsetzt. Eine solche Zurschaustellung von Gefühlen war ihr fremd – sie empfand es als beinahe schamlos.

Sie konnte sich selbst nicht davon abhalten: Sie blickte zu Lord Fitzhugh. Er vergoss keine Tränen. Aber in allem anderen – dem aschfahlen Gesicht, dem düsteren Blick, der Verzweiflung eines Soldaten, der den Krieg verloren hatte – glichen er und Miss Pelham einander, und ihre Schönheit wurde durch ihren Kummer nur noch verstärkt.

Es war bedeutungslos, dass Millie in der Angelegenheit kein Mitspracherecht hatte. Es war bedeutungslos, dass die Krallen des Teufels sich in ihr Herz schlugen. Sie las das Urteil in den Gesichtern der Gäste: *Sie* war hier der Eindringling. Die Graves mit ihrem vulgären Vermögen und ihrem vulgäreren Ehrgeiz hatten ein perfektes, einander ergebenes Liebespaar auseinandergerissen und alle Aussichten für sie, jemals glücklich zu werden, zerstört.

Sie brauchte zu ihrem Elend nicht auch noch Schuldgefühle. Aber Schuldgefühle gruben sich tief in ihre Seele.

MRS GRAVES HALF MILLIE BEIM UMKLEIDEN, hob ihr das bleierne Hochzeitskleid über den Kopf und legte es beiseite. Millie fühlte sich nicht leichter; die Schwere in ihrem Herzen ließ sich nicht vertreiben.

Ihr Körper bewegte sich gehorsam, sie steckte die Arme durch die Ärmel einer weißen Bluse, trat in einen marineblauen Rock aus Kammgarn. Mrs Graves hielt ihr die passende Jacke hin, und sie zog sich diese ebenfalls an.

„Du solltest dir einen Garten anlegen, Liebes", sagte ihre Mutter, als sie den Reif aus Orangenblüten aus Millies Haar löste. „Einen Garten mit einer Bank."

Wozu? Ein hübscher Ort, an dem sie die Schmach ihrer Hochzeit noch einmal durchleben konnte? Das Hochzeitsbankett, das sich durch Miss Pelhams Abwesenheit ausgezeichnet hatte, war nicht viel besser gewesen. Und jetzt war sie wieder auf dem Anwesen der Graves, statt sich in ihrem neuen Zuhause die Reisekleidung anzuziehen, weil ihr Ehemann behauptet hatte, das Stadthaus sei zu baufällig, um einer kultivierten jungen Dame wie ihr als Obdach zu dienen.

„Mit einem Garten ist alles besser", erklärte Mrs Graves sanft. „Du wirst etwas zu tun haben, wenn du es brauchst. Du wirst viel glücklicher sein, wenn du einen Garten hast, Millie."

Sie hielt den Kopf gesenkt. Würde ein Garten sie vergessen lassen, dass ihr Ehemann eine andere liebte? Oder dass sie sich in den einen Mann verliebt hatte, der sie nie zurücklieben würde?

Mrs Graves hatte sich für Flitterwochen in Rom ausgesprochen, aber Lord Fitzhugh hatte beim Abendessen anlässlich ihrer Verlobung, das seine Schwester veranstaltet hatte, gefragt: „Sind die Sumpfgebiete bei Rom im Sommer nicht malariaverseucht?" Daher hatten sie sich stattdessen für den Lake District entschieden, wo Malaria nie ein Risiko war.

Millie traf ihren neuen Ehemann am Bahnhof. Er war schweigsam, teilnahmslos, aber unfehlbar zuvorkommend. Nach einer letzten Umarmung ihrer Mutter wurde sie in die Obhut dieses Jungen übergeben, der selbst erst noch erwachsen werden musste.

Die Zugfahrt dauerte fast den gesamten Tag. Millie hatte zwei Bücher zum Lesen mitgebracht. Der Earl starrte aus dem Fenster. Geflissentlich blätterte sie alle drei Minuten um, aber sie hätte am Ende nicht sagen können, ob sie eine Chronik zu den Napoleonischen Kriegen oder ein Handbuch zur Haushaltsführung gelesen hatte.

Spät am Abend erreichten sie ihr Ziel.

„Lady Fitzhugh wird ihr Abendessen in ihrem Zimmer zu sich nehmen", erklärte Lord Fitzhugh dem Gastwirt.

Millie hätte tatsächlich darum gebeten: ein kleines Mahl in absoluter Ungestörtheit. Aber sie spürte, dass er nicht aus Rücksicht auf ihre Erschöpfung darum gebeten hatte, sondern damit sie ihm nicht im Weg war.

„Und Sie, Mylord?", fragte der Gastwirt.

„Dasselbe … und eine Flasche Ihres besten Whiskys."

Sie blickte auf. War seine Totenblässe das Ergebnis einer durchzechten Nacht? Er starrte zurück, und sie senkte hastig ihren Blick.

Sie rührte ihr Essen kaum an. Sie klingelte und ließ das Tablett wegbringen, ehe sie sich umzog. Sie hatte ihrer Zofe für die Zeit ihres Aufenthaltes im Lake District frei gegeben, damit die Wahrheit ihrer „Flitterwochen" nicht herauskam.

Im Nachthemd setzte sie sich an den Waschtisch und bürstete sich das Haar. Ihr Gesicht blickte sie aus dem Spiegel unglücklich an. Sie war nicht unansehnlich: Mit dem richtigen Kleid und der richtigen Frisur konnte sie durchaus als hübsch gelten. Aber es war eine schlichte Art von hübsch, die sich nicht einprägte. Einige der Bekannten ihrer Mutter vergaßen ständig, dass sie sie schon kennengelernt hatten, selbst in ihrer eigenen Familie verwechselten ihre älteren Tanten sie gerne mal mit einer ihrer vielen Cousinen.

Auch besaß sie keine energischen Charakterzüge, welche ihre ansonsten recht unscheinbaren Merkmale beleben und unwiderstehlich machen würden. Nein, sie war ein stilles, vernünftiges und verschlossenes Mädchen, das eher sterben würde, als in aller Öffentlichkeit Tränen zu vergießen. Wie konnte sie es je mit Miss Pelhams unwiderstehlichem Feuer aufnehmen?

Sie löschte das Licht in ihrem Zimmer. Mit der Dunkelheit legte sich eine tiefe Stille über den Raum. Sie lauschte nach Geräuschen aus Lord Fitzhughs Zimmer, konnte aber nichts hören, keine Schritte, kein knarrendes Bett und auch keine über die Tischplatte rutschende Whiskyflasche.

Durch ihr Fenster konnte sie den Garten sehen, Beete und Büsche in den Schatten der Nacht. Ein Streichholz leuchtete auf und erhellte einen Mann, der an der Sonnenuhr lehnte: Lord Fitzhugh. Er zündete eine Zigarette an und warf das Streichholz weg. Sie bemerkte erst, als der Mond einige Minuten später hinter den Wolken hervorkam, dass er nicht rauchte, sondern die Zigarette nur lose zwischen Zeige- und Mittelfinger seiner rechten Hand hielt.

Als die Zigarette zu Asche verbrannt war, entzündete er eine neue.

Und auch die brannte ungenutzt ab.

SIE LAG LANGE WACH. Als sie schließlich in einen unruhigen Schlummer fiel, schien es ihr, als hätte sie nur eine Minute lang geschlafen, ehe sie im Bett hochfuhr. Eine unheimliche Stille begrüßte sie, aber sie hätte schwören können, dass sie von einem lauten Krachen geweckt worden war.

Es ertönte erneut, ein schrecklicher Lärm, als Glas auf Glas traf.

Sie kletterte aus dem Bett, zog ihren Morgenmantel über und riss die Verbindungstür auf. Im schwachen Licht sah sie, das Porzellanscherben und Essensreste auf dem Boden verteilt lagen – das Abendessen des Earls. Der Wandspiegel hatte hässliche Risse, als hätte Medusa hineingesehen. Eine Whiskyflasche lag in Scherben darunter.

Lord Fitzhugh stand inmitten der Trümmer mit dem Rücken zu ihr und noch immer in seiner Reisekleidung.

„Geh zurück ins Bett", befahl er ihr, ehe sie etwas sagen konnte.

Sie biss sich auf die Lippen und kehrte in ihr Zimmer zurück.

Am Morgen war die Verbindungstür verschlossen. Sie versuchte es vom Gang aus an seiner Tür, doch auch diese war verschlossen. Sie stocherte in ihrem Frühstück herum und verbrachte unruhige zwei Stunden im Garten, wo sie so tat, als würde sie lesen.

Schließlich öffnete sich sein Fenster. Sie konnte ihn nicht sehen. Wenige Minuten später schloss es sich wieder.

*

ZU IHRER ÜBERRASCHUNG ERSCHIEN ER, als sie etwa die Hälfte ihres Mittagessens verzehrt hatte.

Er sah schrecklich aus, zerzaust und unrasiert. Sie stellte unglücklich fest, dass er zu ihrer Hochzeit zwar kränklich ausgesehen hatte, aber zumindest hatte er − oder sehr wahrscheinlich jemand anderes − sich die Mühe gemacht, ihn vorzeigbar aussehen zu lassen. Eine solche Mühe hatte er sich heute nicht gegeben.

„Mylord", begrüßte sie ihn und wusste nicht, was sie dem hinzufügen sollte.

„Mylady", sagte er mit ausdruckslosem Gesicht, als er sich ihr gegenüber setzte. „Sie müssen sich über den Zustand meines Zimmers keine Gedanken machen. Ich habe es bereits mit dem Gastwirt besprochen."

„Verstehe."

Sie war froh, dass er die Verantwortung dafür übernahm. Sie selbst hätte die Angelegenheit als zu demütigend empfunden. Was sagte man in so einer Situation? „Es tut mir schrecklich leid, aber ich glaube, mein Ehemann hat einen Teil Ihres Besitzes zerstört?"

„Ich habe ebenfalls veranlasst, zu einem Anwesen etwa zwanzig Meilen nördlich von hier weiterzufahren, wo ich ungestörter sein kann."

Er wäre ungestörter. Was war mit ihr?

„Ich wäre scheußliche Gesellschaft", fuhr er fort, während sein Blick auf irgendetwas hinter ihr ruhte. „Ich bin mir sicher, dass es Ihnen hier besser gefallen wird."

Sie waren gerade mal einen Tag verheiratet, und schon konnte er es kaum erwarten, sie loszuwerden. „Ich werde mit Ihnen kommen."

„Es besteht kein Grund, die Ehefrau zu spielen. Wir haben eine Vereinbarung."

„Ich spiele nicht die Ehefrau." Es fiel ihr schwer, leise und ruhig zu sprechen. „Wenn ich hier bleibe, nachdem mein Mann sein Zimmer verwüstet hat und abgefahren ist, werden mir das Mitleid und die müßige Neugierde der Besitzer und Angestellten des Gasthauses ganz sicher keine Freude bereiten."

Er betrachtete sie eine Minute lang, die sonst so schönen blauen Augen blutunterlaufen. „Wie Sie wollen. Ich fahre in einer halben Stunde ab."

*

DIE GEGEND ZWANZIG MEILEN WEITER nördlich war wunderschön. Ihr Ziel lag auf halbem Weg einen steilen, dicht bewaldeten Hang hinauf, von dem aus man auf einen spiegelglatten See blickte. Die Farben der Hügel wechselten ständig: grau und neblig am Morgen, leuchtend blau-grün zur Mittagsstunde und fast violett im Sonnenuntergang.

Aber es war kein *Anwesen*. Millie hatte eine Art Landgut erwartet. Oder zumindest ein Jagdhaus. Was sie vorfand, war ein Häuschen, das kaum größer war als eine Holzhütte und nur zwei Stufen besser als eine primitive Höhle.

Die nächste Ortschaft lag zehn Kilometer entfernt. Sie hatten keine Kutsche, keine Dienstmädchen und keinen Koch. Der Earl erwartete, dass sie von Brot, Butter, Dosenfleisch und Früchten lebten, die alle drei Tage gebracht wurden. Oder besser: Er erwartete, dass *sie* davon lebte. Er selbst benötigte nur Whisky, der kistenweise geliefert wurde.

Jede Nacht zog er sich mit mehreren Flaschen zurück. Jede Nacht schlug er etwas in seinem Raum kaputt: die Teller, die an der Wand zerschellten, den Waschtisch, den schweren Eichentisch. Während dieser Gewaltausbrüche verkroch sie sich in ihrem Bett. Auch wenn er nie ein böses Wort gegen sie richtete − oder sie auch nur ansah −, bei jedem Krachen zerbrach etwas in ihr.

Manchmal verließ sie ihr Bett, zog ihren dicksten Mantel über und ging nach draußen, so weit fort, wie sie es in der Finsternis wagte, um sich die Sterne anzusehen. Um sich daran zu erinnern, dass sie nur ein Staubkorn im riesigen Universum war − und ihr Herzschmerz unbedeutend. Dann zerschmetterte er wieder etwas, durchbrach die Stille der Nacht, und ihr Universum schrumpfte wieder auf einen einzelnen Punkt der Verzweiflung zusammen.

Tagsüber schlief er. Sie durchwanderte stundenlang die Hügel und kehrte erst zurück, wenn sie erschöpft war. Sie vermisste ihre Mutter, ihre gütige, kluge und unerschütterlich liebevolle Mutter. Sie vermisste den Frieden und die Beschaulichkeit ihres Zuhauses, wo sich niemand Tag für Tag bewusstlos trank. Sie vermisste sogar die unablässigen Klavierstunden − hier gab es nichts zu tun, keine Ziele zu erreichen, keine Leistung zu erbringen.

Sie bekam ihn selten zu Gesicht. An einem Tag, nachdem der Waschtisch in Einzelteilen im Mülleimer gelandet war, sah sie ihn nackt bis zur Hüfte im Bach hinter der Hütte baden. Er hatte erschreckend viel Gewicht verloren, sein Oberkörper war nur noch Haut und Knochen.

Ein anderes Mal atmete er zischend aus, als sie die Öllampe im Salon anzündete. Er lag ausgestreckt auf dem langen Sofa, die Arme über dem Gesicht. Sie entschuldigte sich, löschte das Licht und ging auf ihr Zimmer. Auf dem Weg kam sie an seinem vorbei: Der Kleiderschrank war umgestürzt, der Stuhl war nur noch als Feuerholz zu gebrauchen und rasiermesserscharfe Glasscherben von unzähligen Whiskyflaschen lagen überall verstreut.

Es verschlug ihr den Atem. Seine Verzweiflung umhüllte sie wie eine dunkle Flut, mit Unterströmungen aus Zorn. Sie hasste ihn in diesem Moment: Nichts und niemand hatte ihr je dieses Gefühl vermittelt, als diente ihre Existenz nur dazu, Seelenverwandte zu trennen und vielversprechende junge Männer in selbstzerstörerische Schatten ihrer selbst zu verwandeln.

Und dennoch brach es ihr das Herz, ihn so zu sehen.

DIE EINSAMKEIT DER HÜTTE, die ohne Zweifel hervorragend geeignet war, persönlichen Schmerz persönlich zu halten, war in jeder anderen Hinsicht nicht besonders hilfreich. Lord Fitzhugh hatte keine Aufgaben zu erledigen, keine Verpflichtungen, die von ihm verlangten, einem geordneten Tagesablauf zu folgen, und keine Freunde oder Familienmitglieder, vor denen er sich nüchtern und normal geben musste.

In seinem Zimmer war nichts mehr übrig, was er zerschlagen konnte. Nachdem er in der vergangenen Woche sein Bett zu Kleinholz verarbeitet hatte, schlief er nun auf einer Strohmatratze am Boden. Millie hatte Angst, dass er jetzt im Salon weitermachen würde. Stattdessen verfiel er in eine tiefe Lethargie. Der Whisky, der ihn zunächst nur nachts begleitete, war jetzt sein steter Gefährte.

Millie war in diesen dunklen Seiten des Lebens unerfahren. Aber sie zweifelte nicht daran, dass er auf einem gefährlichen Weg war. Er benötigte dringend Hilfe – und bald. Aber wenn sie sich hinsetzte, um einen Hilferuf zu verfassen, wusste sie nicht, an wen sie den Brief richten sollte.

Konnte Mrs Townsend ihren Bruder dazu überreden, mit dem Trinken aufzuhören? Konnte es Colonel Clements? Aus der Familie Graves war mit Sicherheit niemand von Nutzen. Und selbst wenn Millie den Rest ihres Stolzes hinunterschluckte und Miss Pelham um Hilfe anflehte, würde Miss Pelhams Familie ihr gestatten, sich wieder mit dem Earl einzulassen?

Mrs Graves Ratschläge hatten Millie helfen sollen, mit einem distanzierten Ehemann, herablassenden Bediensteten und einer Gesellschaft zurechtzukommen, die argwöhnisch auf eine weitere Erbin reagierte, die sich zu viel anmaßte. Niemand hatte hingegen daran gedacht, ihr zu sagen, was sie tun sollte, wenn ihr Ehemann entschlossen war, seine Jugend und Vitalität in den Hals einer Whiskyflasche zu stopfen und alles wegzuwerfen.

Sie ließ den Brief liegen und nahm ihren Hut. Die dichten Wolken, die den Himmel bedeckten, verhießen Regen, aber das kümmerte sie nicht. Sie musste aus der Hütte heraus. Und wenn sie klitschnass zurückkehrte, sich eine Lungenentzündung holte und noch vor Monatsende das Zeitliche segnete, nun, umso besser für… Sie hielt inne.

Ihr Ehemann, der seit Tagen nicht draußen gewesen war, saß auf den Stufen vor der Hütte und starrte in den Lauf eines Gewehrs.

„Was … was tun Sie da?" hörte sie sich selbst mit hoher, dünner Stimme fragen.

„Nichts", sagte er, ohne sich umzusehen, während seine Hand zärtlich über den Lauf strich.

Langsam, ohne ein Geräusch zu machen, zog sie sich in die Hütte zurück. Und dort griff sie sich zum ersten Mal in ihrem Leben ans Herz. In ihrer Kehle steckte ein Kloß, in ihrem Kopf drehte sich alles.

Er dachte an Selbstmord.

FITZ HATTE JEGLICHES ZEITGEFÜHL VERLOREN, und es kümmerte ihn nicht im Mindesten. Die Vergangenheit war unendlich viel besser als die Gegenwart oder die Zukunft. Und noch besser war es, wenn die Grenzen zwischen Wirklichkeit und Fantasie verschwammen.

Er war nicht länger auch nur in der Nähe des Lake Districts, sondern im Haus der Pelhams und steckte inmitten einer angeregten

Unterhaltung mit Isabelle, während ihre Mutter am anderen Ende des Raumes stickte.

Sie war so interessant, seine Isabelle, und so interessiert an allem. Ihre Augen leuchteten wie Sterne, aber ihre Schönheit war so einnehmend wie der Morgen, strahlend hell, voller Glut und Elan. Und wenn er sie ansah, wurde ihm vor Glück ganz leicht ums Herz, und es war so schwerelos, dass es wie ein Ballon in den Himmel stieg.

„Ich muss mit Ihnen reden, Lord Fitzhugh", sagte sie.

Lord Fitzhugh? Lord Fitzhugh war sein Großneffe vierten Grades.

„Worüber?"

„Sie können so nicht weiter machen."

„Warum nicht?" Er war verwirrt. Genauso, wie er jetzt war, wollte er bleiben, ein unbekümmerter junger Mann, der das Mädchen, das er liebte, an seiner Seite hatte.

„Wenn Sie nicht an sich selbst denken wollen, dann denken Sie bitte an Ihre Familie. Ihre Schwestern werden am Boden zerstört sein."

Er öffnete die Augen. Seltsam, hatte er eine Unterhaltung mit geschlossenen Augen geführt? Und seit wann war der Raum so dunkel, so voller Schatten und Düsternis?

Er lag auf dem Rücken. Und sie stand über ihm, so nah, dass er nur die Hand ausstrecken musste. Er hob seinen Arm und berührte ihr Gesicht. Sie zuckte zusammen. Ihre Haut war zarter als die Erinnerung an Frühling. Sie hatte ihm so gefehlt. Sie war es. Sie war es immer gewesen.

Er zog sie ganz sanft zu sich herab, um sie nicht zu erschrecken, und küsste sie. Oh Gott, sie schmeckte so süß, wie Frühlingswasser aus einer Quelle. Er fuhr mit seinen Fingern durch ihr Haar und küsste sie wieder.

Erst als er den oberen Knopf ihres Kleides öffnete, wehrte sie sich.

„Still", murmelte er. „Ich bin ganz vorsichtig."

„Sie haben Wahnvorstellungen, Lord Fitzhugh! Ich bin nicht Miss Pelham. Ich bin Ihre Ehefrau. Wären Sie bitte so freundlich, mich loszulassen?"

Schockiert kämpfte er sich in eine aufrechte Lage … Himmel, sein *Kopf.* „Was zum … Warum reden Sie im Dunkeln mit mir?"

„Das letzte Mal, als ich das Licht angemacht hatte, hat es Ihnen in den Augen wehgetan."

„Dann machen Sie jetzt Licht."

Es wurde hell, und das Licht schmerzte in seinen Augen, aber er brauchte das Prickeln und das Stechen. Seine Frau war in eine Ecke des Raumes geflüchtet. Wie zur Hölle hatte er sie für Isabelle halten können? Sie hätten gar nicht verschiedener sein können: ihre Größe, ihre Statur, ihre Stimme – einfach alles war anders.

„Vielleicht ist es an der Zeit, sich zu überlegen, ob Sie wirklich so betrunken sein möchten, dass Sie Ihre Frau für Ihre Liebste halten", sagte sie kalt.

Er legte sich wieder hin. Das Licht der Lampe flackerte in Kreisen, deren Stärke zusehends abnahm, über die Decke. „Es hilft mir zu vergessen."

„Wozu ist das gut, wenn Sie sich am nächsten Tag nur aufs Neue wieder erinnern müssen?"

Natürlich war es zu nichts gut. Es war eine Schwäche. Sein Vater hätte ein solch unmännliches Verhalten nie gebilligt. Aber sein Vater hatte mit neunzehn Jahren noch alles, wofür es sich zu leben lohnte. Der Rest von Fitz' Leben streckte sich endlos und karg vor ihm. Nur der Schmerz war eine Gewissheit: Seine Mitschüler aus Eton würden ihre Kommissionen als Offiziere erhalten, Isabelle würde einen anderen Mann heiraten und dessen Kinder zur Welt bringen.

Was gab es schon, worauf er sich hätte freuen können? Die Dachreparaturen von Henley Park? Genaue Kenntnisse darüber, wie man Sardinen haltbar machte? Lady Fitzhugh, die ihm an zehntausenden Frühstückstischen mit ihrem prüden, missbilligenden Gesichtsausdruck gegenüber saß?

„Dauerhafte Nüchternheit hat keinen Reiz für mich", sagte er.

Manchmal erstaunte es ihn, dass er auch nur eine Stunde davon ertrug.

„Sie denken nicht immer daran, Ihre Tür zu schließen. Ich habe gesehen, wie Sie sich vor Schmerzen den Kopf halten. Ich habe gehört, wie Sie sich übergeben. Genügt es nicht, dass Ihnen das Herz bricht? Müssen Sie zusätzlich auch noch Ihre Gesundheit ruinieren?"

„Ich werde aufhören, wenn mir danach ist."

Seine Hand griff schon aus Gewohnheit nach der neuen Whiskyflasche neben ihm, nur um ins Leere zu fassen. Seltsam, selbst wenn er sich ihren Inhalt bereits die Kehle hinuntergekippt hätte, so hätte die Flasche doch noch immer dort sein müssen.

„Ich fürchte, Sie werden früher aufhören müssen", teilte ihm seine Frau mit. „Ich habe den Whisky entsorgt."

Verdammtes Weibsstück, was bildete sie sich ein? Er war irgendwie dankbar gewesen, dass sie nicht versucht hatte, ihn aufzumuntern oder sein Trinken einzuschränken. Es war wohl zu schön gewesen, um von Dauer zu sein. Aber das machte nichts, sie hatte eine Flasche geleert, doch er hatte noch immer eine halbe Kiste übrig.

Er hielt sich an der Armlehne des Sofas fest und kämpfte sich auf die Beine. Der aufrechte Gang war zu einem gefährlichen Unterfangen geworden. Beim letzten Mal war er gestolpert und hatte sich die Schulter angeschlagen. Die Risiken, die ein Trunkenbold einging. Ein Trunkenbold, ein Säufer, ein Mann, der seine Sorgen im Alkohol ertränkte – oder es zumindest mit allen Mitteln versuchte.

Er hatte gewöhnlich zehn bis fünfzehn Flaschen im Schrank neben seinem Zimmer gelagert. Der Schrank war leer. Er fluchte. Jetzt musste er sich den ganzen Weg nach draußen schleppen.

Er torkelte schwankend zum Schuppen hinter der Hütte. Er hätte den Whisky nicht so weit entfernt verstaut, wenn er nicht in einer Nacht, in der er Dinge in seinem Raum zertrümmert hatte, mehrere ungeöffnete Flaschen zerschmettert hätte. Am nächsten Tag hatte er den Whisky zum Schutz weggebracht.

Die Kisten standen im Schuppen ordentlich übereinander gestapelt. Die Flaschen glänzten matt. Sein Herz machte vor Erleichterung einen Satz. Er griff eine Flasche am Hals und hob sie an seine ausgedörrten Lippen. Etwas stimmte nicht – sie war zu leicht. Die Flasche war leer. Er warf sie beiseite und zog eine andere Flasche raus. Auch die war leer.

Leer. Leer. Leer.

Ich habe den Whisky entsorgt.

Sie war gründlich gewesen.

Er trat gegen den Kistenstapel und verlor beinahe das Gleichgewicht, stürzte schwer gegen die Schuppenwand.

„Alles in Ordnung?", fragte sie mit ihrer blutleeren Stimme von irgendwo hinter ihm.

Alles in Ordnung? Konnte sie nicht mit eigenen Augen sehen, dass nie wieder alles in Ordnung sein würde?

Er torkelte aus dem Schuppen. „Ich geh ins Dorf."

Er würde sich betrinken, und wenn es ihn umbrachte.

„In einer halben Stunde wird es stockfinster sein. Und Sie haben keine Ahnung, in welche Richtung Sie gehen müssen."

Er hasste ihre Vernunft, ihre anständige Art und ihre dumme Annahme, sie würde ihm *helfen*.

„Ich kann Sie nicht davon abhalten, morgen loszugehen. Und ich kann Sie ganz bestimmt nicht davon abhalten, sich auf die nächste Alkohollieferung zu stürzen. Aber für heute Nacht rate ich Ihnen, hier zu bleiben."

Er fluchte. Er wandte sich mit unangenehm schlagendem Herzen zurück zum Schuppen und griff sich eine leere Flasche, in der Hoffnung, an ihrem Boden noch einen oder zwei Tropfen zu finden. Aber das Einzige, was vom Alkohol noch übrig war, war der süße Duft.

Ihre Stimme ertönte erneut, flach und unerbittlich. „Ich weiß, dass für Sie die Welt zusammengebrochen ist, Mylord. Aber das Leben geht weiter und das gilt auch für Sie."

Er warf die Flasche gegen die Rückwand des Schuppens. Sie zerbrach nicht, sondern schlug gegen die Wand und landete dumpf auf einen Stapel Leinensäcke. Er stürmte nach draußen, um sie zur Rede zu stellen.

„Was zur Hölle wissen Sie schon von einer zusammengebrochenen Welt? Das ist das Leben, auf das Sie sich jahrelang vorbereitet haben."

Sie sah zu ihm hoch. Die Intensität ihres Blicks in ihrem geradezu nichtssagenden Gesicht war erstaunlich.

„Denken Sie, Sie sind der Einzige, der durch diese Ehe jemanden verloren hat, den er liebt?"

Sie versuchte gar nicht erst, ihre kryptische Aussage zu erklären, sondern machte auf dem Absatz kehrt und ging zurück in die Hütte.

AM ANFANG WAR ES GAR NICHT SO SCHLIMM, nicht schlimmer jedenfalls als der schwere Schädel beim Aufwachen, an den er sich inzwischen gewöhnt hatte. Aber im Laufe des Abends wurden die Kopfschmerzen immer bohrender, wurden erst doppelt so heftig und dann noch einmal so unerträglich. Seine Hände zitterten. Sein

Nachthemd war schweißdurchtränkt. Wellen der Übelkeit wühlten sich durch seine Eingeweide.

Noch nie war es ihm so furchtbar gegangen. Zum ersten Mal in seinem Leben vertrieb sein rein körperliches Elend alles andere aus seinem Kopf – außer den lieblichen, bernsteinfarbenen Nektar, nach dem er sich so verzweifelt sehnte. Er flehte um ein Glas davon, einen Schluck, einen Tropfen. Es musste nicht einmal hochwertiger Whisky sein. Brandy würde ihm genügen, oder Rum, Wodka, Absinth oder sogar ganz gewöhnlicher Gin, die Art, die für den Geschmack mit Terpentin gepanscht war.

Nicht ein Tropfen kam zu seiner Rettung. Aber von Zeit zu Zeit spürte er vage, dass er nicht allein war. Jemand gab ihm Wasser zu trinken, wischte ihm den Schweiß von der Stirn und hatte vielleicht sogar saubere Laken unter ihm ausgebreitet.

Irgendwann fiel er in einen unruhigen Schlaf, die Träume voller um sich schlagender Monster und erzwungener Abschiede. Oft schreckte er mit wild klopfendem Herzen hoch, überzeugt davon, er wäre aus großer Höhe herabgestürzt. Jedes Mal ertönte besänftigendes Flüstern an seinem Ohr, das ihn wieder in den Schlaf wiegte.

Er öffnete seine Augen in einem abgedunkelten Raum und fühlte sich, als hätte er hohes Fieber gehabt: Auf seiner Zunge lag ein bitterer Geschmack, seine Muskeln waren geschwächt, und sein Kopf fühlt sich völlig zerschlagen an. Laken waren vor das Fenster gehängt worden, wodurch er nicht abschätzen konnte, wie spät es war. Eine Kerosinlampe warf dunkles orangefarbenes Licht auf die Wände. Und war das – er blinzelte mit seinen schmerzenden, trockenen Augen – ein großer Strauß Gänseblümchen in einem Tonkrug? Tatsächlich, kleine Gänseblümchen mit strahlend weißen Blüten und gelben Punkten, die wie die Sonne leuchteten.

Hinter den Gänseblümchen schlief seine Frau auf einer Fußbank. Ihr hellbraunes Haar hing zu einem Zopf geflochten über ihre Schulter.

Als er sich in eine sitzende Position hochstemmte, sah er, dass auf dem Boden neben seinem Lager ein Tablett mit einer dickbauchigen Teekanne, gebutterten Brotscheiben, einer Schüssel mit Trauben und zwei gekochten und bereits geschälten Eiern stand, die mit einem sauberen, weißen Taschentuch zugedeckt waren.

„Ich fürchte, der Tee ist schon kalt", ertönte eine Stimme, als er nach der Kanne griff.

Der Tee war tatsächlich schon kalt. Aber er war so durstig, dass es ihm fast nichts ausmachte. Und er war so hungrig, dass das leichte Unwohlsein ihn nicht davon abhielt, alles in seiner Reichweite Befindliche zu essen.

„Wie haben Sie es geschafft, Tee aufzubrühen?" Eine feine Dame schenkte in ihrem Salon vielleicht Tee an ihre Gäste aus, aber sie brühte ihn nie selbst auf. Und mit Sicherheit wusste sie nicht, wie man das Feuer für den Kessel entzündete.

„Es gibt hier einen Spirituskocher und ich habe gelernt, wie man ihn benutzt." Sie trat vor, nahm das Tablett von seinem Schoß, nachdem er aufgegessen hatte, und betrachtete ihn, als sei er ein schiffbrüchiger Fremder, der vor ihr an Land gespült worden war. „Sie sollten noch etwas ruhen."

Sie war schon fast draußen, als ihm wieder seine Frage von eben einfiel: „Warum stehen dort Gänseblümchen?"

„Die Kamille?" Sie blickte zu dem unordentlichen Strauß. „Ich habe gehört, dass Kamillentee beim Einschlafen hilft. Ich habe keine Ahnung, wie man Kamillentee kocht, also hoffe ich, dass Ihnen ihr Anblick gefällt."

Die Kamillenblüten waren so grell, dass sie ihm in den Augen wehtaten. „Das kann ich nicht gerade behaupten, aber danke."

Sie nickte und ließ ihn allein.

DIE NACHT BRACH HEREIN. Ohne es zu merken, hatte Fitz fast den ganzen Tag verschlafen. Es war zu spät, jetzt noch loszugehen, das Dorf zu finden und sich mit Whisky einzudecken. Aber selbst wenn er noch genügend Tageslicht zur Verfügung gehabt hätte, so war er doch noch immer zu erschöpft, um den Fußmarsch anzutreten.

Hätte er allerdings gewusst, dass die zweite Nacht genauso fürchterlich werden würde wie die erste, dann hätte er den Versuch wohl gewagt. Die Kopfschmerzen kehrten mit voller Wucht zurück. Auch das Zittern, Herzrasen und die Übelkeit traten wieder auf. Es dauerte eine halbe Ewigkeit, bis ihn die Erschöpfung übermannte. Er schlief, während er sich an einer Hand festhielt, die nicht seine war.

Die dritte Nacht verlief viel besser, er schlief tiefer und träumte nicht. Und als er mit mehr oder weniger klarem Verstand aufwachte, war es Morgen und nicht Nachmittag oder Abend wie zuvor.

Das Laken verdeckte noch immer das Fenster. Er hielt sich zum Schutz eine Hand vor die Augen, zerrte das Betttuch herunter, und Licht strömte in den Raum. Was die Sonne erhellte, war kein schöner Anblick. Die Wände waren mit tiefen Kratzern überzogen, als wäre ein wildes Tier mit Krallen und Stoßzähnen hier eingesperrt gewesen und hätte verzweifelt versucht zu entkommen. Er fuhr mit den Fingern über einige der raueren Furchen, ein wenig überrascht, dass er zu solchen Gewaltausbrüchen fähig war.

Der Kamillenstrauß stand noch immer da und verbreitete trotz der hängenden Köpfe eine gewisse Fröhlichkeit. Seine Frau war hingegen verschwunden. Allerdings hatte sie eine weitere Kanne mit kaltem Tee zurückgelassen. Da es ihm so gut ging, dass er ohne Hilfe umherlaufen konnte, verließ er sein selbstgewähltes Gefängnis, um den Spirituskocher zu suchen, den sie erwähnt hatte.

Er fand ihn, aber der Brennspiritus war aus. Also entfachte er in der offenen Herdstelle ein Feuer, pumpte draußen auf dem Hof Wasser in den Kessel und brachte es zum Kochen. Das Erste, was man in Eton lernte, war, Tee, Rühreier und gebratene Würstchen für die älteren Schüler zuzubereiten. Während das Wasser sich erwärmte, steckte er Brotstücke auf eine Grillgabel.

Als Tee und Brot fertig waren, war Lady Fitzhugh immer noch nirgendwo zu sehen.

Er ging sie suchen und fand sie in ihrem Bett. Noch angezogen – samt Stiefeln – schlief sie mit dem Gesicht nach unten auf ihrer Bettdecke, die Arme an ihren Seiten, als hätte sie sich einfach vom Fußende aus auf das Bett fallen lassen.

Er wollte nicht spionieren, aber als er sich zum Gehen wandte, fiel sein Blick auf einen halb fertigen Brief auf ihrem Schreibtisch. Er war an seine Schwestern gerichtet.

Liebe Mrs Townsend, liebe Miss Fitzhugh,

vielen Dank für Ihr freundliches Schreiben letzte Woche. Ich entschuldige mich für unsere verspätete Antwort: Ihr Brief erreichte uns erst vor drei Tagen mit unserer halbwöchentlichen Lieferung aus Woodsmere.

Das Wetter hier ist herrlich. Und die Seen sind so wunderbar blau und klar. Ich bin immer wieder aufs Neue von der Schönheit der Umgebung überwältigt, auch wenn wir schon seit Wochen hier sind.

Lord Fitzhugh wollte selbst schreiben, aber in den letzten Tagen war er unpässlich – höchstwahrscheinlich wegen etwas, was er zu sich genommen hatte. Er hat die Unbill seiner Leiden tapfer durchgestanden und ist bereits auf dem Wege der Besserung.

Um Miss Fitzhughs Frage zu beantworten: Ich habe vor, zu Mr Wordsworths Anwesen in Grasmere hinauszufahren, sobald Lord Fitzhugh wieder vollständig genesen ist.

Außer in Bezug auf seine Absicht, ihnen zu schreiben – er hatte nicht einmal gewusst, dass Briefe angekommen waren –, hatte sie es geschafft, nicht zu lügen, was ihr nicht leicht gefallen sein dürfte, wenn man bedachte, dass diese Flitterwochen wohl die schlimmsten Tage ihres Lebens gewesen sein mussten.

Er sah noch einmal zu ihr hinüber und bemerkte, dass ihre linke Hand tiefe Schrammen aufwies. Alarmiert näherte er sich dem Bett und hob ihre Hand, um sie genauer in Augenschein nehmen zu können.

Sie rührte sich und schlug die Augen auf.

„Was ist mit Ihrer Hand passiert? Ich hoffe, ich habe nicht …" Er konnte sich nicht vorstellen, dass er, betrunken oder nicht, einer Frau wehtun würde. Aber er hatte einige Gedächtnislücken.

„Nein, natürlich nicht. Ich habe mich selbst ein paar Mal geschnitten, als ich herausfinden wollte, wie der Dosenöffner funktioniert."

Am Anfang hatte er ihr die Dosen aufgemacht, wenn er für sich selbst welche geöffnet hatte. Aber in letzter Zeit, bettlägerig wie er war, hatte er das völlig vergessen.

„Es tut mir leid", sagte er beschämt.

„Es ist nichts." Sie erhob sich vom Bett. „Geht es Ihnen besser?"

Er war noch immer müde und alles tat ihm weh, aber es war eine reinigende Erschöpfung. „Mir geht es gut. Ich wollte Ihnen sagen, dass das Frühstück fertig ist, falls Sie etwas möchten."

Sie nickte, dieses Mädchen, das ihn in seinen schlimmsten Momenten gesehen hatte, das ein Felsen der Vernunft und des gesunden Menschenverstandes geblieben war, als er sich zügellos seinem Elend ergeben hatte. „Gut. Ich habe Hunger."

Beim Frühstück las sie die Briefe vor, die sich angesammelt hatten, drei von seinen Schwestern, zwei von Colonel Clements, zwei von Hastings und ein halbes Dutzend von anderen Klassenkameraden. „Sie haben alle beantwortet?"

„Ich bin noch nicht ganz fertig mit dem Brief an Ihre Schwestern, aber die anderen, ja." Sie sah ihn an. „Keine Sorge, ich habe nicht behauptet, Sie seien überglücklich."

Ihr Gesicht war überaus wandelbar. Jedes Mal, wenn er sie ansah, war er erstaunt. Sie sah nie ganz genau so aus, wie er dachte, dass sie aussehen müsste.

„Sie hätten Ihnen ohnehin nicht geglaubt."

„Ja, ich weiß." Ihre Stimme klang ruhig und sachlich.

Ihre Gelassenheit entspannte die Situation, selbst bei diesem hochexplosiven Thema.

„Geht es Ihnen gut?", fragte er.

„Mir?" Seine Frage überraschte sie. „Ja, mir geht es gut – gut genug jedenfalls."

„Weinen Sie dem Mann nicht nach?"

„Wem?"

„Dem Mann, den Sie aufgeben musstest, um mich zu heiraten."

Sie rührte einen weiteren Löffel Milchpulver in ihren Tee, sie hatten keine Sahne mehr. „Bei mir ist es anders. Wir hatten keine gemeinsame Vergangenheit – es war größtenteils Wunschdenken meinerseits."

„Aber Sie lieben ihn?"

Sie sah in ihre Tasse. „Ja, ich liebe ihn."

Der Schmerz, den ein Übermaß an Whisky gedämpft hatte, kehrte brennend zurück. „Dann sitzen wir also im selben Boot: Keiner von uns kann denjenigen haben, den wir eigentlich wollen."

„So ist es", sagte sie und blinzelte rasch.

Erschreckt erkannte er, dass sie die Tränen zurückhielt, während er seine Einschätzung von ihr von farbloser Gehorsamkeit zu stiller Stärke änderte: Als er vom Weg abgekommen war, hatte sie ihn aus der Wildnis zurückgeführt.

„Sie sind mit der Situation wesentlich besser umgegangen als ich", stellte er fest, und die Worte klangen in seinen Ohren ungelenk und zaghaft. „Ich weiß nicht, wie Sie es schaffen, mich zu erdulden, wo es doch für Sie nicht weniger schwierig ist."

Sie biss sich auf die Lippen. „Sagen Sie es bitte niemandem, aber ich nehme hinter Ihrem Rücken klammheimlich Unmengen Laudanum."

Es dauerte einen Moment, ehe er erkannte, dass sie einen Scherz gemacht hatte. Er lächelte schwach. Das Gefühl war seltsam: Er konnte sich nicht erinnern, wann er das letzte Mal gelächelt hatte.

Sie erhob sich. „Ich schreibe besser den Brief zu Ende, ehe Mr Holt aus dem Dorf kommt. Er wird ..." Sie zögerte. „Er wird Whisky mitbringen."

MILLIE HÄTTE DEN WHISKY FÜR ihren Mann am liebsten zurückgeschickt. Aber sie hatte ihm an dem Tag, an dem sie alle Flaschen weggeschüttet hatte – ihr Kampfgeist und ihre Entschlossenheit überraschten sie noch immer –, gesagt, dass die Entscheidung bei ihm lag.

Also musste sie sie auch ihm überlassen.

Sie nahm die Milch, das Brot, die Eier, die Butter und das Obst und Salatgemüse entgegen. Es gab eine Kiste mit konservierten Sardinen, Fleisch und Plumpudding – alles von Cresswell & Graves hergestellt. Und dann war da der Whisky.

„Den Alkohol brauchen wir nicht mehr", erklärte Lord Fitzhugh.

Millie hatte sich an den bärtigen, liederlichen Trunkenbold mit wirrem Haar gewöhnt. Der junge Mann, der vor die Hütte trat, war rasiert und ordentlich angezogen. Er war noch immer zu dünn und zu blass, und in seinen Augen stand eine Trauer, die so alt war wie die Liebe selbst. Aber Millie musste sich dazu zwingen, den Blick abzuwenden. Er hatte nie eindrucksvoller und anziehender ausgesehen.

„Wie Sie wünschen, Sir", sagte Mr Holt. „Ich trage den Rest hinein. Ach, das hätte ich fast vergessen: Es ist ein Telegramm für Sie gekommen."

Lord Fitzhugh nahm das Schreiben und öffnete es. Sein Gesichtsausdruck veränderte sich sofort. „Laden Sie nichts mehr aus. Wenn Sie etwa eine halbe Stunde warten könnten und uns dann nach Woodsmere mitnehmen würden, wäre ich Ihnen sehr dankbar."

Mr Holt berührte die Krempe seines Huts. „Wie Sie wünschen, Mylord."

Millie folgte ihrem Mann zurück ins Haus. „Was ist los? Von wem ist das Telegramm?"

„Helena. Venetias Ehemann ist gestorben."

„Woran?" Millie konnte es nicht glauben. Sicherlich war ihre liebenswürdige, schöne Schwägerin nicht in so jungen Jahren zur Witwe geworden. Mr Townsend war bei ihrer Hochzeit völlig gesund gewesen. Und Mrs Townsend hatte in ihren Briefen nichts erwähnt, was auf eine Krankheit hingedeutet hätte.

„Helena hat nichts über die Todesursache gesagt, nur, dass Venetia am Boden zerstört ist. Wir müssen zurückfahren und ihr beistehen."

Wir. Es war das erste Mal, dass er sie beide als eine Einheit betrachtete. Ihr Herz machte vor Freude einen Satz. „Natürlich. Ich werde sofort mit dem Packen beginnen."

Zwanzig Minuten später waren sie unterwegs. Das Schwanken und Holpern des Karrens musste ihm in seiner noch immer geschwächten Verfassung alles andere als gut tun, aber er ertrug die Unbequemlichkeit, ohne sich zu beschweren.

In manchen Aspekten waren sie sich gar nicht so unähnlich. Sie beide stellten ihre Pflicht allen anderen Dingen voran. Sie waren beide von Natur aus zurückhaltend. Und sie beide ertrugen persönliches Leid besser, als sie vermutet hatten.

„Danke", sagte er, als sie noch eine Meile von der Ortschaft entfernt waren. „Wenn Sie den Whisky nicht zu genau dem Zeitpunkt weggekippt hätten, dann wäre ich meiner Schwester jetzt nicht von Nutzen. Ich bin froh, dass Sie diese Entschlossenheit und Stärke besessen haben."

Die Freude, die sie bei seinem Lob überkam, war beängstigend. Sie blickte auf ihre Hände, damit sie ihre Gefühle nicht verriet. „Ich habe um Ihr Leben gefürchtet."

„Dazu braucht es vermutlich etwas mehr als ein paar Wochen Trinkerei."

Sie konnte es fast nicht aussprechen. „Ich spreche von dem Gewehr."

Er wirkte ehrlich verwirrt. „Welches Gewehr?"

„Sie haben in den Lauf einer Schrotflinte gestarrt."

„Meinen Sie die Attrappe, die ich im Schuppen gefunden habe?"

Sie schaute ihn mit offenem Mund an. „Das war eine *Attrappe*?"

„Natürlich. Ein Kinderspielzeug." Er lachte. „Vielleicht sollten wir Sie einmal mit richtigen Waffen vertraut machen, damit Sie beim nächsten Mal den Unterschied erkennen."

Ihr wurde heiß im Gesicht. „Wie furchtbar peinlich."

Jetzt, wo er nüchtern war, waren seine Augen von einem überirdischen Blau. „Das ist es – für *mich*. Dass ich mich so aufgeführt habe, dass Sie an meinem Willen zu leben zweifeln konnten."

„Sie haben einen schrecklichen Verlust erlitten."

„Nichts, was nicht auch andere – Sie eingeschlossen – erlitten haben."

Er war bereit, sein gebrochenes Herz und seinen Kummer zu überspielen – so wie sie.

Die Straße beschrieb eine Kurve. Vor ihnen erstreckte sich eine herrliche Aussicht: ein großer, ovaler See, so smaragdgrün wie die Gipfel, die ihn umgaben. An seinen Ufern blühten Sommerblumen, und ihre Spiegelbilder, weiß und malvenfarbenen, waren wie eine Kette aus Perlen. Am gegenüberliegenden Ufer lag ein hübsches Dörfchen mit efeuumrankten Häusern, in deren Blumenkästen vor den Fenstern noch Geranien und Alpenveilchen blühten.

„Nun", sagte sie, „zumindest sind die Flitterwochen vorbei."

„Ja." Er drehte sein Gesicht gen Himmel, als genösse er das Gefühl der Sonnenstrahlen auf seiner Haut. „Gott sei Dank."

KAPITEL 6

1896

FITZ STAND VOR ISABELLES HAUS.

Am Tag zuvor hatte er vor ihrer Tür gezögert, weil er mit maßloser Hoffnung und einer ebenso starken Furcht vor Enttäuschung zu kämpfen hatte. Aber das war gestern gewesen, bevor sie einander eine gemeinsame Zukunft versprochen hatten, eine Zukunft, die sie einst für immer verloren geglaubt hatten. Heute hätte er ihr Haus leichten Fußes und ohne irgendwelche Unsicherheit betreten sollen.

Doch letzte Nacht hatte er die Sache mit Millie besprochen. Und sechzehn Stunden später war er noch immer von ihrer Panik, ihrem Erschrecken über seinen Vorschlag, beunruhigt. Sie hatte schließlich zugestimmt, aber das Gefühl der Ablehnung blieb, als ob all die Jahre gemeinsamer Zuneigung und Ziele nichts bedeuteten.

Er läutete und wurde eingelassen. In Isabelles sonnigem Salon umarmten sie einander lange, bevor sie sich setzten. Ihr ging es gut, den Kindern ebenfalls. Sie war mit ihnen an diesem Morgen ins Britische Museum gegangen. Alexander konnte sich an den Rüstungen gar nicht satt sehen. Hyacinth war von den Mumien fasziniert gewesen, ganz besonders von den Tiermumien – und plante bereits ihren alten Kater General für alle Zeiten zu erhalten, sobald er dereinst aus dem Leben schied.

„Ich kann mir gut vorstellen, wo sie ihren Hang zum Übermut her hat", sagte Fitz.

Isabelle lachte glucksend. „Ich wage zu behaupten, dass sie mich noch weit übertreffen wird."

Der Tee kam. Sie erhob sich und ging zu einem kleinen Schrank. „Tee ist ein so albernes Getränk für einen Mann. Kann ich dir etwas Stärkeres anbieten?"

Er hatte seit dem Lake District keinen Tropfen „Stärkeres" angerührt. „Nein, danke. Tee genügt mir."

Sie schien ein wenig enttäuscht. Es gab vieles, was sie über ihn nicht wusste – oder er über sie. Aber sie hatten noch genug Zeit, einander neu kennenzulernen.

Sie setzte sich wieder und goss ihnen Tee ein. „Gestern hattest du gesagt, dass du mit deiner Frau sprechen musst. Ist die Unterhaltung gut verlaufen?"

Wäre die Unterhaltung gut verlaufen, dann würde er sich innerlich nicht so leer fühlen. Aber er konnte auch nicht behaupten, dass sie schlecht verlaufen wäre, da er bekommen hatte, was er wollte.

„Gut genug", sagte er und gab Isabelle eine stark gekürzte Zusammenfassung von dem, worauf er und Millie sich geeinigt hatten.

„Sechs Monate!", rief Isabelle. „Ich dachte, das Gespräch mit deiner Frau wäre eine reine Formsache."

„Es ist nie einfach, wenn man verheiratet ist." Zumindest hatte er gerade angefangen, das zu erkennen.

„Aber ihr seid seit fast acht Jahren verheiratet. Wenn sie in dieser ganzen Zeit noch kein Kind empfangen hat, wie sollen dann sechs weitere Monate helfen?"

Er hatte diese Frage erwartet. „Wir haben es nur selten versucht. Ich habe meine Bedürfnisse woanders gestillt, und Lady Fitzhugh war, soweit ich es sagen kann, zufrieden, in Ruhe gelassen zu werden."

„Wie selten?"

„Wir haben während der Flitterwochen einige Nächte zusammen verbracht."

Genau genommen war das nicht gelogen, aber er erweckte absichtlich den falschen Eindruck. Er wollte nicht, dass irgendjemand, und ganz besonders nicht Isabelle, glaubte, an seiner Ehe sei etwas ungewöhnlich oder unvollendet. Millie würde sich so schämen.

Es überraschte ihn, wie leicht es ihm fiel, sie in Gedanken Millie zu nennen. Vielleicht hatte er das schon seit einer Weile getan, ohne dass es ihm aufgefallen war.

Isabelles Reaktion war vielschichtig: Flüchtig zeigte sich Enttäuschung auf ihrem Gesicht, gefolgt von einem Anflug von

Erleichterung. Wenn er nie mit seiner Frau das Bett geteilt hätte, wäre das ein großartiger Beweis seiner Treue zu ihr, aber es hätte auch bedeutet, dass er in dem Versuch, einen Erben zu zeugen, sich in Form seiner Gattin in gewisser Weise eine neue Geliebte nahm, was Isabelle auch nicht wollen konnte.

„Ich weiß, dass dir diese Übereinkunft nicht zusagt, Isabelle, aber du verstehst, dass Lady Fitzhugh und ich irgendwann unsere Pflicht tun müssen. Ich glaube, es wäre dir lieber, wenn wir das hinter uns bringen und ich nicht regelmäßig zu ihr zurück muss, sobald wir zusammen sind."

„Das ist verrückt", sagte Isabelle unglücklich. „Ihr hättet euch schon viel früher um einen Erben bemühen müssen. Das ist eine ziemliche Pflichtverletzung deinerseits."

„Stimmt", räumte er ein. „Aber ich hatte auch nie gedacht, dass du in mein Leben zurückkehren und alles ändern würdest."

„Mir gefällt das nicht."

Er nahm ihre Hand. „Wir müssen fair bleiben. Lady Fitzhugh verdient dieselbe Freiheit, die sie mir gewährt hat. Aber ohne einen Erben wird sie sich diese Freiheit niemals nehmen. Es würde mich bekümmern, sie allein und schutzlos zu sehen – und das würde unser Glück dämpfen."

„Aber sechs Monate sind eine so lange Zeit. Es könnte alles Mögliche passieren."

„Sechs Monate sind nicht so lange, besonders nicht verglichen mit der Zeit, die wir getrennt waren, oder den Jahren, die noch vor uns liegen."

Isabelle umklammerte seine Finger. „Erinnerst du dich an das, was ich dir in meinem Brief geschrieben habe? Ich hatte dasselbe Fieber wie Captain Englewood. Seine Gesundheit war so robust wie die einer Bergziege. Aber am Ende habe ich überlebt und er nicht."

Ihr Blick verfinsterte sich. „Du solltest dich nicht so sehr auf das Schicksal verlassen, Fitz. Das Leben hat sich schon einmal gegen dich gewandt, und das könnte es wieder tun. Zögere nicht. Ergreife den Augenblick. Lebe, als ob es kein Morgen gäbe."

Er hatte das bereits versucht, im Lake District. Aber der Morgen war von erbarmungsloser Beharrlichkeit: Er kam immer wieder. „Das würde ich liebend gern tun, aber diese Art zu leben liegt mir nicht."

Isabelle seufzte. „Jetzt fällt es mir wieder ein: Ich konnte dich nie von etwas abbringen, wenn du dir einmal etwas in den Kopf gesetzt hattest, insbesondere, wenn du entschlossen warst, schrecklich verantwortungsbewusst zu sein."

„Ich entschuldige mich dafür, so ein sturer Esel gewesen zu sein."

„Das brauchst du nicht", erklärte Isabelle. Sie drückte mit einem zärtlichen Blick seine Hand an ihre Wange. „Das habe ich immer an dir gemocht. Dass man sich darauf verlassen konnte, dass du das Richtige tun würdest. Aber genug jetzt von dieser edlen Gesinnung. Lass uns über die Zukunft sprechen."

Er war erleichtert. „Gerne."

Sie stand auf und nahm eine zusammengefaltete Zeitung von ihrem Schreibtisch. „Ich habe mir Anzeigen für Immobilien zur Miete angesehen – ein Zuhause auf dem Land für uns. Im Moment klingen sie alle schrecklich idyllisch. Lass mich dir ein paar vorlesen, die ich besonders verlockend finde."

Ihre Begeisterung war erstaunlich. Wenn ihr Gesicht vor Aufregung aufleuchtete, dann strahlte der gesamte Raum. Ihr Tatendrang, ihre Leidenschaft und ihr Lebensdurst – all jene Eigenschaften, die ihn einst überwältigt hatten, waren noch immer beeindruckend intakt. Während er ihr zuhörte, fühlte er sich in eine andere Zeit zurückversetzt, eine Zeit bevor das Leben ihn zum ersten Mal am Boden zerstört hatte.

Aber einem Teil von ihm war unwohl. Seine Lage war kompliziert, aber ihre nicht viel weniger, wenn man bedachte, dass sie Kinder unter ihrem Dach hatte. Es würde noch Jahre dauern, ehe Alexander alt genug war, um zur Schule geschickt zu werden. Und Hyacinth würde bis zu ihrem Hochzeitstag nirgendwo anders hingehen.

Ihr Zusammenleben musste behutsam und mit jeder Menge Anstand angegangen werden, damit keines der Kinder einen falschen Eindruck von akzeptablem Benehmen bekam und sich auch nicht vor seinen Freunden schämen musste.

Das wäre die erste Hürde gewesen, die Fitz in Angriff genommen hätte, nicht Häuser, die man schließlich mühelos finden konnte. Aber nachdem Isabelle die Liste der Anwesen durchgegangen war, die ihr Interesse geweckt hatten, begann sie stattdessen eine Unterhaltung über Ponys. Zu Weihnachten wollte sie jedem der

Kinder eines schenken. Was konnte Fitz ihr über die verschiedenen Rassen erzählen?

Es war noch früh, sagte er sich. Und hatten sie sich nicht genug mit der Wirklichkeit herumschlagen müssen? Sollte sie doch ein bisschen länger ungestört träumen. Sie hatten noch genügend Zeit, später über die praktischen Folgen ihres neuen gemeinsamen Lebens nachzudenken.

„Ich hatte als Kind ein Welsh-Pony", sagte er. „Ich hab es sehr gemocht."

HELENA LIEF IN IHREM BÜRO AUF UND AB. Sie musste einen Weg finden, Andrew zu sehen. Aber Susie, ihre neue Zofe, klebte an ihr wie Fliegenpapier. Wenn Susie nur halbtags arbeitete, fand Millie genügend Anlässe, um Helenas Nachmittage zu füllen, sodass sie sich auch dann nicht einfach davonstehlen konnte.

Vielleicht wäre sie nicht so aufgewühlt, wenn sie wenigstens bei einigen der Gesellschaften, die sie besuchen musste, einen Blick auf Andrew hätte werfen können. Auf diese Weise, indem sie einander regelmäßig gesehen hatten, hatten sie über die Jahre ihre Freundschaft aufrechterhalten. Oder wenn er ihr wieder schreiben würde. Aber nichts dergleichen geschah.

An ihrer Tür klopfte es. „Miss Fitzhugh", sagte ihre Sekretärin, „ein Bote für Sie."

„Nehmen Sie die Lieferung entgegen."

„Er besteht darauf, Ihnen das Paket persönlich zu übergeben."

Autoren und ihre wertvollen Manuskripte. Helena öffnete die Tür und nahm das recht große Paket entgegen. „Wer ist der Absender?"

„Lord Hastings, Madam", sagte der Bote.

Grundgütiger. So befriedigend es auch gewesen sein mochte, ihn von seinem hohen Ross zu stoßen, hatte sie ihm irgendwie die Erlaubnis erteilt, ihr etwas aus seiner zweifelsohne großen Schundsammlung zu schicken?

Sie kehrte an ihren Schreibtisch zurück und warf das Paket in eine Ecke. Aber fünf Minuten später öffnete sie es aus schierer Neugier doch. Und er wusste, wie er die Spannung aufrechterhielt: das Paket war wie eine russische Puppe, eine Schicht folgte der nächsten.

Eine äußere Hülle aus Stoff, ein Pappkarton, ein Wachstuch und schließlich ein großer Umschlag. Sie kippte den Inhalt des Umschlags auf ihren Schreibtisch: ein Papierstapel, der mit einer Schnur umwickelt war, und eine handschriftliche Notiz.

Liebe Miss Fitzhugh,

ich habe unsere reizende Unterhaltung letzte Nacht bei den Queensberrys sehr genossen. Ich bin dankbar für Ihr überwältigendes Interesse an meinem Roman – oder eher meinen Memoiren – über die sinnlichste Manifestation des menschlichen Seins.

Ergebenst Ihr Diener in allen Belangen, aber insbesondere in denen des Fleisches,
Hastings

Sie schnaubte. Degenerierte Menschen änderten sich nie.

Allerdings schadete Hastings' Degeneriertheit nicht nur ihm. Er hatte eine uneheliche Tochter, die mit ihm auf dem Land lebte. Seinetwegen trug das arme Kind bereits das Stigma der Illegitimität, wollte er sie jetzt noch weiter demütigen, indem er Autor pornographischer Schriften wurde?

Auf der ersten Seite des Manuskripts, die dem Brief folgte, stand der Titel: *Die Braut von Larkspear*, und Hastings' Pseudonym: ein indiskreter Gentleman. Zumindest da lag er richtig. Die Widmung auf der nächsten Seite lautete: „Den Vergnügungshungrigen der Welt, denn ihnen gehört das Erdreich."

Die Unverschämtheit des Mannes kannte keine Grenzen.

Sie blätterte um.

Kapitel Eins

Ich werde mit der Beschreibung meines Bettes beginnen, denn der Schauplatz eines Buches muss vom ersten Satz an klar sein. Dieses Bett hat einen Stammbaum. Könige haben darin geschlafen, Edelmänner sind darin ihrem Tode entgegengeschritten, und zahllose Bräute haben hier endlich erfahren, warum ihre Mütter ihnen sagten: „Schließ die Augen und denk an England."

Das Bettgestell besteht aus Eiche, schwer, stark, beinahe unzerstörbar. Säulen wachsen aus den vier Ecken, um den Rahmen zu stützen, an welchem im Winter schwere Vorhänge hängen. Aber es ist nicht Winter, die schweren Stoffe verbleiben in ihren Zedernholzkisten. Auf der Federmatratze liegen nur Laken aus französischem Leinen, so dekadent wie Baudelaires Verse.

Aber gutes französisches Leinen ist heutzutage leicht zu beschaffen. Und auch Betten mit Stammbaum sind letztlich doch nur Möbelstücke. Was dieses Bett von allen anderen unterscheidet, ist die daran gefesselte Frau. Ihre Handgelenke sind hinter ihr an einen der überaus robusten Bettpfosten gebunden.

Und da dies ein Werk des Eros ist, ist sie natürlich nackt.

Meine Braut sieht mich nicht an. Sie ist wie immer entschlossen, mich selbst in unserer Hochzeitsnacht an die äußersten Ränder ihrer Existenz zu verbannen.

Ich berühre sie. Ihre Haut ist so kühl wie Marmor, das Fleisch darunter fest und jung. Ich drehe ihren Kopf, um ihr in die Augen sehen zu können, und begegne ihrem hochmütigen Blick, der mich, so lange ich denken kann, verhöhnt hat.

„Warum sind meine Hände gebunden?", flüstert sie. „Hast du Angst vor ihnen?"

„Natürlich", antworte ich. „Ein Mann, der eine Löwin jagt, sollte stets auf der Hut sein."

Auf der nächste Seite sah sie die Kohlezeichnung einer nackten Frau, ihr Körper eher schlank als üppig, ihre Brüste aufgrund der Position ihrer Arme aufgerichtet. Ihr Gesicht war zur Seite geneigt und unter ihrem langen, offenen Haar verborgen, aber in ihrer Haltung lag nichts Zurückhaltendes oder Furchtsames. Sie stand so da, als ob sie genau so gesehen werden wollte, ihre Reize zur Schau gestellt, um den Mann zu verspotten, der sie betrachtete.

Helenas Atem ging schneller – und das ärgerte sie. Hastings konnte also ein paar Wörter zusammenreihen und eine obszöne Szene beschreiben. Dass er seine Talente zu solch unwürdigen Zwecken verwendete, war kein Grund, ihre Meinung über ihn zu ändern, und ganz sicher auch kein Grund, sich selbst …

Nackt zu fühlen.

Sie warf die Blätter, die sie zur Seite gelegt hatte, wieder auf das Manuskript, stopfte das gesamte Werk zurück in den Umschlag, schob ihn tief in eine Schublade ihres Schreibtisches und verschloss sie.

Erst nachdem sie ihr Büro für den Tag verlassen hatte, bemerkte sie, dass sie Hastings' pornographischen Roman auf Andrews Liebesbriefe gelegt hatte.

„DU HAST DEM ARMEN MR COCHRAN heute äußerst schwierige Fragen gestellt, Millie", sagte Fitz.

Seine Bemerkung brach das Schweigen in der Kutsche. Sie waren auf dem Heimweg von einer ihrer Geschmacksproben für Cresswell & Graves. Zumindest würde Millie nach Hause gehen, sobald die Kutsche vor ihrem Stadthaus hielt, aber er würde weiterfahren, ohne Zweifel wieder zu Mrs Englewood.

„Ich habe nur wenige Fragen stellt. Du hingegen warst heute viel zu anspruchslos." Ihre Stimme klang gereizt. *Sie* war gereizt – acht gemeinsame Jahre und sie war noch immer nur die weit abgeschlagene Zweitbeste. „Normalerweise stimmst du einem Produkt erst zu, wenn du es dreimal zurückgeschickt hast, damit es verfeinert und verbessert wird. Der neue Apfelschaumwein ist nie einer so rigorosen Prüfung unterzogen worden, und dennoch hast du ihn sofort genehmigt."

„Er schmeckt wunderbar. Spritzig, ohne aufdringlich zu sein. Süß und gerade so herb, dass es perfekt ist."

Er hätte von Isabelle Englewood sprechen können.

„Ich fand ihn recht passabel, aber nichts, weswegen man gleich in Begeisterungsstürme ausbrechen muss."

„Das ist eigenartig", sagte er leise. „Unser Geschmack ist sich sonst so ähnlich."

Sie hatte stur aus dem Fenster gesehen. Jetzt blickte sie zu ihm hinüber. Was sich als Fehler erwies. Er sah aus, wie ein Mann, der mit seinem Los im Leben höchst zufrieden war.

Der Siegelring, den sie ihm geschenkt hatte, glänzte an seiner Hand. Sie wollte ihn ihm herunterreißen und aus dem Kutschenfenster werfen. Aber dann hätte sie auch seine goldene und onyxbesetzte Taschenuhr und den Gehstock wegwerfen müssen, dessen Porzellangriff in tiefem, leuchtendem Blau erstrahlte. Wie seine Augen.

So viele Weihnachts- und Geburtstagsgeschenke. So viele durchschaubare Versuche, ihren Anspruch auf seine Person zu festigen, als ob Metall und Keramik das Herz eines Mannes irgendwie beeinflussen konnten.

„Ich vertraue deiner Urteilskraft eher, wenn du nicht so … beschwingt bist", sagte sie.

„Beschwingt, das ist ein ziemlich schwerer Vorwurf." Er lächelte. „Seit Jahren hat mir niemand mehr vorgeworfen, beschwingt zu sein."

Sein Lächeln − früher hatte sie gedacht, es wäre ein Wegweiser zu einem verborgenen Paradies, aber die ganze Zeit war es nur ein Aushang, der besagte: „Eigentum von Isabelle Pelham Englewood. Unbefugtes Eindringen wird mit gebrochenem Herz bestraft."

„Nun, die Dinge haben sich in letzter Zeit geändert."

„Ja, das haben sie."

„Ich bin mir sicher, dass du Mrs Englewood erneut besucht hast. Was hält sie davon, sechs Monate warten zu müssen? Ich vermute, sie hasst es."

„Du bist meine Frau, Millie, und du trittst für niemanden beiseite. Mrs Englewood versteht das."

Etwas in seiner Stimme ließ ihr Herz zwei Schläge aussetzen. Sie sah weg. „Für sie trete ich gerne beiseite."

Er erhob sich von seinem Platz ihr gegenüber und setzte sich neben sie. Bei einem Ehepaar war nichts dagegen einzuwenden, sich eine Bank in der Kutsche zu teilen. Aber wenn sie in einem Gefährt allein waren, saß er immer mit dem Rücken in Fahrtrichtung, eine stumme Bekräftigung des Umstands, dass er nicht wirklich ihr Ehemann war.

Er legte ihr einen Arm um die Schultern. Seine Nähe, an die sie sich nie gewöhnt hatte, war jetzt fast unerträglich. Sie wollte die Tür der Kutsche aufreißen und hinausspringen. Nur weil sie zugestimmt hatte, ihren Pakt zu ehren, hatte er kein Recht, sie anzufassen, bevor es so weit war.

„Sei nicht verärgert, Millie. Etwas Wunderbares könnte hieraus entstehen: Wir könnten ein gemeinsames Kind haben." Seine andere Hand ruhte auf ihrem Arm und die Wärme seiner Handfläche schien sich durch den Stoff des Ärmels in ihre Haut zu brennen. „Ich habe dich nie gefragt: Hättest du lieber einen Jungen oder ein Mädchen?"

„Ich weiß es nicht."

„Du wirst eine wundervolle Mutter sein, gütig, aber streng, aufmerksam, aber nicht zu einengend. Jedes Kind hätte wirklich großes Glück, dich zur Mutter zu haben."

Ein Teil von ihr, ganz gleich wie klein, ganz gleich wie zaghaft, hatte immer gehofft, der Vollzug ihrer Ehe, wenn sie sich endlich liebten, wäre die letzte alchemistische Zutat, die ihrer Freundschaft Flügel verleihen würde. Aber jetzt diente es nur einem biologischen Zweck. Ihre Freundschaft blieb auf dem Boden und würde niemals fliegen.

Die Kutsche hielt vor dem Stadthaus der Fitzhughs an. Sie schob ihn von sich und stieg hastig aus.

KAPITEL 7

Alice

1888

DER TOD VON FITZ' SCHWAGER Mr Townsend stellte sich als ziemlich komplizierte Angelegenheit heraus.

Millie war ihm nur zwei Mal begegnet, beim Abendessen zu ihrer Verlobung und während des Hochzeitsfrühstücks. Beide Male war sie innerlich aufgewühlt gewesen, und sie hatte nur einen sehr oberflächlichen Eindruck von dem gutaussehenden, stolzen Mann erhalten.

Sie war erschüttert, als sie von seinem Tod erfuhr, aber noch erschreckender waren die Umstände seines Todes: Er hatte sich mit einer Überdosis Chloral umgebracht. Noch schlimmer war, dass er, ohne dass seine Frau davon etwas geahnt hatte, bankrott war. Sein gesamter Besitz hatte veräußert werden müssen, um seine Gläubiger zu besänftigen, darunter auch ein Stück Land, das Mrs Townsend von ihren Eltern geerbt hatte.

Millie hatte geglaubt, dass die Schönheit ihrer Schwägerin sie wie ein mächtiger Talisman vor solchen Unbilden schützen würde und dass sie auf den Zwillingswellen von Liebe und Freude sanft durch das Leben gleiten konnte. Aber das stimmte nicht. Das Unglück zögerte bei niemandem, nicht einmal bei einer Frau, die so wunderschön war wie Aphrodite selbst.

Mrs Townsend war in der Zeit nach dem Tod ihres Ehemannes vor Schock völlig benommen, und Millie und Miss Fitzhugh halfen ihr so gut sie konnten. Sie stellten sicher, dass sie genug aß, nahmen sie auf Ausflüge mit, damit sie nicht die ganze Zeit in ihrem sonnenlosen Salon allein war, und leisteten ihr manchmal auch in diesem sonnenlosen Salon Gesellschaft. Dann hielt Miss Fitzhugh die Hand ihrer Schwester, und Millie saß auf einem Stuhl daneben und bestickte ein Stück Stoff nach dem anderen.

Die ganze Zeit über war Lord Fitzhugh wie ein Fels in der Brandung. Der untröstliche Trinker war verschwunden. Jeden Tag saß er bei seiner Schwester, während sie Mr Townsends Angelegenheiten regelten, der Inbegriff von Rücksicht und Vernunft – und wenn nötig auch Entschlossenheit. Fast wäre es zu einer amtlichen Untersuchung des Todes gekommen, die aus dem persönlichen Verlust ein öffentliches Spektakel gemacht hätte. Seine unnachgiebige Haltung dem Polizeiinspektor gegenüber gab den Ausschlag. Schließlich akzeptierte die Polizei die Erklärung, dass Mr Townsend eine Hirnblutung erlitten hatte.

Sie blieben sechs Wochen in London, bis alle Angelegenheiten rund um Mr Townsends Besitz geregelt waren. Es war eine dunkle Zeit, aber es gab ein paar Momente, die Millie teuer waren. Wie Miss Fitzhugh Lord Hastings nachahmte und ihre Schwester damit zum Lachen brachte, wenn auch nur kurz. Wie Lord Fitzhugh und Mrs Townsend zusammen saßen und er ihr den Arm um die Schultern gelegt hatte und ihr Kopf an seiner Schulter ruhte. Wie Mrs Townsend eines Tages Millies Hand ergriff und sagte: „Sie sind eine wunderbare Frau, meine Liebe."

An dem Tag, als sie London verließen, tranken die Frauen zusammen Tee. Miss Fitzhugh würde in Kürze ihren Unterricht am Lady Margaret Hall College beginnen. Nachdem sie ihre Schwester zum College in Oxford begleitet hatte, würde Mrs Townsend nach Hampton House weiterfahren, wo sie ihre Kindheit verbracht und das Lord Fitzhugh ihr zur Verfügung gestellt hatte.

„Sind Sie sicher, dass Sie nicht mit uns nach Henley Park kommen wollen, Mrs Townsend?", fragte Millie ein letztes Mal. Sie und Lord Fitzhugh hatten versucht, Mrs Townsend davon zu überzeugen, mit ihnen auf das Anwesen zu kommen, das er mit seinem Titel geerbt hatte – ohne Erfolg.

„Ich habe Ihnen und Fitz schon genug Kummer bereitet", sagte Mrs Townsend. „Aber danke, Millie. Darf ich Sie Millie nennen? Und ich denke, wir sollten dann du sagen."

„Ja, natürlich." Millie war ganz aufgeregt, dass Mrs Townsend um diese informellere Anrede bat.

„Und du wirst mich Venetia nennen, nicht wahr?"

„Und mich kannst du Helena nennen", sagte Miss Fitzhugh. „Wir sind ja jetzt Schwestern."

Um nur ja nicht die Fassung zu verlieren, sah Millie auf ihre Hände. Ihr war beigebracht worden, von ihren Schwägerinnen keine vertraute Nähe zu erwarten, da sie sicherlich bei dem Gedanken, mit der Sardinenerbin verwandt zu sein, die Nase rümpfen würden. Aber Mrs Townsend und Miss Fitzhugh – Venetia und Helena – waren von Anfang an hilfreich und zuvorkommend gewesen.

„Ich … hatte nie Schwestern." Sie fürchtete, dass sie schrecklich unbeholfen klang. „Oder andere Geschwister."

„Du Glückliche. Das heißt, dir hat nie jemand erzählt, man hätte dich in einem Körbchen unter einem Apfelbaum gefunden, als deine Eltern auf dem Land spazieren gegangen waren." Helena sah Venetia an und hob eine Augenbraue. „Oder dass du, wenn du schwarze Nahrungsmittel zu dir nimmst, ebenso schwarze Haare bekommst wie alle anderen."

Venetia schüttelte den Kopf. „Nein, das war Fitz. Er wollte, dass du die Brombeeren isst, damit er mehr Himbeeren abbekam. Niemand hätte je gedacht, dass du Sepiatinte essen würdest."

Millie lauschte erstaunt diesem seltsamen Schauspiel von Kameradschaft zwischen Kindern, die im selben Haushalt aufgewachsen waren. Die Wärme dieser Unterhaltung wirkte noch in ihr nach, als sie und Lord Fitzhugh im privaten Eisenbahnwaggon ihrer Eltern nach Henley Park fuhren.

Dieses Mal war er es, der ein Buch las − Edward Gibbons *Verfall und Untergang des Römischen Imperiums, Band IV* − und sie, die aus dem Fenster starrte. Die meiste Zeit jedenfalls. Manchmal betrachtete sie ihn verstohlen.

Er hatte noch nicht das Gewicht zurückgewonnen, das er in den drei Wochen des Vollrausches verloren hatte. Seine Kleidung hing noch immer lose an ihm, seine Augen saßen tiefer in ihren Höhlen, und seine Wangenknochen traten stärker hervor. Aber er wirkte nicht mehr krank, nur schmal und melancholisch. Sein kurz geschorenes Haar verlieh ihm eine gewisse Strenge, die ihn für sein Alter zu ernst erscheinen ließ.

Er legte das Buch weg, griff in seine Tasche und was er hervorholte, war …

„Ist das eine Haselmaus?"

Er nickte. „Das ist Alice."

Alice war winzig, hatte ein hübsches gold-braunes Fell und neugierige, schwarze Augen. Er gab ihr eine kleine Haselnuss, an welcher sie begeistert knabberte.

„Sie wird fett", sagte er. „Wird wahrscheinlich noch diese Woche mit dem Winterschlaf beginnen."

„Gehört sie Ihnen? Ich habe sie noch nie zuvor gesehen."

„Ich habe sie seit drei Jahren. Hastings hat sich in letzter Zeit um sie gekümmert. Ich habe sie gerade erst zurückbekommen."

Millie war entzückt. „Haben Sie sie selbst gefunden?"

„Nein, sie war ein Geschenk von Miss Pelham."

Isabelle Pelham. Millies Lächeln gefror. Zum Glück sah er sie nicht an, seine ganze Aufmerksamkeit galt Alice.

Kein Wunder, dass er Alice nicht mit in die Flitterwochen genommen hatte.

„Sie sieht bezaubernd aus", brachte Millie heraus.

Er streichelte das Fell auf Alices Kopf. „Sie ist perfekt."

Er bot Millie nicht an, Alice zu halten. Und sie bat ihn nicht darum.

ES WAR NICHT LEICHT, NÜCHTERN ZU BLEIBEN.

In manchen Nächten, in denen er nicht schlafen konnte, wenn ihm Isabelle so sehr fehlte, dass er kaum atmen konnte, dachte Fitz an all die Dinge, die ihm helfen würden: Whisky, Laudanum, Morphium. Er dachte ganz besonders oft an Morphium, die liebliche Abgestumpftheit, die es bringen würde, das lange Vergessen.

Im Haus gab es solche Dinge. Er hatte sie gesehen, als er Henley Park zum ersten Mal begutachtet hatte. Also verließ er das Haus, um spazieren zu gehen oder zu laufen – meistens, um zu laufen –, bis ihn die Erschöpfung übermannte.

Als er sich die Mühe machte, darüber nachzudenken, erkannte er auch, dass es einen einfacheren Weg gab, seine Einsamkeit zu lindern: nackte Frauen. Er begann eine Affäre mit einer seiner neuen Nachbarinnen, eine Witwe, die fünf oder sechs Jahre älter war als er und froh darüber, wenn er sie besuchte.

Es wurde Zeit für Alices Winterschlaf. Er hielt sie in einer gepolsterten Kiste mit Atemlöchern und sah zweimal am Tag nach ihr. Alles hatte sich verändert. Nur Alice war ein vertrauter Berührungspunkt mit dem Leben, das er einst gekannt hatte.

Zwei Wochen nachdem sie in Henley Park angekommen waren, sandte ihm seine Frau eine Nachricht, dass sie ihn in der Bibliothek zu sprechen wünsche. Außer zum Abendessen sah er sie selten. Er wusste aber, dass sie sich tagsüber genau wie er mit dem Haus und dem Besitz beschäftigte.

Die Bibliothek, ein düsterer und muffiger Raum, lag im Nordflügel, dem schlimmsten Teil des Hauses. Sie prüfte gerade Bücher auf Schäden. Er war überrascht, dass sie ein Tageskleid aus rostbrauner Seide anhatte. Seit Mr Townsends Tod hatte sie

Trauerkleidung getragen und war wie ein stiller, ernster Geist am Rande seiner Wahrnehmung gewesen. Aber heute ließ die kräftige, herbstliche Farbe ihres Kleides sie zu dem am hellsten leuchtenden Punkt im ganzen Raum werden.

„Guten Morgen", sagte er.

Sie drehte sich um. „Guten Morgen."

Einen Augenblick lang war er verblüfft, wie jung sie ohne die dunkle, eintönige Kleidung aussah. Wäre er ihr auf der Straße begegnet, hätte er sie für fünfzehn gehalten.

Hatten die Graves ihm ein falsches Alter genannt? „Entschuldigen Sie bitte, aber wie alt sind Sie?"

„Siebzehn."

„*Siebzehn*? Seit wann?"

Sie senkte den Blick, als schämte sie sich. „Seit heute."

Jetzt schämte auch er sich. Er hatte es nicht gewusst. „Alles Gute."

„Danke."

Ein unangenehmes Schweigen breitete sich aus. Er räusperte sich. „Ich habe kein Geschenk für Sie. Gibt es irgendetwas, was Sie gerne hätten – und was es im Dorf gibt?"

Sie winkte ab. „Ein Geburtstag ist nur ein weiterer Tag. Ich denke, es ist schrecklich albern, dass die Leute so ein Trara darum machen. Außerdem haben Ihre Schwestern bereits Bücher und ein hübsches Kästchen mit neuen Taschentüchern geschickt."

„Wenn Venetia mit all ihren Sorgen sich daran erinnern kann, dann gibt es für mich keine Entschuldigung – außer, dass ich das Datum nicht wusste."

„Bitte, machen Sie sich keine Gedanken darum – es gibt ja noch nächstes Jahr. Macht es Ihnen etwas aus, mit mir ein paar Räume zu besichtigen?"

Er hatte bereits alle Räume gesehen, aber da es ihr Geburtstag war ... „Gerne. Gehen Sie voraus", antwortete er.

Sie hatte offensichtlich jeden Raum mehrfach begutachtet und umfangreiche Notizen von allen Schäden gemacht. Es war eine Führung zu den Baumängeln im Nordflügel. Während sie weitergingen, wuchs ihre Schätzung der Kosten für alle Reparaturen immer weiter an.

Sie waren gerade einmal bis zum dritten Raum des nächsten Stocks gekommen, als er sagte: „Wir sollten das ganze Haus sprengen."

„Das wäre eine ziemlich extreme Lösung", sagte seine Gattin. „Aber ich hätte nichts dagegen, diesen Flügel loszuwerden."

Er erstarrte. „Was haben Sie gesagt?"

„Laut dem Kataster und den Plänen ist dieser Flügel ein Anbau, den man zu Beginn des Jahrhunderts hinzugefügt hat. Die Wand des eigentlichen Hauses müsste, wenn ich mich nicht täusche, genau hier sein. Ich kann keinen besonders wichtigen Grund für diesen Anbau erkennen, außer, dass der damalige Earl neidisch auf das neuere, bessere Haus seines Cousins gewesen ist und sich mit ihm messen wollte."

Und seither versank die Familie im Schuldenberg.

„Ich weiß, dass Ihr Vorschlag, das Haus zu sprengen, nur Spaß war, aber vielleicht sollten wir in Erwägung ziehen, den Nordflügel nicht zu renovieren. Er war schlecht konzipiert und noch schlechter ausgeführt. Selbst wenn wir heute alles reparieren würden, müssten wir uns trotzdem ständig Sorgen über neue undichte Stellen, Fäule und Risse machen."

Der Nordflügel nahm zwei Fünftel des Hauses ein. Er starrte sie einen Augenblick lang an. Sie meinte es absolut ernst. Das Mädchen hatte Mut. Aber natürlich hatte sie den: Sie hatte ihn schließlich eigenhändig vom Rand eines Abgrundes zurückgezerrt.

„In Ordnung. So machen wir es."

Bei seiner Einwilligung war die Reihe an ihr, stutzig zu werden. „Glauben Sie, wir müssen dafür einen Antrag beim Parlament einreichen?"

Er dachte einen Augenblick nach. „Man stellt keinen Antrag beim Parlament, bevor es einen Unfall gibt, oder?"

Sie lächelte. „Nein, in der Tat nicht. Und unser Gespräch hat nie stattgefunden."

Er erwiderte ihr Lächeln.

Sie senkte den Kopf. „Entschuldigen Sie mich, ich muss herausfinden, ob es sich lohnt, eines der Bücher zu behalten."

Erst später in seinem Zimmer, als er der friedlich schlummernden Alice zusah, erkannte Fitz, dass er und seine Frau ihre erste gemeinsame Entscheidung als verheiratetes Paar getroffen hatten.

AN DIESEM ABEND SPEISTE MILLIE ALLEIN. Lord Fitzhugh hatte ihr eine Nachricht hinterlassen, dass er sein Abendessen in der Dorfwirtschaft zu sich nehmen werde. Abendessen war vermutlich ein anderes Wort für weibliche Gesellschaft. Nicht, dass sie ihm die Ablenkung missgönnte, aber sie wünschte sich ...

Nein, sie wünschte sich nicht, dass er stattdessen zu ihr kommen würde. Sie wollte nicht nur für diesen Zweck benutzt werden. Aber sie konnte nicht anders, sie beneidete seine Geliebte. Auch sie wollte wissen, wie es war, von ihm berührt und geküsst zu werden – wenn er nüchtern war. Seine Bewegungen besaßen eine gewisse Eleganz, sodass sie ganz mühelos und leicht wirkten. Sie stellte sich vor, wie es wäre, wenn er sie eines Tages nicht nur als seine Gattin, sondern als eine begehrenswerte Frau betrachten würde.

Aber sie verbot sich diese Tagträume, wenn sie sich bei einem ertappte. Vielleicht konnte sie nichts dagegen tun, dass in ihr immer wieder aufs Neue Hoffnung aufkeimte, aber sie würde sie nicht hegen und pflegen. Sie würde sie streng zurückstutzen, ohne Mitleid, so, wie sie Unkraut im Garten jäten würde.

Nach dem Essen setzte sie sich in den Salon und studierte ein Buch. Sie hatte beschlossen, den Rat ihrer Mutter anzunehmen und einen eigenen Garten anzulegen. Aber der Lustgarten musste warten, bis sie den wichtigeren Küchengarten fertig hatte. Henley Park besaß einen, doch da es seit fast einem Jahrzehnt keinen Gärtner mehr gegeben hatte, war er hoffnungslos überwuchert.

Sie brütete über einer alten Darstellung des ummauerten Gartens und konsultierte ihr Handbuch zum Gartenbau. Haferwurzel hatte sie bereits gegessen. Sellerie noch nicht, aber davon hatte sie zumindest schon mal gehört. Aber was in aller Welt waren Schwarzwurzeln? Oder Süßwurzeln? Oder gar Kardonen?

Sie suchte in einem Lexikon gerade nach *Couve Tronchuda*, als ihr Ehemann in den Raum schlenderte und sie überraschte. Sie hatte gedacht, er würde erst zurückkommen, nachdem sie bereits zu Bett gegangen war.

„Guten Abend", sagte sie.

Vielleicht war es das Licht, aber er wirkte ... beeindruckend. Ihr Herz schlug schneller.

„Guten Abend", antwortete er, während er dastand, die Hände hinter dem Rücken, als versteckte er etwas. „Ich war heute Abend in der Dorfwirtschaft. Morgen kommen zwanzig tüchtige Männer und nehmen den Nordflügel auseinander. Zumindest werden sie damit anfangen."

„So bald schon!"

Ihr Vater brauchte immer ewig für seine Entscheidungen. Selbst wenn er im Prinzip einer Änderung zugestimmt hatte, würde er die genaue Umsetzung noch um Jahre hinauszögern. Sie hatte nicht im Geringsten damit gerechnet, dass Lord Fitzhugh die Arbeiten an Henley Park so schnell beginnen würde.

Er sah sich im Salon um. Sie hatte provisorische neue Vorhänge aufhängen und Teppiche herbringen lassen, aber es war noch immer ein trostloser Raum. Es hatte keinen Sinn, die sich kräuselnde, von Wasser und Ruß befleckte Toile-du-Jouy-Tapete zu erneuern, solange sie kein neues Dach und bessere Rauchabzüge hatten. „Keinen Moment zu früh", sagte er. „Mindestens fünfzig Jahre zu spät."

Als sie auf dem Land ankamen, hatte sie zunächst befürchtet, er würde sich wieder dem Whiskey zuwenden. Aber jetzt war es Nüchternheit, an die er sich klammerte. Tagsüber kniete er sich wie sie in seine Aufgaben. Nachts wandte er sich nach draußen statt der Flasche zu. Manchmal konnte sie von ihrem Fenster aus in der Dunkelheit sehen, wie er zurückkehrte, nach vorne gebeugt und die Hände auf die Knie gestützt, von der körperlichen Anstrengung schwer atmend.

Und alles nur wegen diesem verdammten Haus, das schon vor fünfzig Jahren zur Hälfte hätte abgerissen werden müssen.

Aber seine Stimme war ruhig. Was geschehen war, war geschehen. Es hatte keinen Sinn, mit dem Finger anklagend auf die Verstorbenen oder auf Kräfte jenseits seiner Kontrolle zu zeigen, die genau während ihrer Lebenszeit die Agrarpreise so drastisch hatten sinken lassen.

„Das ist für Sie." Er reichte ihr ein in einfaches Packpapier gewickeltes Paket, das er hinter seinem Rücken versteckt hatte. „Ich war in der Gemischtwarenhandlung, aber die Auswahl dort war ziemlich erbärmlich. Trotzdem habe das ausgesucht, was am wenigsten armselig ist."

Sie war erstaunt. „Das hätten Sie nicht tun müssen."

In dem Paket befand sich eine schlichte Spieluhr, die mehr als ein halbes Jahrzehnt auf dem Ladenregal gestanden haben musste. Obwohl es Anzeichen für eine hastige Reinigung gab, waren die

Ecken und Rillen noch immer staubverkrustet. Als sie den Deckel öffnete, spielte sie ein paar blecherne, schiefe Töne von „Für Elise".

„Wie gesagt, es ist nicht viel."

„Es ist hübsch. Danke." Es bereitete ihr große Mühe, die Spieluhr nicht fest an ihre Brust zu drücken. „Ich werde sie gut aufbewahren."

„Nächstes Jahr bekommen Sie etwas Besseres." Er lächelte. „Gute Nacht."

„Gute Nacht", antwortete sie.

Manche Hoffnungen waren wie Unkraut und konnten leicht gerupft werden. Andere aber waren wie Ranken, die rasch wuchsen und sich hartnäckig festhakten. Als sie die Spieldose, wieder allein im Salon, erneut öffnete, wurde ihr allmählich klar, dass ihre zu der zweiten Sorte gehörte.

Sie würde nie aufhören zu hoffen.

Das Letzte, womit Millie gerechnet hätte, war, ihren Ehemann auf dem Dach des Hauses zu sehen, während er zusammen mit den angeheuerten Männern die Schieferschindeln entfernte. Er trug einen alten Tweedanzug und eine Wollmütze. Sie hätte ihn fast für einen Jungen aus dem Dorf gehalten, bis ihn jemand mit „Mylord" ansprach.

„Was tun Sie da, Lord Fitzhugh?"

„Ich beaufsichtige die Männer."

„Sie scheinen mit den Männern zusammenzuarbeiten, wenn mich meine Augen nicht täuschen."

Er warf einem älteren Mann eine Schindel zu, der sie an einen anderen weiterreichte, der sie wiederum auf eine lange Rinne warf, die in einem Winkel fünfundvierzig Grad vom Dach nach unten führte. Am Boden wurde die Schindel von einem von zwei wartenden Männern aufgefangen, durch mehrere Hände weitergereicht und sorgfältig auf einen Stapel gelegt.

„Ihre Augen täuschen Sie!"

„Das müssen sie wohl", rief sie zurück und ließ ihn weiterarbeiten.

Es war nicht gerade die Art eines feinen Herrn, selbst Hand anzulegen. Aber wenn sie so darüber nachdachte, dann waren seine Tage in Eton von sportlichen Aktivitäten bestimmt gewesen – Fußball im Michaelis-Trimester, Rasenspiel im Oster-Trimester und Kricket im Sommer. Das gesetzte Eheleben musste ihn mit

Langeweile erfüllen. Und der Abriss des Nordflügels bot neben der Befriedigung, tatsächlich das Haus niederzureißen, das sein Leben so aus der Bahn geworfen hatte, ein Ventil für den angestauten Tatendrang eines jungen Mannes.

Außerdem hatten sie so etwas, worüber sie sich beim Dinner unterhalten konnten, der einzigen Zeit des Tages, die sie zusammen verbrachten, auch wenn es nicht viel Zeit war, da er keine Geduld für in die Länge gezogene Speisezeremonien hatte ... Genau genommen aß er noch immer wie ein Schüler, mit einer Geschwindigkeit, bei der sie nicht mithalten konnte.

Während sie den Nordflügel auseinandernahmen, erfuhr sie von dem Fledermausnest im Dachgeschoss, dem Schimmel, der im Mauerputz wucherte, der Tatsache, dass der älteste Mann der Abrisstruppe in seiner Jugend im Krimkrieg gekämpft hatte. Sie berichtete ihm von ihren Plänen, ein kleines Kraftwerk vor Ort bauen zu lassen, sodass sie das Haus verkabeln und mit Strom versorgen konnten, und davon, die Wasserleitungen im Haus zu modernisieren.

„Sie glauben gar nicht, was für Spülklosetts der Mann in London mir verkaufen wollte. Das Gesicht der Königin war in die Schüsseln gemalt worden."

Lord Fitzhugh verschluckte sich an seinem Lamm. „Das denken Sie sich doch aus."

„Ganz und gar nicht. Ich war fassungslos, während der Mann mir versicherte, es wäre vollkommen anständig."

„Ich hoffe, Sie haben sie nicht gekauft. Ich glaube, ich könnte nicht ..." Sie starrten einander einen Augenblick lang an und brachen in Gelächter aus.

„Ich auch nicht − niemals!", verkündete sie nachdrücklich, während sie noch immer lachte. „Nein, unsere neuen Wasserklosetts sind aus blauer Emaille mit weißen Gänseblümchen."

Er verschluckte sich erneut. „Gänseblümchen?"

„Glauben Sie mir, ich habe versucht, maskulinere Klosetts zu finden − vielleicht mit einer Jagdszene oder einem Drachen −, aber so etwas scheint es nicht zu geben."

„Gänseblümchen." Er klang noch immer benommen. „Meine Freunde werden niemals aufhören, sich darüber lustig zu machen."

Es war das erste Mal, dass er die Möglichkeit einräumte, seine Freunde hierher einzuladen. Einen Moment lang ging die Fantasie mit ihr durch und sie stellte sich einen Salon voller Gelächter und Fröhlichkeit vor. Und sie sah sich und ihn im Zentrum des freudigen Wohlwollens, Lord und Lady Fitzhugh. Und jemand hob das Glas und rief: „Ein Hoch auf unsere wunderbaren Gastgeber."

„Gut, dass ich nie jemanden einladen werde", sagte der echte Lord Fitzhugh.

Sie starrte auf ihren Teller, damit er ihre Enttäuschung nicht sah.

Sie akzeptierte diese Ehe als das Zweckbündnis, das sie war. Aber wenn sie auf ein gemeinsames Ziel hinarbeiteten, wenn sie sich dazu verschworen, die „Reparaturen" vor der Welt zu verheimlichen und wenn er ihr am Tisch gegenüber saß und lachte, war es beinahe unmöglich, nicht daran zu glauben, dass sie sich gemeinsam etwas aufbauten.

Das taten sie auch: ein besseres Haus.

Und mehr nicht.

Lord Fitzhugh verließ Henley Park regelmäßig. Meistens ging er am Morgen fort und kehrte abends zurück. Er ging nach Oxford, um Helena und Lord Hastings zu treffen, dann besuchte er Venetia, deren Haus nicht allzu weit von der Universität entfernt lag. Aber manchmal blieb er länger weg.

Als er Millie mitteilte, dass er eine Woche lang fort sein würde, schickte sie ihrer Mutter eine Einladung, sie für ein paar Tage zu besuchen. Ihr Vater wäre wegen des Nordflügels aufgebracht, aber Mrs Graves würde ihre Entscheidung verstehen, sich und ihre Erben nicht mit einem Haus zu belasten, das niemals angemessen in Stand gehalten werden konnte.

Mrs Graves war bei ihrer Ankunft mehr als nur ein bisschen entsetzt beim Anblick des architektonischen Skeletts, das einst der Nordflügel gewesen war. „Wessen Entscheidung war das?", fragte sie mit offenem Mund.

„Wir haben es gemeinsam beschlossen", antwortete Millie. Sie konnte den Stolz, der sich in ihre Stimme schlich, nicht ganz unterdrücken. „Wir sind in diesem Punkt einer Meinung."

Mrs Graves betrachtete die Überreste des Nordflügels eine weitere Minute lang. „Sehr gut, Liebes. Fasst weiterhin gemeinsame Entschlüsse. Sie werden euch eine Basis geben, auf welcher ihr euer Leben aufbauen könnt."

Es war Ende November und die Tage wurden kalt und feucht. Millie und Mrs Graves verbrachten die meiste Zeit drinnen, tranken heißen Kakao und besprachen die vielen dringenden Bedürfnisse des Hauses. Aber an dem Tag, an dem Mrs Graves wieder abfahren würde, klarte der Himmel zu einem strahlenden Blau auf, und sie spazierten durch die Überreste des Parks des Landsitzes.

Millie zeigte Mrs Graves den ummauerten Küchengarten. Sie hatte bereits einige Bedienstete für das Anwesen angestellt. Sie waren noch immer unterbesetzt, aber die Arbeiten am Küchengarten hatten bereits begonnen.

Sie zeigte auf eine Reihe Apfel-, Birnen- und Quittenbäume, die mithilfe von Spalieren an der Südmauer des Gartens standen. „Mr Johnson, unser neuer Gärtner, glaubt, dass er diese Obstbäume noch retten kann. Er und seine Gehilfen haben erst letzte Woche die Überwucherungen der vergangenen Jahre entfernt. Mrs Gibson wartet nur darauf, dass sie Früchte tragen, damit sie Marmeladen und Eingemachtes kochen kann."

„Werden die Obstbäume das Einzige in Henley Park sein, das Früchte tragen wird?", fragte Mrs Graves. „Dein Vater ist ganz begierig darauf, das zu erfahren."

„Wir werden auch Erdbeerbeete anlegen – die werden ebenfalls Früchte tragen. Aber wenn Vater nach einem Enkel fragt, dann fürchte ich, wird er sich noch eine Weile gedulden müssen."

„Besucht Lord Fitzhugh dich nicht?"

Scham überzog Millies Wangen mit Wärme, aber ihre Stimme klang gleichgültig: „Das ist eine weitere Entscheidung, die wir gemeinsam getroffen haben. Ich weiß, dass Vater sich so bald wie möglich einen Enkel wünscht, aber weder Lord Fitzhugh, noch ich möchten derzeit Kinder haben, und unser Wunsch sollte in dieser Angelegenheit etwas zählen. Mehr als Vaters Wunsch."

Mrs Graves schwieg. Sie gingen an brachliegenden Kräuterbeeten, die noch mit Unkraut überwuchert waren, und einem alten hölzernen Bienenstock vorbei, dessen Einwohner schon vor langer Zeit auf der Suche nach besserer Versorgung mit nährenden Blüten ausgeflogen waren.

„Dein eigener Garten, Liebes, hast du darüber schon nachgedacht?"

Millie atmete erleichtert – und dankbar – auf, dass ihre Mutter ihre Erklärung hinnahm. „Ja, ich habe darüber nachgedacht. Aber ich muss erst alles in Gang bringen."

Mrs Graves hakte sich bei ihr unter. „Vergiss es nicht, sobald der Frühling kommt."

Millie sah zu ihrem leeren Haus. „Wird er mich glücklich machen?"

„Das kann ich nicht sagen, Liebes. Aber du wirst etwas zu tun haben und etwas, worauf du dich freuen kannst – einen Ort ganz für dich allein." Mrs Graves legte ihre behandschuhte Hand kurz auf Millies Wange. „Es ist vielleicht nicht dasselbe, wie glücklich zu sein, aber es ist kein schlechter Anfang."

F ITZ KEHRTE AM SONNTAGNACHMITTAG ZURÜCK.

Die Diener hatten den Tag frei, und im Haus war es still. Er las die Briefe durch, die sich angesammelt hatten. Ein Brief von Colonel Clements erregte seine Aufmerksamkeit. Die Clements wollten nach Weihnachten zu Besuch kommen.

Er ging sofort seine Frau suchen.

Sie war nicht im Haus. Er suchte im Garten, im Stall und beim fast völlig versandeten Forellenbach – kein Anzeichen von ihr. Schließlich, als er sich von der nördlichen Seite dem Haus näherte, hörte er Schläge aus den Resten des Nordflügels.

Aber es war Sonntag. Die Männer aus dem Dorf saßen in ihrer Kneipe, niemand sollte hier arbeiten.

Er umrundete eine Mauer. Seine Frau stand ohne Hut und in einem sackartigen Kleid und braunen Mantel in einem Raum, der nicht länger mit dem Haus verbunden war, und schwang einen der kleineren Vorschlaghammer gegen den Kamin. Sie hatte die Fassade des Kaminsimses durchbrochen und schlug jetzt mit dem Vorschlaghammer gegen die darunterliegenden Ziegel.

Die Tür war nicht mehr vorhanden. Er klopfte an den weißen Türstock.

Sie drehte sich um. „Oh, Sie sind zurück."

„Was treiben Sie da?"

„Nun, es schien Ihnen Spaß gemacht zu haben, also dachte ich, ich versuche es auch einmal."

Manchmal vergaß er, dass er nicht der einzige unglückliche Partner in dieser Ehe war. Dass auch sie Dinge zerschlagen wollte.

„Sie holen sich am Ende noch Blasen."

„Noch nicht."

Sie schwang den Vorschlaghammer erneut und lockerte einige Ziegel. Dabei löste sich auch eine Strähne aus ihrem Haarknoten, der für ein siebzehnjähriges Mädchen zu altmodisch wirkte, auch wenn sie eine verheiratete Frau und zudem von Adel war.

Er zog seinen Mantel aus und nahm sich einen größeren Vorschlaghammer. „Brauchen Sie Hilfe?"

Sie sah ihn überrascht an. „Warum nicht?"

Sie fanden einen gleichmäßigen Rhythmus. Für ein Mädchen, dass noch nie etwas Anstrengenderes getan hatte als eine Teetasse zu heben, war sie ziemlich geschickt mit dem Vorschlaghammer – und kräftig. Sie schlugen abwechselnd auf den Kamin ein und sie hielt Schlag um Schlag mit ihm mit.

Als vom Kamin nicht mehr als ein Haufen Ziegel übrig war, keuchten sie beide. Sie legte sich mit rotglühenden Wangen ihre Hand auf ihr Herz. „Das hat gut getan."

Er warf seinen Vorschlaghammer beiseite. „Haben wir noch was zu essen da?"

„Ja, einen Biskuitkuchen und Rindfleischpastete in der Speisekammer."

Sie gingen gemeinsam in die Küche, wo mehrere Suppentöpfe vor sich hin köchelten. Er füllte einen Topf mit Wasser, schürte das Feuer und hängte den Topf darüber. Sie fand unterdessen ein paar Teller und Besteck und holte den Biskuitkuchen und die Rinderpastete.

„Fehlt er Ihnen?", fragte er, nachdem er seine Rindfleischpastete gegessen hatte.

Sie hob fragend eine Augenbraue.

„Deshalb haben Sie gegen den Kamin gewütet, oder?"

Sie zuckte die Achseln. „Vielleicht."

Er verspürte Mitleid mit ihr. Er konnte immer eine finden, die ihm ein paar Stunden des Vergessens gewährte. Wie wurde *sie* mit all dem fertig?

„Wie war es in London?", fragte sie. „Haben Sie Ihren Aufenthalt genossen?"

Er konnte in ihrer Stimme einen Unterton hören. Grundgütiger, sie wusste genau, was er in London gemacht hatte. Das Mädchen war nicht so prüde oder naiv, wie er angenommen hatte. „Es war in Ordnung."

„Gut", sagte sie. „Da bin ich froh."

Er hörte noch etwas in ihrer Stimme. „Wirklich?"

Sie sah ihn direkt an, wieder ganz mädchenhafte Unschuld. „Warum sollte ich es Ihnen missgönnen?"

Darauf wusste er keine Antwort. Also gab er ihr Colonel Clements' Brief. „Der Colonel kommt zu Besuch."

Sie überflog das Schreiben. Er hielt es ihr zugute, dass sie keine Miene verzog. „Nun, dann sollten wir wohl besser nach dem Tee noch etwas vom Nordflügel einreißen, meinen Sie nicht auch?"

„BEREIT?", FRAGTE FITZ, als die Kutsche mit Colonel und Mrs Clements in Sicht kam.

Lady Fitzhugh nickte. Sie trug ihr dunkelstes Kleid, und ihr Haar steckte wieder in einem Dutt – dieses Mal billigte Fitz ihre Aufmachung. Sie waren beide minderjährig und mussten es mit einem imponierenden Mann aufnehmen. Das war nicht der geeignete Zeitpunkt, um so jung auszusehen, wie sie es war.

„Sind *Sie* bereit?", murmelte sie.

„Ich muss zugeben, dass ich mich geradezu darauf freue."

„Ich kam, ich sah, ich riss ein", bemerkte sie trocken.

„Genau."

Die Kutsche hielt vor dem Haus. Da die Zufahrt nach dem Bau des Nordflügels neu angelegt worden war, um das Gebäude bei der Anfahrt zur Schau zu stellen, musste der Colonel das Fehlen eines Teils davon bereits bemerkt haben.

Und tatsächlich, ehe sie auch nur ein Wort zur Begrüßung äußern konnten, bellte der Colonel: „Was ist mit dem Herrenhaus passiert, Fitz?"

„Colonel", sagte Fitz, „Mrs Clements, wir freuen uns, dass Sie hier sind."

„Was für eine reizende Brosche, Mrs Clements", flötete seine Frau. „Bitte, kommen Sie doch herein."

Colonel Clements ließ sich nicht so leicht ablenken. „Du wirst mir antworten. Was ist mit dem Haus passiert?", wiederholte er seine Frage lauter, als sie eintraten.

Fitz spürte, wie ihm der Schweiß ausbrach. „Die Reparaturarbeiten sind noch in vollem Gange, Sir. Bitte, entschuldigen Sie den Zustand."

„Reparaturen? Die Hälfte des Hauses ist weg."

„Manchmal haben Reparaturen unerwartete Folgen."

„Solche Folgen sind inakzeptabel. Ihr werdet den Nordflügel wieder aufbauen."

„Natürlich werden wir das Anwesen ordentlich herrichten. Aber das werden wir nicht heute Nacht schaffen", sagte Lady Fitzhugh mit einem Selbstvertrauen und Geschick, dass ihre Jugend Lügen strafte. „Tee, Mrs Clements?"

Colonel Clements ließ das Thema nicht so einfach fallen. „Ich kann nicht glauben, dass Sie die Zerstörung Ihres Hauses so einfach hinnehmen, Lady Fitzhugh."

Fitz atmete scharf ein. So zu tun, als würde Colonel Clements überreagieren, war eine Sache, sich mit seinem Zorn direkt konfrontiert zu sehen, eine ganz andere. Lady Fitzhugh war allerdings kein bisschen eingeschüchtert. „Hinnehmen, Sir? Nein, ich habe es angeregt. Es war meine Idee."

Sie hatte nicht nur Mut. Sie hatte Rückgrat.

Colonel Clements geriet ins Stocken. „Erklären Sie sich, junge Dame."

„Wäre der Nordflügel besser gebaut gewesen, hätten Lord Fitzhugh und ich uns bemüht, ihn wieder herzustellen. Er war aber schlecht geplant und noch schlechter ausgeführt worden. Selbst wenn wir ihn heute sanieren würden, müssten wir ihn immer wieder ausbessern und stets Geld investieren, damit er nicht wieder verfällt. Und da niemand über endlose Geldmittel verfügt, haben wir uns für ein bescheideneres Haus entschieden, das wir gut in Stand halten können.

Anderenfalls hätten wir meinen zukünftigen Erstgeborenen auf dem Heiratsmarkt verkaufen müssen, und ich weigere mich, das überhaupt in Erwägung zu ziehen. Es genügt, dass Lord Fitzhugh sich diesem Schicksal beugen musste. Es wird nicht wieder geschehen, nicht solange ich atme."

Ihr Tonfall war überaus vernünftig, und sie behielt ein freundliches Lächeln bei. Aber die unterschwellige Leidenschaft ihrer Worte war nicht zu überhören. Colonel Clements war kurzfristig sprachlos. Und Fitz ... erkannte allmählich, dass er kein gewöhnliches Mädchen geheiratet hatte.

Der Tee wurde hereingebracht. Lady Fitzhugh schenkte jedem eine Tasse ein.

„Das ist ganz ausgezeichneter Tee, Lady Fitzhugh", bemerkte Mrs Clements.

„Das ist die reinste Ketzerei." Colonel Clements hatte seine Stimme wiedergefunden. „Das Anwesen muss für das Erbe vollständig erhalten bleiben. Ich kann nicht ..."

„Colonel, Sie verärgern noch unsere Gastgeber. Warum nehmen Sie sich nicht eines dieser köstlich belegten Brote?", beschied ihm Mrs Clements streng. „Sagen Sie, Lady Fitzhugh, was halten Sie von Somerset?"

Sie hatten es geschafft.

Als die Clements nach dem Tee auf ihr Zimmer gebracht worden waren, um sich für das Abendessen umzuziehen, ging Fitz zu seiner Frau und drückte ihr die Hand. „Gut gemacht, meine Liebe."

Sie sah ihn überrascht von seiner Geste an. Dann lächelte sie. Sie war in der Tat ein hübsches Mädchen mit schönen, ebenmäßigen Zähnen. „Sie haben sich auch gut geschlagen. Seien Sie jetzt nur für den Rest ihres Besuches für alles zugänglich, was der Colonel zu sagen hat."

Er verstand genau, was sie meinte und nickte. „Ich werde ganz ergeben und umgänglich sein."

SIE MACHTEN DEN NORDFLÜGEL NICHT einfach dem Erdboden gleich, sondern bewahrten viele der Baumaterialien sorgfältig auf: Die Glasscheiben des Wintergartens waren zum Wiederaufbau der Gewächshäuser bestimmt, die Steine der Mauer für eine spätere Renovierung der Küche und die Dachschindeln für den Hühnerstall, den Taubenschlag und das Kutscherhaus.

Noch seltsamer aber war, dass Lord Fitzhugh einen viereinhalb Meter langen Streifen der Mauer stehen ließ. Als Millie ihn fragte, warum sie noch nicht zusammen mit allem anderen abgerissen worden war, erwiderte er leichthin: „Die bleibt für die Tage stehen, an denen uns mal wieder danach ist, etwas zu zertrümmern."

Der erste dieser Tage kam eine Woche nach ihrem ersten Hochzeitstag, der ohne groß zur Kenntnis genommen zu werden, verstrich.

Sie hörte früh am Morgen von ihrem Wohnzimmer aus den Klang des Vorschlaghammers. Die Antwort auf ihre Frage fand sie in der *Times*. Miss Pelhams Mutter hatte die Verlobung ihrer Tochter mit einem Captain Englewood bekanntgegeben. Der Name war ihr irgendwie vertraut. Sie suchte die Gästeliste ihrer Hochzeit heraus und fand eine Familie namens Englewood. Captain Englewood war wohl entweder einer von Lord Fitzhughs Klassenkameraden aus Eton oder der ältere Bruder eines seiner Kommilitonen.

Zum Mittag brachte sie ihm ein belegtes Brot und Tee. Er saß in Hemdsärmeln auf einem leeren Fensterbrett, sein Kopf ruhte am Mauerrahmen, und er hielt Alice in der Hand.

„Es tut mir leid", sagte sie. Es schmerzte sie, ihn so leiden zu sehen.

Er zuckte die Achseln. „Es musste irgendwann passieren."

„Aber es wäre Ihnen lieber, wenn es später passiert wäre – oder gar nicht."

„Ich streite nicht ab, dass ein Teil von mir sie nie loslassen will. Aber ich wünsche ihr nicht, allein durchs Leben gehen zu müssen. Es ist besser, wenn sie heiratet. Wenn ich bei dem Gedanken nur nicht so …"

Er sah zum Himmel hinauf. „Ich habe mich nicht über sie auf dem Laufenden gehalten. Als wir heirateten, habe ich beschlossen, mich ganz aus ihrem Leben zurückzuziehen. Ich kenne also die Umstände ihrer Verlobung nicht. Einerseits fürchte ich, dass sie Ja zu Captain Englewood gesagt hat, weil sie einfach nicht mehr allein sein wollte. Andererseits könnte sie ihn lieben und er könnte ihr ein wunderbarer Ehemann sein. Und bin ich froh bei dem Gedanken? Nicht im Geringsten. Wenn es ihr schlecht geht, geht es mir schlecht. Wenn sie glücklich ist, dann bin ich immer noch hier und schlage mit einem Vorschlaghammer auf eine Wand ein."

Millie wusste nicht, was sie tun sollte. Oder sagen. Tränen stiegen ihr in die Augen, und sie ließ sie fallen. Welchen Sinn hatte es schon, nicht zu weinen? Sein Schmerz und ihr eigener schienen eine seltsame Einheit zu bilden: eine Sehnsucht nach etwas, was man nicht zurückerhalten konnte, oder nach etwas, was man nie besessen hatte.

Sie wischte sich die Tränen fort, ehe er sie sehen konnte.

„Vielen Dank für das Mittagessen", sagte er. „Ich bin mir sicher, dass Sie im Haus viel zu tun haben."

Mit anderen Worten: Er wollte allein sein.

„Ich kann ... ich kann das auch morgen noch machen", sagte sie vorsichtig.

Er schüttelte leicht den Kopf. „Das ist sehr freundlich von Ihnen, aber hier draußen ist es heiß und trocken."

„Dann", sagte sie, „gehe ich rein, wo es so viel schöner ist."

Er sah nicht auf. Er hatte nur Augen für Alice, seine geliebte Alice.

Wann würde sie aufhören zu glauben, ihr Schmerz wäre der gleiche? Während sie jede Gelegenheit begrüßte, ihm nahe zu sein, selbst wenn er von seiner Liebe zu einer anderen Frau sprach, konnte er andererseits ihren Anblick manchmal nicht ertragen.

Auch wenn sie sich gelegentlich als Verbündete bewies, so war sie doch immer die Personifizierung all der Kräfte, die ihn sein Glück gekostet hatten – und würde es auch immer sein.

MILLIE BESCHLOSS, SICH ZU ENTLIEBEN.
Sie wusste nicht, warum sie nicht schon viel früher darauf gekommen war. Als sie sich verliebt hatte, hatte sie das als chronischen Zustand hingenommen, etwas, was sie erdulden musste, solange sie lebte.

Das war so ganz sicher nicht richtig. Sie musste erkennen, dass an ihrer Liebe nichts Besonderes war. Sie war einfach nur ein gewöhnliches junges Mädchen, das sich vom guten Aussehen eines ebenso jungen Mannes hatte blenden lassen. Was war ihre Liebe denn anderes als das Bedürfnis, ihn zu besitzen? Was war seine Liebe denn anderes, als ein ähnliches Verlangen danach, Miss Pelham mit Leib und Seele sein nennen zu können?

Manche Dinge im Leben waren wirklich schwierig. Die Quelle des Nils zu finden, zum Beispiel. Oder den Südpol zu erforschen. Aber einen Mann nicht länger zu lieben, der sie selten auch nur ansah ... Warum sollte das eine unmögliche Aufgabe sein?

ALICE GING ES NICHT GUT. Sie müsste sich eigentlich in Vorbereitung auf ihren Winterschlaf vollstopfen und an Gewicht zulegen, aber sie schien keinen Appetit zu haben. Fitz versuchte es mit allerlei Samen, Früchten und Nüssen. Er nahm sie auf lange

Spaziergänge mit und suchte nach Blattläusen und anderen kleinen Insekten, die ihr schmecken könnten. Er veranlasste die Gärtner, verschiedene Pflanzen auskeimen zu lassen, damit sie frische Blattknospen essen konnte, auf die sie seit dem Frühling hatte verzichten müssen.

Nichts wirkte. Sie fraß wenig und verbrachte die restlichen Stunden, die sie wach war, in verschiedenen Stadien der Lustlosigkeit, ihre Augen trübe, ihr Atem schwer.

Sie wurde alt. Aber er hatte sich darauf verlassen, dass sie wenigstens noch ein Jahr hatte, zwölf weitere Monate des sanften Schlummerns und fröhlichen Naschens, dreihundertfünfundsechzig weitere Tage, in denen er sich an den Gedanken gewöhnen konnte, dass sie nicht ewig leben würde.

Nicht so früh, nicht jetzt, wo Isabelles Hochzeit so unmittelbar bevorstand. Es gab keine lange Verlobungszeit, wie er heimlich gehofft hatte. Die Hochzeit würde noch vor dem Ende von Captain Englewoods Heimaturlaub stattfinden. Die Flitterwochen würden sie in Frankreich und Italien verbringen, auf dem Weg nach Indien, wo Captain Englewood stationiert war.

Fitz hätte sie während seines Heimaturlaubes von seinem Regiment in Indien geheiratet, wenn er Captain Fitzhugh geworden wäre. Und sie wären auf ihrem Weg zu ihrem neuen gemeinsamen Leben durch Frankreich und Italien gereist, vollauf mit sich selbst beschäftigt und überglücklich, endlich verheiratet zu sein.

Sie tat ihr Bestes, sich das Leben, das sie geplant hatten, zu nehmen – ohne ihn.

Er hatte immer noch ihre Briefe, das Gruppenbild und die verschiedenen kleinen Geschenke, die sie ihm über die Jahre in die Hand gedrückt hatte. Aber das waren starre Dinge, die nur Augenblicke ihrer Vergangenheit darstellten, während Alice die lebende, atmende Verkörperung all dessen war, was sie einst gewesen waren und was sie zu sein gehofft hatten. Solange Alice lebte, blieb ein Teil ihrer Verbindung erhalten, ganz gleich, wie viel Zeit und Raum zwischen ihnen lag.

Aber ohne Alice, ohne die süße kleine Alice …

Das Leben um ihn herum ging weiter. Am sanierten Herrenhaus wurde noch letzte Hand angelegt: Die Bodendielen wurden erneuert, neue Tapeten angebracht und nach und nach glänzende, blaue Wasserklosetts installiert. Seine Frau schien schrecklich ehrgeizige

Ziele für den Garten zu haben: Dickicht und Gestrüpp wurde entfernt, ganze Wagenladungen mit peruanischem Guano-Dünger wurden geliefert, zusammen mit riesigen Säcken voller Knollen und Blumenzwiebeln für die ersten Farbklecker im Frühling.

Manchmal sah er sie in einem breitkrempigen Hut, wie sie sich mit den Gärtnern beratschlagte und den Plan in ihren Händen betrachtete, während sie neue Blumenbeete und Pfade ausmaßen.

Und trotz seiner Panik würde er Alice nehmen und in sein Arbeitszimmer hinuntergehen, um sich mit seinem Verwalter, seinem Architekten und seinem Bauleiter zu treffen, um seine Pächter zu empfangen und zwischen ihnen zu vermitteln, ihre Probleme zu lösen, und um seinen wöchentlichen Bericht an Colonel Clements über den Verlauf seiner zahlreichen Aufgaben zu schreiben.

In einigen Aspekten war er wie seine Frau: stoisch und entschlossen. Er machte weiter, ganz gleich, was war.

Alice allerdings konnte nicht mehr weitermachen.

„Ich hatte immer gedacht, dass du sanft entschlafen würdest", sagte er zu ihr, als er das Bett aus weicher Baumwolle zurechtzupfte, das er ihr hergerichtet hatte. „Und es wäre so leicht, du würdest es nicht einmal bemerken."

Sie keuchte mühsam. Ihre Augen waren geschlossen. Einer ihrer kleinen Füße zuckte hin und wieder, aber ansonsten war sie zu schwach, um sich zu bewegen.

„Ich möchte dich immer in meiner Tasche tragen. Und ich wette, du möchtest das auch. Ich wette, du wünschst dir, dass dir nur das Einschlafen schwer fällt und dass es, wenn du aufwachst, wieder Frühling ist und du wieder stark und gesund und bereit bist, dir Gewicht anzufuttern. Aber ich fürchte, keiner von uns kann alles haben, was wir wollen.

Du gehst an einen wunderbaren Ort, wo immer Frühling ist. Ich werde nicht da sein, aber ich werde mich von hier aus an dich erinnern. Und ich werde mir vorstellen, wie du von Knollen und Haselnüssen umgeben bist – und wieder hungrig und jung."

Sie atmete nicht mehr.

Er weinte, ließ die Tränen ungehindert fallen. „Adieu, Alice, ruhe in Frieden."

*

DIE FITZHUGHS ERHIELTEN EINE EINLADUNG zu Isabelle Pelhams Hochzeit, aber weder Millie noch Lord Fitzhugh nahmen teil.

Zumindest nahm Millie an, dass ihr Mann nicht hinging. Sie war allein in ihrem Haus auf dem Land, während er anderswo weilte. Sie hatte nicht gefragt, wohin er ging. Sie achtete nicht einmal darauf, wie lange er weg war. Sie wusste nur, dass es länger als sieben, aber weniger als zehn Tage waren.

Er kehrte zwei Tage nach der Hochzeit zurück. Sie wartete auf das Geräusch des Vorschlaghammers. Aber durch ihr offenes Fenster drangen nur das Rauschen des Windes und die Geräusche der im Hof tätigen Dienstboten, die ihren Aufgaben nachgingen.

Ihre Neugierde besiegte den Entschluss, sich nicht darum zu kümmern. Sie huschte in ein Zimmer, von dem aus sie zu den Mauerresten sehen konnte. Er trug noch immer seine Reisekleidung und stand vor der Mauer, während er eine Hand darauflegte. Dann ging er langsam in eine Richtung, fuhr mit der Hand über die Steine wie ein Archäologiestudent, der die Ruinen von Pompeji zum ersten Mal betrachtete.

Sie unternahm ihren Nachmittagsspaziergang. Als sie zurückkam, war er noch immer dort, lehnte gegen die Steine und hatte eine Zigarette zwischen den Fingern.

Er hob das Kinn, als sie sich näherte. Sein nachdenklicher, wehmütiger Gesichtsausdruck verriet ihr alles.

„Sie sind zur Hochzeit gegangen", sagte sie ohne große Einleitung.

„Nein und ja", erwiderte er. „Ich bin nicht hineingegangen."

„Sie haben draußen vor der Kirche gestanden, während sie drinnen ihr Ehegelöbnis sprach?"

Was für eine verzweifelte und lächerlich romantische Geste – ein weiterer Grund, ihn nicht zu lieben. Und dennoch brach ihr das Herz.

„Ich habe zugesehen, wie sie aus der Kirche kamen, in die Kutsche stiegen und abfuhren."

„Hat sie Sie gesehen?"

„Nein", sagte er leise. „Ich war nur ein weiteres Gesicht in der Menge."

„Sie war sicherlich eine wunderschöne Braut."

„Ja, wunderschön. Ihr Bräutigam hat sich gefreut, und sie schien glücklich." Er legte den Kopf in den Nacken. „Ich habe den Tag ihrer Hochzeit gefürchtet. Aber jetzt, wo es vorbei ist, bin ich beinahe ... erleichtert. Es ist endlich passiert: Sie ist die Frau eines anderen geworden. Ich muss es nicht länger fürchten."

„Freuen Sie sich für sie?"

„Ich wünschte, ich könnte mit ihm tauschen. Ich beneide ihn, und das wird sich nie ändern. Aber als ich gesehen habe, wie sie ihn anlächelt, ist mir ein Stein vom Herzen gefallen."

Er blickte Millie an. „Ich bin froh, dass ich nicht so selbstsüchtig bin, wie ich dachte."

Tu mir das nicht an. Das ist nicht der Zeitpunkt, edel und großherzig zu sein.

Er griff in seine Tasche und zog ein in Seide gebundenes Päckchen hervor, das mit einem Bändchen umwickelt war. „Das ist für Sie."

„Sie haben mir schon etwas zum Geburtstag geschenkt."

„Wir beide wissen, dass Venetia an Ihren Geburtstag gedacht und Ihnen etwas in meinem Namen geschenkt hat. Sie sind mir eine treue Freundin gewesen. Ich habe bis jetzt meiner Dankbarkeit nicht besonders gut Ausdruck verliehen, aber ich möchte, dass Sie wissen, wie dankbar ich Ihnen bin."

Nicht, sagte sie beinahe laut. *Bloß nicht.*

„Sie haben nicht zugelassen, dass ich mich im Whiskey ertränke. Sie haben mich bei Colonel Clements nicht im Stich gelassen. Und Sie sind immer, immer gut zu mir. Ich hoffe, dass ich Ihnen eines Tages ein ebenso guter Freund sein kann."

Sie biss sich auf die Unterlippe. „Was ist in dem Päckchen?"

„Ein Lavendelableger für Ihren Garten. Ich hab Ihre Zofe gefragt, und sie hat mir gesagt, dass Sie Lavendel besonders gern mögen. Nach Isabelles Hochzeit bin ich zu Lady Pryor gegangen und habe um ein paar Ableger gebeten. Wenn ich es richtig verstehe, dann ist es besser, sie im Frühling einzupflanzen, aber es soll wohl auch im Herbst noch möglich sein."

Sie öffnete das Päckchen und darin lag tatsächlich ein Lavendelzweig.

„Morgen kommen noch mehr, aber ich dachte, den hier überbringe ich lieber selbst."

„Das hätten Sie nicht tun müssen." Er hätte es wirklich nicht tun sollen. Sechs Wochen hatte sie tapfer versucht, sich zu entlieben –

und jetzt machte er alles mit einer simplen Geste einfach wieder zunichte.

„Bis jetzt haben wir nur Dinge abgerissen und versucht, weitere Schäden zu vermeiden", sagte er. „Wir sollten etwas erschaffen – etwas Neues, etwas, was uns gehört."

Du weißt gar nicht, was du da verlangst. Du weißt nicht, welche Hoffnung das in mir wecken wird.

„Danke", sagte sie. „Es wird sicherlich wunderschön."

KAPITEL 8

1896

„LAVENDELHONIG", LAS ISABELLE AUF DEM handgeschriebenen Etikett auf dem Glas.

„Du magst Honig, wenn ich mich recht entsinne", sagte Fitz. „Wir stellen diesen Honig auf Henley Park her. Er ist wirklich sehr gut."

Und wirklich schön, ein leuchtendes, durchscheinendes Gold in dem mit Baumwollstoff abgedeckten Glas.

„Meine Güte, um Lavendelhonig herzustellen, müsst ihr ja ein ganzes Lavendelfeld haben."

„Etliche Morgen. Es ist ein wahrhaft beeindruckender Anblick, besonders nach drei Monaten in London." Fitz wurde bei dem Gedanken vor Stolz ganz warm ums Herz. Ihm fehlte sein Flecken Erde.

„Von diesen Morgen voller Lavendel hast du mir nie erzählt. Ich dachte, Henley Park sei eine Ruine."

„Das war es auch. Die Lavendelfelder haben wir angelegt – wobei es größtenteils der Verdienst meiner Frau ist. Sie ist eine unermüdliche Gärtnerin."

Isabelle hatte das Honigglas hoch gehalten und es im Licht bewundert. Sie stellte es plötzlich hin. „Du schenkst mir etwas, das aus ihrem Garten kommt?"

In ihrer Stimme lagen Argwohn und Verdruss – sie maß einem einfachen Geschenk zu viel Bedeutung bei. „*Unser* Garten", sagte er bestimmt. „Ich habe die ersten Ableger von Lady Pryor geholt."

Isabelle spitzte die Lippen. „Das ist vielleicht noch schlimmer, dass es von etwas kommt, das euch beiden gehört."

„Du lässt dich mit einem verheirateten Mann ein, Isabelle. Vieles in meinem Leben ist eng mit ihrem verknüpft."

„Das weiß ich." Ihr Seufzer klang aufgebracht. „Aber mich so daran zu erinnern, macht es auch nicht gerade besser, oder?"

Ihm war der Honig beim Frühstück aufgefallen, und er hatte sich daran erinnert, dass sie Honig auf ihrem Brot mochte. Daher hatte er die Haushälterin gefragt, ob sie noch ungeöffnete Gläser da hätten – mehr nicht. Aber nichts war so einfach.

„Wenn du ihn nicht willst, nehme ich ihn wieder mit und suche etwas, das dir eher zusagt."

„Natürlich will ich ihn – mir gefällt alles, was du mir gibst." Ihre Mundwinkel senkten sich kurz. „Es ärgert mich nur, dass es so vieles in deinem Leben gibt, woran ich keinen Anteil habe – und nie haben werde."

„Das wird sich jetzt ändern. Meine Frau und ich hatten nichts gemeinsam, als wir geheiratet haben." Als er merkte, dass das nicht das beste Beispiel war, fügte er hastig hinzu: „Es braucht nur etwas Zeit, das ist alles. Wir müssen all die Jahre, die wir getrennt waren, nachholen und dann etwas Neues aufbauen."

„Das klingt ja so, als läge ein Abgrund zwischen uns, den wir überbrücken müssten."

Es überraschte ihn, dass sie ihm in diesem Punkt widersprach. „Das ist doch unvermeidbar. Wir haben uns verändert. Es wird eine Weile dauern, bis wir einander wieder so gut kennen wie damals."

„Ich habe mich *nicht* verändert." Ihre Stimme klang streng. „Ja, ich habe geheiratet und bin Mutter geworden, aber ich bin noch immer dieselbe Person, die ich schon immer war. Wenn du mich damals kanntest, dann solltest du mich auch jetzt noch kennen."

„Ich kenne dich, nur nicht so gut, wie ich gerne möchte." Er klang in seinen eigenen Ohren schrecklich defensiv.

„Nicht so gut, wie du deine Frau kennst, meinst du wohl."

Er wusste nicht, warum sie immer wieder auf seine Frau zu sprechen kam. „Ich kenne sicherlich ihren Tagesablauf so gut wie meinen eigenen, und ich kenne ihren Charakter. Aber Lady Fitzhugh ist mir ein Rätsel, ich weiß nie genau, was sie gerade denkt."

„Und ich? Weißt du, was ich denke?"

Er erkannte die Mischung aus Trotz und Reue in ihrem Blick. Sie wusste, dass sie überreagiert hatte, war aber noch nicht bereit, ihren Fehler einzugestehen. Er lächelte erleichtert. „Ich denke, dass du, oder zumindest ein Teil von dir, lieber über etwas anderes sprechen würde."

„Vielleicht, wenn du mir versichern könntest, dass sich deine Frau nicht irgendwie in dein Herz geschlichen hat."

„Der bloße Gedanke ist albern. Wenn ich sie lieben würde, warum wäre ich dann hier bei dir?"

Sein Argument bestand die Probe offenbar. Sie lächelte ein wenig verlegen. „Wollen wir uns über unsere Flitterwochen unterhalten? Wohin wir fahren wollen, wenn deine sechs Monate vorbei sind?"

„Das wäre dann mitten im Winter."

„Ja", sagte Isabelle mit leuchtenden Augen. „Also sollten wir irgendwohin fahren, wo es warm ist. Das Wetter in Nizza wäre perfekt. Aber Nizza ist im Winter vollkommen überfüllt, und wir wollen nicht ständig irgendwem über den Weg laufen. Mallorca wäre auch zauberhaft oder Ibiza, ja sogar Casablanca."

Ein Gefühl der Wehmut überkam ihn. Weihnachten in Henley Park war zu einer lieben Tradition geworden, gehörte Familie und Freunden. Er wollte die Festlichkeiten nicht abkürzen, nur um woanders hinzufahren – ein paar seiner schönsten Erinnerungen der letzten Jahre stammten von diesen Zusammenkünften. Und er konnte den Gedanken kaum ertragen, seine Frau so kurz nach Weihnachten zu verlassen.

Vielleicht war er auf seine Art so undurchschaubar geworden wie seine Frau. Isabelle plauderte fröhlich über die verschiedenen Möglichkeiten – offenkundig gab es etliche malerische Gegenden an Spaniens Mittelmeerküste – und bemerkte nicht einmal, dass seine Begeisterung hinter ihrer zurückblieb.

Aber das ist schon in Ordnung so, überlegte er. Er hatte es sich in seinem Leben zu bequem gemacht. Alle Gewohnheitstiere mussten hin und wieder aufgerüttelt werden, damit sie sich eben nicht zu sehr auf ihre Gewohnheiten versteiften. Er wünschte sich nur, Isabelle würde kein so großes Theater aus dem Anfang ihres gemeinsamen Lebens machen. Schließlich war es immer noch Ehebruch, den er beging, und es schien ihm, dass sie dabei stiller und diskreter vorgehen sollten.

Isabelle hingegen war nun mal Isabelle, überschwänglich und leidenschaftlich, voller übersprudelnder Lebenskraft. Und warum sollte er ihr ein paar Träume übel nehmen oder eine kurze Reise an einen Ort mit Palmen und einem warmen Ozean?

Wenn ihn nur der Gedanke daran, dass Millie den Januar allein verbrachte, nicht so bedrücken würde, als ob er die Tür zum

Gewächshaus am kältesten Tag des Jahres offen ließe und bei seiner Rückkehr all die liebevoll gepflegten Pflanzen darinnen vor Grausamkeit und Vernachlässigung verwelkt vorfände.

HELENA TRAUTE IHREN AUGEN NICHT: ANDREW! Er stand auf dem Bahnsteig und wartete keine zwanzig Schritte von ihr entfernt

Rasch schickte sie ihre Zofe Susie los, um bei einem der Straßenhändler vor dem Bahnhof eine Zeitung und ein paar geröstete Nüsse zu kaufen. Als sie sicher war, dass Susie von der Menge verschluckt worden war, ging sie zu Andrew und tippte ihm auf die Schulter.

Die freudige Überraschung auf seinem Gesicht machte ihre lange Trennung beinahe – beinahe – wett.

„Helena." Seine ehrerbietig leise Stimme verlor sich fast im Lärm dieses Eisenbahnknotenpunktes.

Er war wie eine blassere Version von ihr selbst: Seine Haare waren rötlich, seine Augen haselnussbraun – es war eines ihrer ersten Gesprächsthemen gewesen, zwei Rotschöpfe umgeben von Geschwistern mit rabenschwarzem Haar in ihrem Fall und blonden Cousins und Cousinen in seinem. Er hatte Grübchen, war stets ein wenig zerzaust und hatte vom vielen Sitzen an einem Schreibtisch eine leicht gebeugte Haltung. Er war nur unwesentlich kleiner als sie, worüber er sich immer wieder gutgelaunt lustig machte.

Er war in allem, was er tat, gutgelaunt und ehrlich. In einer zynischen Welt war er die seltene Kreatur, intelligent und gleichzeitig gutherzig.

„Andrew." Sie sehnte sich danach, seine Hände zu ergreifen, wagte es in aller Öffentlichkeit aber nicht. Stattdessen schüttelten sie zum Gruß die Hände und berührten ihre Finger einen Augenblick länger, als vielleicht angemessen gewesen wäre. „Fährst du weg?"

„Ja, nach Bodley, um mir ein paar Handschriften anzusehen." Er hatte schon damals als Student viel Zeit in der Bodleiana, der Bibliothek von Oxford, verbracht. „Und du?"

„Venetia kommt heute aus den Flitterwochen zurück. Ich dachte, ich hole sie ab, um sie in London willkommen zu heißen."

„Wie aufregend. Ich hatte noch keine Gelegenheit, ihr persönlich zu gratulieren." Er kaute auf seiner Unterlippe. „Aber ich schätze, sie wünscht mich nicht zu sehen."

„Wovon redest du?"

Er hatte den rechten Handschuh ausgezogen, als er ihr die Hand gab. Jetzt drehte er ihn nervös in seinen Händen. „Ich dachte … dein Bruder … du weißt es nicht?"

„Fitz?" Ihr sank das Herz. „Was hat er damit zu tun? Sag bitte nicht, dass er mit dir gesprochen hat?"

Darum hatte Andrew ihr geschrieben und gebeten, die Affäre zu beenden, hatte die Gefahren für ihren Ruf und was noch alles genannt.

„Er war sehr freundlich, aber er hat recht, Helena. Was wir getan haben, war furchtbar gefährlich. Und ich hätte es nicht ertragen, wenn ich deinem guten Ruf geschadet hätte."

Also hatte Fitz – genau wie Venetia und Millie auch – die ganze Zeit Bescheid gewusst. Wenn jemand für das alles die Verantwortung trug, dann sie selbst, aber ihr Bruder hatte beschlossen, hinter ihrem Rücken mit Andrew zu sprechen. Sie hatten für sie Entscheidungen getroffen und sie darüber im Dunkeln gelassen, als ob sie ein Kind wäre, wo sie in Wahrheit nicht einmal fünfzehn Minuten jünger war als Fitz. Und ihr gegenüber hatten sie so getan, als wäre nichts geschehen, als ob eine der wichtigsten Entscheidungen ihres Lebens nicht mehr wäre als Unrat, den man unter den Teppich kehren konnte.

„Mein guter Ruf, ist das alles, woran du denken kannst? Ich dachte, wir waren uns bereits einig, dass es mehr im Leben gibt als den guten Ruf. Ich dachte, wir hätten beschlossen, dass man für sein Glück auch mal Risiken eingehen muss."

„Das glaube ich immer noch. Aber das war, bevor man uns entdeckt hat. Zum Glück war es nur dein Bruder. Wenn es jemand anderes gewesen wäre … Ich will gar nicht über die Folgen nachdenken."

Verfluchter Hastings. Er hatte es Fitz also doch verraten.

„Willst du mich wirklich nie wieder sehen?"

„Helena." Andrews Stimme bebte kaum hörbar. „Du weißt, dass ich alles dafür geben würde, dich sehen zu können, aber ich habe es deinem Bruder versprochen."

„Ist dein Versprechen ihm gegenüber mehr wert als alle Versprechen, die du mir gegeben hast?"

Andrew zuckte zusammen. „Ich …"

In ihrem Augenwinkel sah sie, dass Susie zurückkam. „Wir werden uns wiedersehen, denn du wirst mich nicht einfach so im Stich und ohne Hoffnung lassen."

Sie wandte sich ab und ging, ehe Susie zu nahe gekommen war.

Nur um keine fünfzehn Schritte von ihr entfernt Hastings mit einem Ausdruck von mildem Interesse im Gesicht zu entdecken. Er hatte sie und Andrew zusammen gesehen. Sie dachte sich keine neue Aufgabe für Susie aus, sondern sagte ihr nur, dass sie unter vier Augen mit Hastings reden wollte.

Bevor sie ihn jedoch für seinen Wortbruch zu Rede stellen konnte, erklärte er: „Ich habe Fitz die Identität Ihres Geliebten nicht verraten. Er hat mir sogar ins Gesicht geschlagen, als er erfahren hat, dass ich ihm nicht alles gesagt hatte."

„Wer war es dann?"

„Einigen Ihrer Familienmitglieder können Sie ruhig etwas mehr zutrauen. Glauben Sie, sie erinnern sich nicht daran, dass Sie in ihn verliebt waren? Glauben Sie, sie können es sich nicht zusammenreimen? Und vergessen Sie nicht all seine Liebesbriefe, die stapelweise bei Ihnen eintrafen. Sie mussten nur einen in die Finger bekommen, um herauszufinden, wer er war."

Es gab einen Brief, der seit ihrer Reise nach Amerika verschollen war. „Warum haben sie nichts zu mir gesagt?"

„Wahrscheinlich weil sie wussten, dass Sie Vernunftgründen nicht zugänglich sein würden."

„Das ist doch reiner Mumpitz."

„Hätten Sie auf sie gehört?"

„Sie hätten nur versucht, mich mit konventionellem Denken umzustimmen – was nicht dasselbe wie Vernunftgründe ist. Wir leben nicht alle nach derselben Logik."

„Und trotzdem müssen Sie sich an dieselben Regeln halten wie alle anderen. Die Konsequenzen werden auch für Sie keine anderen sein."

„Sie sagen das so, als ob ich nicht wüsste, was die Konsequenzen wären."

„Sie wissen sehr genau, wie die Konsequenzen aussähen. Aber Sie glauben nicht, dass sie Ihnen widerfahren könnten."

„Und warum sollten sie auch? Ich war immer äußerst vorsichtig."

„Ach ja? In Huntingdon habe ich Sie drei Nächte hintereinander beobachtet, wie Sie zu Ihrer Verabredung gegangen und von ihr zurückgekehrt sind – und Sie haben es nicht bemerkt. In der letzten Nacht war ein weiteres Pärchen zu ihrem geheimen Rendezvous genau in Ihrer Richtung unterwegs. Ich musste sie ablenken. Danach hatte ich keine andere Wahl, als mit Ihrer Familie zu sprechen."

Das hatte sie nicht gewusst, aber ihr Ärger kochte trotzdem hoch. „Und haben sich nebenbei noch einen Kuss von mir erschwindelt."

„Für jemanden, die viel mit Schriftstellern zu tun hat, sollten Sie Ihre Worte vorsichtiger wählen." Er lächelte breit. „Ich habe mir meinen Kuss ehrlich verdient."

Dieser Lüstling.

„Und wie gefällt Ihnen mein Buch? Versetzt Sie seine literarische Raffinesse nicht in Erstaunen?"

„Wir reden hier von Schmutz mit dreckigen Zeichnungen."

„Ah, Sie haben es also gelesen."

„Ich habe zwei Seiten überflogen, und das hat mir mehr als gereicht."

Er lächelte. „So gut also?"

Ihr stockte der Atem. „Es ist Papierverschwendung. Und was tun Sie überhaupt hier?"

„Ich bin hier, um unsere Herzogin in London willkommen zu heißen. Sie ist quasi auch meine Schwester. Wenn Sie mich also entschuldigen würden."

„Wo gehen Sie hin?" Sie war eher argwöhnisch als neugierig.

„Fitz wird gleich hier sein. Martin weiß vielleicht, was alles in East Anglia geschehen ist, ehe Knut der Große es zu einem einfachen Lehen gemacht hat, aber wie ich sehe, besitzt er nicht den Verstand, sich zu entfernen, damit er nicht den Eindruck vermittelt, er sei Ihretwegen hier."

„Das ist er nicht. Er ist auf dem Weg nach Oxford."

„Dann sollte er Fitz noch viel weniger auf falsche Gedanken bringen. Wenn es kein Fehlverhalten gibt, sollte man keinen falschen Verdacht riskieren."

Er schlenderte davon, nahm Andrew bei der Schulter und führte ihn weg.

ALS FITZ AUF DEM BAHNSTEIG ANKAM, beobachtete er, wie Helena und Hastings sich in ihrem üblichen Hin und Her zwischen Necken und Ärgern unterhielten. Fitz lauschte amüsiert – und ein wenig melancholisch – ihrem Schlagabtausch kaum verhüllter

Beleidigungen. Es sprach von Hastings' Talent und Entschlossenheit, dass Helena nach all den Jahren noch immer nicht ahnte, wie sehr er sie liebte. Aber wozu war eine solche Liebe gut, die zu stolz war, sich zu erkennen zu geben?

Er fragte sich, ob dasselbe auf seine Frau zutraf. Wäre sie, sobald sie frei war, zu zurückhaltend, um den Mann zu suchen, dem sie all diese Jahre über auf so keusche Art treu gewesen war?

Seltsam war auch diese ewige Anonymität. Sie debütierte erst, nachdem sie Lady Fitzhugh war, also konnte sie vor ihrer Ehe nicht viele Männer gekannt haben. In den Jahren seither hatte Fitz die meisten sozialen Kontakte der Graves getroffen, und nicht einmal war ein Mann dabei gewesen, der ihr irgendeine Reaktion entlockt hätte.

„Meine Güte, Mrs Englewood", rief Hastings. „Was für ein bezaubernder Zufall, Ihnen hier zu begegnen."

Fitz wurde aus seinen Überlegungen gerissen. Isabelle tauchte in einem Promenadenkleid aus schwarzem Samt neben ihm auf. Sie gab Hastings und Helena die Hand. „Zauberhaft, ja, Zufall, nein. Fitz hat mir erzählt, dass die Herzogin heute Nachmittag zurückkommt. Ich kann es kaum erwarten, ihren neuen Ehemann zu treffen und sie wiederzusehen – wie Sie alle. Wie hätte ich mir diese Gelegenheit entgehen lassen können, wenn ich doch wusste, dass Sie alle hier versammelt sein würden?"

Alle, Millie eingeschlossen.

Wäre sie jemand anderes gewesen, hätte Fitz vermutet, dass sie versuchte, Millies Platz einzunehmen. Aber Isabelle war impulsiv, nicht hinterlistig. Sie war nicht so niederträchtig, Intrigen zu spinnen.

Dennoch war dies hier zu viel des Guten. So, wie sie sich in eine reine Familienangelegenheit drängte, hätte sie gleich eine Annonce in die Zeitungen setzen können, um ihr Vorhaben anzukündigen, einen gemeinsamen Haushalt zu gründen. Ganz gleich, wie romantisch die Wiedervereinigung junger Liebender war, so war es in seinem Fall doch immer noch Ehebruch, und er würde es vorziehen, dabei diskret vorzugehen, sodass es nicht so aussah, als ob er seine Frau öffentlich verließ.

Er war mit seiner Meinung nicht allein. Sobald Helena und Hastings erkannten, dass Isabelle absichtlich gekommen war und vorhatte, bei ihnen zu bleiben, warfen beide einen Blick zum

Eingang des Bahnsteiges: Es war nur eine Frage der Zeit, bis Millie hier eintraf.

Und dann sahen sie beide unsicher zu Fitz – Helena wirkte mehr als nur ein wenig besorgt – in dem Versuch, seine Reaktion abzuschätzen, um zu sehen, ob er Isabelles Anwesenheit guthieß oder sich ebenso unwohl fühlte wie sie.

Venetias Zug fuhr ein. Sie und ihr Ehemann, der Duke of Lexington, verließen den privaten Waggon des Herzogs. Die zwei hatten zu Beginn der Saison die Gerüchteküche zum Brodeln gebracht und hatten schließlich überstürzt und ohne irgendwelche Gäste geheiratet, was für alle, ihre Familie eingeschlossen, ein Schock gewesen war. Fitz ahnte mehr von den Gründen für die plötzliche Eheschließung als die meisten, aber er hatte sich trotzdem Sorgen gemacht, bis das Paar ihn vor Kurzem in London besucht hatte und er mit eigenen Augen hatte sehen können, wie glücklich und entspannt Venetia in ihrer neuen Ehe war. Sie waren für den Rest ihrer Flitterwochen auf das Anwesen des Herzogs auf dem Land gefahren und kehrten erst jetzt wieder in die Gesellschaft zurück, was mit einem Ball zu ihren Ehren, den Fitz und Millie gaben, begangen wurde – an genau dem Abend, an dem sie ihre eigene Ehe vollziehen würden.

In nur zwei Tagen.

Helena winkte. Venetia winkte mit breitem Lächeln zurück. Die Menge verstummte. Venetia war die große Schönheit ihrer Generation und ihr Erscheinen sorgte oft für bewunderndes Schweigen.

Ihr Lächeln erstarrte, als sie Isabelle sah. Vielleicht umklammerte sie den Arm ihres Mannes fester, denn der Herzog neigte seinen Kopf zu ihr. Fitz wusste nicht, welche Frage er ihr stellte, aber ihr Antwort, die er ihr von den Lippen lesen konnte, schien zu lauten: *Alles in Ordnung. Ich erzähl es dir später.*

Sie begrüßte Isabelle mit warmer Herzlichkeit und stellte ihren Ehemann vor. Sie waren alte Freunde. Isabelle und Hastings hatten zusammen so manchen Streich gespielt, wenn die Jungs das Anwesen der Pelhams besuchten. Sie und Helena waren immer gut miteinander ausgekommen. Und Fitz hatte durch eine Bemerkung, die Helena vor ein paar Jahren hatte fallen lassen, erfahren, dass Venetia in den Tagen vor seiner Hochzeit viele Stunden damit verbracht hatte, Isabelles Hand zu halten, während sie geweint und gegen die Grausamkeiten des Schicksals gewütet hatte.

Es hätte also ein viel heitereres Wiedersehen sein sollen. Aber nur Isabelle zeigte Freude und Lebhaftigkeit. Sie war begeistert von Venetias Ehe mit dem Herzog. Sie zog Hastings freundlich auf, weil Helena immer noch nur Spott für ihn übrig hatte. Sie konnte es kaum erwarten, sich eingelebt zu haben, damit sie endlich ein Abendessen für alle geben konnte.

Alle anderen waren höflich, aber ihre Gesichter erinnerten Fitz an jenes Lächeln, das man aufsetzte, wenn man einem besonders gesprächigen Vikar gegenüberstand.

„Ja", sagte Isabelle, als sie zum Ausgang und zu den Kutschen gingen, die sie davor erwarteten, „ich genieße es sehr. Und hat Fitz es euch schon erzählt? Er hat mir das Haus besorgt."

Rasch wurden ihm unergründliche Blicke zugeworfen.

„Fitz ist schrecklich bescheiden", sagte Venetia. „Er prahlt nicht mit dem, was er für seine Freunde tut."

Isabelle lachte. „Bescheiden, Fitz? Seit wann bist du bescheiden? Ich erinnere mich, dass du ein echter Angeber warst."

Sie hatte recht. Er war auch umherstolziert, wie es junge athletische Männer gerne taten. Man konnte sagen, dass die standrechtliche Erschießung seiner Träume vor seinen Augen ihm die ganze Aufgeblasenheit ausgetrieben hatte. Aber die Wahrheit lautete, dass er stilles Selbstvertrauen immer mehr bewundert hatte als laute Prahlereien, und er hätte sich irgendwann von ganz allein zurückgenommen, selbst wenn ihm das Leben nicht zuvorgekommen wäre.

„Bescheidenheit ist eine angenehmere Eigenschaft für einen älteren Herren wie mich."

Isabelle lachte. „Oh, wie witzig."

Er hatte sich über sich selbst lustig machen wollen, aber was er gesagt hatte, war kein Scherz gewesen.

„Also, meine liebe Mrs Englewood, was haben Sie jetzt vor, wo Sie zurück sind?", fragte Hastings.

„Oh, so viele Dinge." Isabelle drehte sich zu Fitz, ihr erwartungsvoller Blick unmissverständlich.

Hastings trommelte mit den Fingern auf dem Knauf seines Gehstocks. Venetia rückte ihren Hut zurecht. Helena zupfte an der Brosche an ihrem Hals. Isabelle erkannte die Zeichen vielleicht nicht, aber sie zeugten von Unbehagen, ganz besonders bei seinen Schwestern.

„Mrs Englewood wird in ein oder zwei Tagen zu ihren Schwestern nach Aberdeen reisen", erklärte Fitz.

„Oh, wie wunderbar", bemerkte Venetia. „Wirst du dort eine Weile bleiben? Schottland ist ganz bezaubernd zu dieser Jahreszeit."

Sie klang hoffnungsvoll.

„Nein, höchstens eine Woche. Nachdem die Saison vorbei ist, werde ich sie für längere Zeit besuchen, aber jetzt würde mir London zu sehr fehlen." Sie sah erneut zu Fitz, und es kümmerte sie nicht, dass sie ihm im Grunde genommen ganz unverhohlen schöne Augen machte – sie fand es vermutlich sogar aufregend.

Vielleicht hatte Fitz Bescheidenheit schon lange hinter sich gelassen und war geradewegs zu Prüderie weitergegangen. Aber Isabelle hatte Kinder und er eine Ehefrau. Sie sollten mehr Vorsicht walten lassen, wenn sie sich in der Öffentlichkeit zeigten, selbst vor seiner Familie und engsten Freunden.

Dann sah er Millie, die gerade aus ihrer Kutsche stieg und nach links und rechts sah, ehe sie die Straße überquerte. Ihr Blick traf seinen in genau diesem Moment. Aber die Freude erstarb auf ihrem Gesicht, als sie sah, wie Isabelle umringt von Mitgliedern seiner Familie neben ihm ging.

Wo *sie* hätte sein sollen.

Sie blinzelte einige Male, und auf ihrem lieben, zarten Gesicht zeigte sich, wie sehr sie sich bemühte, die Fassung zu bewahren. Sie senkte den Kopf, drehte sich um und stieg wieder in die Kutsche.

Sie fuhr davon, ein unscheinbares Gefährt in einem Meer aus Kutschen.

ALICE WAR AN IHREM ÜBLICHEN Platz auf dem Kaminsims in Fitz' Arbeitszimmer, die Augen geschlossen, den Schwanz ordentlich um ihren rundlichen, kleinen Körper gelegt. Die Glasglocke, die sie vor Staub und Feuchtigkeit schützte, war ein Hinweis darauf, dass sie schon vor langer Zeit aus dem Diesseits geschieden war, aber sie sah noch immer so lebendig aus, dass Millie glaubte, sie müsse sich jeden Augenblick rühren und aufwachen.

„Ich habe überall im Haus nach dir gesucht", ertönte die Stimme ihres Mannes hinter ihr. „Warum bist du nicht zu uns gekommen?"

Millie drehte sich nicht gleich um. Sie brauchte eine Minute, um sich zu sammeln. Das Bild der Fitzhughs, wie sie den Bahnhof mit Isabelle in ihrer Mitte verließen, als ob die vergangenen acht Jahre nie geschehen wären, stand ihr noch immer zu deutlich vor den Augen. „Du bist früh zurück", sagte sie. „Ich dachte, ihr wolltet alle noch beim Herzog Tee trinken."

„Das schließt *dich* mit ein, und ich bin hier, um dich zu holen."

Ausgerechnet, als sie ihren Pakt am liebsten ins Feuer geworfen und verbrannt hätte, hatte er gerecht sein wollen. Ohne Zweifel wurde er auch jetzt von seinem Bedürfnis getrieben, ihr ihren rechtmäßigen Platz zurückzugeben. Aber sie wollte ein untrennbarer Teil seines Herzens sein und nicht nur von seinem Gewissen berücksichtigt werden. „Es wäre sicherlich unangenehm, wenn Mrs Englewood da ist."

„Sie ist nicht dabei."

Er gesellte sich zu ihr ans Kaminsims. Sie konnte auf der Schulter seines Mantels dunkle Tropfen sehen. Es hatte zu regnen begonnen, als sie ihr Haus erreicht hatte. Und dann, ganz unerwartet, legte er seine Hand auf den Rücken und berührte mit seinen Lippen ihre Wange.

Die Geste hatte eher etwas Freundschaftliches als etwas Intimes, aber sie grüßten einander gewöhnlich nicht so. Sie nickten einander zu und lächelten einander an, aber sie gaben sich keine Küsse auf die Wange. Die Berührung seiner Lippen hinterließ eine eigenartige Wärme auf ihrer Haut.

Er drehte die Glasglocke um ein paar Grad. „Ich habe dich das nie gefragt, Millie, aber warum hast du Alice ausstopfen lassen?"

Manchmal vergaß sie, dass es ihre Idee gewesen war. Mehr noch als nur eine Idee: Sie war es gewesen, die den Tierpräparator damit beauftragt hatte. „Du hast sie so sehr geliebt, ich hätte es nicht ertragen können, sie einfach zu begraben."

Er schwieg, während er mit dem Daumen über Alice' Namensplakette fuhr.

„Vermisst du sie noch?", fragte sie.

„Nicht so sehr wie früher. Und wenn sie mir fehlt ... sie ist eine Erinnerung an meine Schulzeit, und wenn ich an sie denke, dann auch daran, wie es war, siebzehn und sorgenfrei zu sein."

„Dir fehlt dein altes Leben." Das war unbestreitbar, aber dennoch schmerzte es sie, daran erinnert zu werden.

„Geht es uns nicht allen hin und wieder so?" Er ließ die Glasglocke los und drehte sich zu ihr um. „In zehn Jahren werde ich dann diesen Teil meines Lebens vermissen, weil ich eben nicht noch einmal siebenundzwanzig sein kann. Es gibt an jedem Punkt im Leben etwas, was uns fehlen wird."

„Selbst in dem Jahr, als du geheiratet hast?"

„Ja." Der Ausdruck auf seinem Gesicht war – sie bildete es sich sicherlich nur ein – nostalgisch. „Der Abriss des Nordflügels, zum Beispiel. Diese Gelegenheit werde ich nie wieder haben. Wie Mrs Clements dem Colonel befohlen hat, Ruhe zu geben. Unsere Unterhaltung über die Klosetts mit dem Portrait der Königin – noch immer eine der lustigsten Sachen, die ich je gehört habe."

Sie wusste nicht, warum, aber ihr stiegen Tränen in die Augen. Es war ein schreckliches Jahr gewesen, aber in seiner Stimme und seinen Worten lag große Zuneigung für diese so beschwerliche Zeit in ihrem gemeinsamen Leben. Als ob der Kummer und das Leid mit der Zeit weggespült worden wären und nur diese Edelsteine übrig geblieben – Augenblicke der Kameradschaft, glänzende Erinnerungen.

„Natürlich", sagte er lächelnd, „werde ich nie deine Panik vergessen, als du dachtest, ich wollte mich mit der Attrappe eines Gewehres umbringen."

Sie stockte. „Das wirst du mir noch ewig vorhalten, oder?"

„Ja. Da fällt mir auf, wir haben dir nie den Umgang mit Schusswaffen beigebracht."

„Es kam uns immer etwas dazwischen."

„Wir holen es dieses Jahr nach – du wirst im Handumdrehen eine Meisterschützin sein."

„Ich bin mir sicher, die Moorhühner werden dir freudig widersprechen, wenn ich bei ihnen allen danebenschieße."

„Es gibt mehr als nur Moorhühner, worauf sich schießen lässt. Die Saison für Rebhühner und Fasane ist erst Anfang Februar vorbei. Und das ist mehr als genug Zei…"

Seine Stimme verlor sich.

Millie dämmerte nur allzu schnell, weshalb er nicht zu Ende sprach, wie ein tropischer Sonnenuntergang, der ganz plötzlich den Tag zur Nacht werden ließ. Es gab kein nächstes Jahr für sie. Im Januar würde er sie für Mrs Englewood verlassen.

„Schon gut", sagte sie tapfer. „Wir sind nicht alle zum Meisterschützen geboren."

Er betrachtete sie, als hätte er sie sehr lange nicht gesehen. Oder als würde er sie nie wieder sehen und müsse sich ihre Gesichtszüge genau einprägen.

Schließlich sagte er: „Sie warten noch immer, dass wir, du und ich, zum Tee zu ihnen kommen. Wollen wir gehen?"

KAPITEL 9

Die Partnerschaft

1889

MILLIES VATER STARB DREI WOCHEN NACH ALICE. Aber während Alice rechtzeitig genug angekündigt hatte, dass sie nicht mehr lange unter ihnen weilen würde, hatte Mr Graves' Herz ganz unerwartet aufgehört zu schlagen. Er war zweiundvierzig.

Millie war wie versteinert. Ihre Mutter konnte vor Schock keinen klaren Gedanken fassen. Zum Glück übernahm es Lord Fitzhugh, wie er es damals nach dem Tode von Mr Townsend getan hatte, alles Notwendige zu regeln.

Mr Graves' Testament war sehr einfach. Er hatte für alte Bediensteten und Angestellten Pensionen ausgesetzt, verteilte diverse Geschenke in seiner weitverzweigten Familie, sorgte dafür, dass seine Frau gut versorgt war und hinterließ seiner Tochter Cresswell & Graves Enterprises.

Nach der Beerdigung schlug Mrs Hanover, Millies Tante, vor, dass es der vor Trauer wie gelähmten Mrs Graves gut tun würde, einige Zeit in wärmerer, freundlicherer Umgebung zu verbringen. Millie und Mrs Hanover begleiteten Mrs Graves in die Toskana, dass sie in der sonnendurchfluteten Landschaft mit Zypressen und Weinbergen von ihrem Kummer genesen konnte.

Sie wollten mindestens drei Monate dort bleiben. Aber einen Monat nach ihrem Aufbruch erreichte Millie ein Brief von ihrem Mann. Er schrieb ihr pflichtbewusst einmal in der Woche – kurze Nachrichten, die zwischen Begrüßung und Abschied nicht mehr als fünf Sätze zählten. Aber dieser Brief beinhaltete drei Blätter, die vorne und hinten dicht beschrieben waren.

Er hatte die Firma gründlich überprüft, von ihrer Buchhaltung und ihren Unterlagen bis hin zu ihren Fabriken und anderen materiellen Gütern. Er hatte auch mit einer Vielzahl der Händler gesprochen, die Produkte von Cresswell & Graves verkauften.

Mr Graves hatte in der Zeit seiner Führung der Firma stets äußerst vorsichtig gehandelt. Plumpudding und Makrelen waren die einzigen neuen Waren, die in den vergangenen zehn Jahren zur Produktpalette hinzugefügt worden waren. Seine Philosophie war es gewesen, nur wenige Artikel, diese aber dafür mit hoher Qualität herzustellen. Neben der zunehmenden Anzahl von Betrieben, die täglich eine größere Auswahl an Produkten auf den Markt brachten, verkaufte Cresswell & Graves in jedem Jahr in etwa dieselbe Anzahl an Produkten, aber sie waren prozentual in den Läden der Händler immer weniger vertreten.

Zudem konnten sie ihre Waren nicht länger als die besten Konservenprodukte auf dem Markt anpreisen. Es stimmte, dass ihre Zutaten noch immer sorgfältig ausgewählt und genauestens geprüft wurden, und der Herstellungsprozess war sauber und gewissenhaft, aber in den vergangenen zehn Jahren waren neuere Technologien und Herstellungsmethoden entwickelt worden, durch die konservierte Nahrungsmittel frischer schmeckten und sich länger hielten. Cresswell & Graves hatte keine davon übernommen.

Der Betrieb stagnierte. Lord Fitzhugh glaubte nicht, dass sie sich bereits in einer Krise befanden, aber wenn alles weiterhin in diesem Schneckentempo seinen Lauf nahm, dauerte es vermutlich nicht mehr lange, bis die Firma unwiderruflich dem Untergang geweiht war.

Etwas musste sich ändern. Wenn sie nicht von sich aus jetzt eine Veränderung in Gang setzten, würde sie ihnen bald aufgezwungen werden. Er wollte eine Versammlung der Anwälte und Firmenleiter einberufen, um eine neue, dynamischere Richtung für die Firma zu besprechen. Würde Lady Fitzhugh ihn vor Ort dabei unterstützen?

Millie war sprachlos – mehr noch durch seine Bitte als durch den beginnenden Verfall des Betriebs. Von Geburt an hatte man sie zur Dame erzogen. Sie wusste nichts über das Geschäft. Sie hatte noch nie eine von Cresswell & Graves Fabriken betreten. Und bis zu ihren Flitterwochen noch nie etwas aus einer Dose gegessen.

Es erschien ihr beinahe frevelhaft, in irgendeiner Form an der Leitung des Geschäfts beteiligt zu sein. Ihre Mutter war es nie gewesen. Ihr Vater, wäre er noch am Leben, wäre schockiert, wenn sie sich einmischte.

„Was soll ich tun?", fragte sie ihre Mutter.

„Was willst du tun?" erwiderte Mrs Graves. Sie wirkte in ihrer Trauerkleidung noch immer blass und zerbrechlich, aber ihr Verstand war so klar wie eh und je.

„Ich möchte tun, was ich kann, um Lord Fitzhugh zu helfen – und mir selbst. Aber ich bin mir nicht sicher, was meine Anwesenheit dabei nützen soll. Ich habe keinerlei Erfahrung mit Geschäftsangelegenheiten."

„Aber die Firma gehört dir. Ohne deine Unterstützung kann Lord Fitzhugh die Leitung nicht übernehmen."

„Es überrascht mich, dass er das überhaupt will." Aristokraten kümmerten sich gewöhnlich nicht darum, wie sie zu ihrem Geld kamen.

Mrs Graves neigte ihren Stickrahmen, um ihre Handarbeit im Licht besser betrachten zu können. „Mir gefällt es. Ein junger Mann sollte eine anspruchsvolle Aufgabe haben, die ihn fordert. Zwar gibt es noch viel auf Henley Park zu erledigen, aber die meisten Verbesserungsmaßnahmen werden in nicht allzu ferner Zukunft abgeschlossen sein. Die Belange eines Unternehmens wie Cresswell & Graves werden dem Verantwortlichen immer genug zu tun geben."

Millie lag die halbe Nacht wach und dachte nach. Am Morgen schickte sie ihre Antwort noch vor dem Frühstück ab.

Ich reise Ende der Woche ab.

LORD FITZHUGH STAND AUF DEM Bahnsteig und wartete, als Millies Zug in London ankam. Sie hatte nicht mit seiner Anwesenheit gerechnet. Wenn sie ein Ziel nach ihm erreichte, dann konnte sie immer sicher sein, dass er ihr eine Kutsche schickte, aber er hatte sie noch nie zuvor selbst abgeholt.

Er nickte, als er sie sah. Sie drückte ihr Gesicht beinahe schon gegen das Fenster. Er war so attraktiv wie immer, ihr Ehemann, aber heute war noch etwas anders an seinem Erscheinungsbild. Er war recht förmlich gekleidet, mit glänzendem Zylinder, schwarzem Gehrock und einer Trauerbinde am Arm – aber das war es nicht.

Dann erkannte sie, dass er zum ersten Mal, seit sie ihn kannte, wirklich enthusiastisch wirkte. Ganz anders als bei der Grafschaft, die er nur widerwillig übernommen hatte, genoss er die Aussicht darauf, Cresswell & Graves wieder zu Glanz und Ansehen zu verhelfen.

Er bot ihr seinen Arm an, als sie ausstieg. „Wie war die Fahrt, Lady Fitzhugh?"

„Ganz gut. Ich musste in Calais übernachten – der Nebel über dem Ärmelkanal war zu dicht –, aber sonst verlief sie ohne weitere Vorkommnisse."

„Und wie geht es Mrs Graves?"

„Viel besser. Sie lässt herzlich grüßen – und sie befürwortet Ihr ehrgeiziges Vorhaben."

„Ihre Mutter ist ganz zweifelsfrei die vorausblickendste Person, die ich kenne."

„Sie wäre bestimmt erfreut, das zu hören."

„Dann werde ich es ihr höchstpersönlich sagen, wenn ich sie das nächste Mal sehe. Was ist mit Ihnen, Lady Fitzhugh, befürworten Sie mein Vorhaben ebenfalls?"

Sie sprach mit einem anderen Menschen. Anders ließ es sich nicht erklären. Der Lord Fitzhugh, den sie kannte, war stoisch und erfüllte seine Pflicht, weil man es von ihm erwartete. Aber dieser junge Mann neben ihr hatte etwas gefunden, was er erreichen wollte.

Mrs Graves hatte in ihren gemeinsam getroffenen Entscheidungen etwas gesehen, worauf sie ein gemeinsames Leben aufbauen konnten. Aber nach dem Fundament brauchten sie einen Rahmen. Und Cresswell & Graves konnte diesen Rahmen vielleicht bieten.

„Ja, das tue ich", sagte sie. „Die Übernahme der Firma ist genau das, was Sie tun sollten."

Er half ihr in die Kutsche, stieg nach ihr hinein und setzte sich in den gegen die Fahrtrichtung gerichteten Sitz. „Da bin ich erleichtert. Ich hatte befürchtet, Sie hielten es für geschmacklos."

„Der Gedanke daran, dass Sie die Konservenfabriken leiten, ist, das gebe ich zu, etwas erschreckend. Aber im Handel und der Herstellung liegt heutzutage das große Geld. Da ich mich nicht schäme, dieses Geld auszugeben, sollte ich mich auch nicht schämen, es zu verdienen."

„Ausgezeichnet." Er klopfte mit seinem Gehstock gegen das Kutschendach und kurz darauf fuhren sie vom Bordstein ab. „Möchten Sie sich, sobald Sie sich etwas ausgeruht haben, die Zusammenfassung der Buchhaltungen und Dokumente ansehen, die ich aufgestellt habe?"

„Ja, neben der Buchhaltung und den Dokumenten selbst."

Er hob eine Augenbraue. „Trauen Sie meinen mathematischen Fähigkeiten nicht?"

„Weit gefehlt. Aber da es unser Ziel ist, Sie zum Leiter von Cresswell & Graves zu ernennen, sollte ich mich in den Angelegenheiten des Betriebes genauso gut auskennen wie Sie. Wenn ich unwissend wirke, wird mein Wort nicht viel wiegen."

Er legte die Fingerspitzen aneinander. „Andererseits könnten Sie sie zu sehr verprellen, wenn Sie zu viel zu wissen scheinen, und sie könnten sich stur stellen."

„Ein hübscher, kleiner Balanceakt, nicht wahr?"

„Außerdem wird es nur ein kurzlebiger Sieg sein, wenn ich die Führung der Firma übernehme. Die langjährigen Leiter müssen meine Ansichten teilen, also muss ich dafür sorgen, dass sie meine Ideen für ihre eigenen halten."

„Ein weiteres großes Vorhaben."

„Wir haben viel zu tun, Lady Fitzhugh."

Sein Tonfall war ernst, aber auch voller Vorfreude. Sie war zugleich eingeschüchtert von seinem Vorhaben und wild entschlossen, sich der Herausforderung zu stellen. Vielleicht war die Anlage eines Gartens nicht das Einzige, dem sie sich gemeinsam widmen konnten. Vielleicht konnten sie auch eine erfolgreiche Partnerschaft pflegen.

„Vor Arbeit fürchte ich mich nicht", sagte sie. „Geben Sie mir ein Ziel und eine Richtung."

„Sie haben wirklich keine Angst vor Arbeit", bemerkte Fitz ein paar Tage später bewundernd.

„Ich habe fünf Stunden am Tag Klavier gespielt", sagte sie. „Ich habe es gehasst. Verglichen damit, ist das hier nichts."

Vielleicht lächelte sie gerade – in ihren Augenwinkeln bildeten sich kleine Fältchen –, aber er konnte den Rest ihres Gesichts nicht sehen, da es hinter einem schwarzen Schal versteckt war. Sie war fast völlig in Schwarz gekleidet: ein mit Krepp besetztes Kleid aus schwarzer Seide, ein schwerer, schwarzer Mantel und ein Muff aus Zobelfell für ihre Hände. Fitz war ähnlich warm angezogen: Er trug drei Paar Socken in seinen Stiefeln, Handschuhe und zwei Muffs aus Wolle. Im Kamin brannte ein Feuer, aber er fror trotzdem.

Seit ihrer Hochzeit hatten sie ihre Energie vorwiegend in Henley Park gesteckt, nicht so sehr in ihr Stadthaus, das noch immer feucht und zugig war. Im Sommer war es erträglich, aber jetzt zum Jahresende glaubte er, vor Kälte Arthritis zu bekommen.

Nachts wurde es so eisig in seinem Zimmer, dass er schon ernsthaft überlegt hatte, an ihre Tür zu klopfen und darum zu bitten, zu ihr ins Bett kommen zu dürfen – nicht, um ihren Pakt zu brechen, sondern nur auf der Suche nach Wärme.

„Sie spielen wunderbar." Manchmal, wenn seine Schwestern oder Hastings sie in Henley Park besuchten, baten sie sie darum, ihnen etwas vorzuspielen.

„Ich spiele gut. *Wunderbar* ist etwas ganz anderes. Man braucht musikalisches Talent, um wunderbar zu spielen. Ich kann nur die Tasten drücken und dem Instrument Klänge entlocken."

„Ich erkenne den Unterschied nicht."

„Das tun viele nicht – nach all den Übungsstunden."

„Gut. Wenn wir erst mal all *unsere* Übungsstunden hinter uns haben, können die Betriebsleiter Ihres Vaters hoffentlich auch nicht erkennen, dass wir sie manipuliert haben."

„Glauben Sie das wirklich?"

„Ja", sagte er. „Sie sind sehr überzeugend. Und überraschend gewieft. Sie werden Ihnen aus der Hand fressen."

In ihren Augenwinkeln bildeten sich wieder Fältchen. Er fragte sich erneut, ob sie ihn in der Nacht wohl im Arm halten würde – nur der Wärme wegen. Aber er würde natürlich nie fragen. Ein Pakt war ein Pakt.

Sie zog ihren Schal enger um sich. „Wollen wir noch etwas üben? Mit Ihnen als Mr Hawkes?"

„Nein, ich denke, ich werde diesmal Mr Mortimer übernehmen."

„Oh, gut, Sie ahmen Mr Mortimer ganz hervorragend nach." Sie sah ihn mit leuchtenden Augen an. „Ich weiß, dass ziemlich viel auf dem Spiel steht, aber das hier macht mir wirklich Spaß."

„Mir auch", stimmte er zu. „Mir auch."

DAS TREFFEN SOLLTE IM JANUAR STATTFINDEN, einen Tag nach Lord Fitzhughs einundzwanzigstem Geburtstag. Es war wichtig, dass er volljährig war, damit sie für keine ihrer Entscheidungen mehr Colonel Clements' Erlaubnis einholen mussten – oder seine Billigung. Und damit sie nicht wie zwei Kinder Männern gegenübertraten, die seit Jahrzehnten im Geschäft waren.

Am Abend zuvor hatte sie ihm beim Essen sein Geburtstagsgeschenk überreicht, einen Siegelring mit dem Wappen der Fitzhughs. Und in die Innenseite war das Familienmotto graviert: *Audentes fortuna iuvat.*

„*Wer wagt, gewinnt*", übersetzte er. „Das trifft wunderbar auf unsere Situation zu. Ich werde ihn morgen tragen."

„Oh, gut." Sie bemühte sich, nicht zu atemlos glücklich zu klingen – was sie war.

Er begutachtete die Größe des Ringes und steckte ihn sich an den Zeigefinger seiner rechten Hand. „Er passt perfekt."

Jetzt war sie nur atemlos. Seine Hand wirkte mit dem viereckigen, schweren Ring ganz anders. Oder aber der Ring betonte nur die Eigenschaften, die er seit ihrer Hochzeit entwickelt hatte, die kühle Entschlossenheit und gelassene Autorität.

Sie wollte, dass er sie mit dem Ring an der Hand berührte. Sehnte sich danach.

„Ich hoffe, er bringt uns Glück", erklärte sie.

„Ich auch. Aber wenn es nicht gut läuft, dann wissen wir zumindest, dass es nur an der Launenhaftigkeit des Glücks liegt, denn wir haben alles in unserer Macht Stehende getan, um die Gelegenheit zu nutzen." Er legte seine Hand auf ihren Arm. „Und was auch immer morgen passiert, ich könnte mir keinen besseren Partner in diesem Unterfangen wünschen – oder überhaupt einen anderen."

Es war keine Liebeserklärung, sondern eine Freundschaftsbekundung. Ihr Herz schmerzte – und füllte sich doch zur selben Zeit mit Wärme. Sie schloss ihre Hand um seine, die, an der er den Ring trug.

„Es wird passieren", sagte sie. „Wenn nicht morgen, dann an einem anderen Tag. Früher oder später werden wir triumphieren."

Das Treffen war wie eine Theateraufführung.

In den fünf Wochen davor hatten sie alles bis in jede Einzelheit durchgesprochen und sich auf alle Eventualitäten vorbereitet, ihr persönliches Erscheinungsbild mit eingeschlossen. Ihr Trauerkleid, das sie eigens für diesen Anlass hatte anfertigen lassen, war weit geschnitten, damit sie darin kleiner und jünger wirkte. Er hatte sein Haar länger wachsen lassen, um weniger seriös auszusehen. Sie beide gaben zum Gruß nur einen schwachen Händedruck.

Als sie im Büro ihres Vaters waren, setzte er sich nicht auf einen der im Halbkreis aufgestellten Stühle, sondern stand in einer Ecke des Raumes und gab sich den Anschein milder Langeweile, damit es so aussah, als sei er nur zur Begleitung seiner Frau hergekommen und würde wenig Interesse an den Vorgängen selbst hatte.

Lady Fitzhugh, die sonst eine tadellose Haltung hatte, saß leicht vorgebeugt auf ihrem Stuhl und schien Schwierigkeiten damit zu haben, der Versammlung gegenüber den Blick zu heben, geschweige denn, sie anzusprechen.

Ihre Stimme zitterte ein wenig. „Meine Herren, vielen Dank, dass Sie heute Morgen hergekommen sind. Es ist mir eine Freude, Sie alle im selben Raum versammelt zu sehen. Ich bin sicher, dass es Sie genauso bekümmert wie mich, dass mein Vater nicht länger auf diesem Stuhl sitzt, aber es ist nun einmal Gottes Wille, und wir müssen damit zurechtkommen, so gut es geht.

Wie Sie wissen, hat er mir Cresswell & Graves hinterlassen. Ich bin jung und unerfahren und habe Sie daher hierher gebeten, in der Hoffnung, dass Sie mich beraten und mir sagen, wie wir in Zukunft am besten verfahren sollten."

Es war äußerst wichtig, dass sie sich nicht als Eindringling präsentierte, auch wenn sie die rechtmäßige Besitzerin war, denn sie war bloß eine Frau und ihr Ehemann nur ein feiner Herr, der sich lediglich aufs Polospiel und die Jagd verstand.

Mr Hawkes, ein verhutzelter alter Mann, der der treue Stellvertreter ihres Großvaters gewesen war und nicht länger am Tagesgeschäft beteiligt war, bemerkte: „Vielleicht wäre es das Beste für Sie, Lady Fitzhugh, wenn Sie dem Geschäft fern blieben. Der Platz einer Frau ist zu Hause."

Helena hätte gefragt, ob der Mann jemals von Königin Elizabeth gehört hatte, die England besser regiert hatte als jeder Mann vor oder nach ihr. Aber Fitz' Frau nickte nur schüchtern.

„Sie sprechen mir aus der Seele, Sir. Es ist eine schwierige Aufgabe, ein Unternehmen wie das unsere in die richtige Richtung zu lenken, und es bedarf großen Scharfsinns und viel Erfahrung. Mir wäre es auch viel lieber, könnte ich mich in die Behaglichkeit und Abgeschiedenheit meines Heimes zurückziehen. Doch ich bin die letzte Graves und als solche wäre es eine entsetzliche Vernachlässigung meiner Pflichten, würde ich Cresswell & Graves den Rücken kehren."

Sie sagte das mit stählerner Ergebung, eine junge Märtyrerin, die ihrem Schicksal gelassen und mutig entgegenschritt, denn sie wusste, dass sie das Richtige tat.

Durch das wochenlange Einstudieren wusste Fitz bereits, dass sie eine gute Schauspielerin war, aber nicht alle Schauspieler glänzten auf der Bühne wie bei den Proben. Er hatte gesehen, wie Klassenkameraden während der Schulaufführungen von Lampenfieber übermannt wurden, ins Schwitzen gerieten und ihren Text vergaßen. Aber er hätte sich keine Sorgen zu machen brauchen. Sie übertraf sich selbst.

Mr Hawkes wirkte bestürzt. Es war völlig in Ordnung, dass er einer Frau sagte, wo ihr Platz war, aber angesichts solch pflichtbewusster Weiblichkeit konnte er auf keinen Fall behaupten, ihr Vater habe einen Fehler begangen, als er seine Firma seinem einzigen Kind vermacht hatte.

Mr Hawkes ehemaliger Protegé und gegenwärtiger Rivale im Kampf um Einfluss, Mr Mortimer, ein fast völlig kahlköpfiger, rundlicher Mann Ende vierzig, erklärte: „Ich glaube, Lady Fitzhugh, dass es das Beste wäre, wenn Sie sich weiterhin ihrem Haushalt und Ihren wohltätigen Arbeiten widmeten. Und wir werden Sie über unsere Entscheidungen in Kenntnis setzen – sagen wir, einmal im Jahr."

„Das ist äußerst freundlich von Ihnen, Mr Mortimer. Ich wusste immer, dass ich mich darauf verlassen kann, dass die Herren in diesem Raum sich gut um meine Interessen kümmern werden. Da Sie nun einmal so selbstlos sind, sehe ich keinen Grund, warum ich nicht vierteljährlich ein paar Tage den Geschäften von Cresswell & Graves widmen könnte. Ich schäme mich aber ein wenig wegen der Unzulänglichkeit meines Einsatzes. Ich bin mir sicher, mein Vater wünschte sich, ich würde mich stärker engagieren. Mit monatlichen Besprechungen vielleicht."

„Oh, ich denke, vierteljährliche Besprechungen werden vollkommen ausreichen", warf Mr Mortimer hastig ein.

Die anderen Männer am Tisch teilten seine Meinung. Fitz unterdrückte ein Lächeln. Von jährlich zu vierteljährlich, ohne auch nur auf Widerstand zu stoßen. Seine Frau steckte sie langsam und sanft in die Tasche – ohne auch nur im Geringsten Verdacht zu erwecken, was sie da tat.

„Ich bin so verbunden für Ihre Bestätigung, meine Herren. Ich fühle mich bei Ihnen sehr gut aufgehoben, und dafür danke ich Ihnen. Aber es gibt noch etwas, was mir am Herzen liegt, und das ist die Wahl eines Primus inter pares. Als mein Vater noch lebte, nahm er diese Stellung ein. Sie sind ein Dutzend Kollegen, haben aber keinen, der Sie führt. Mein Leben ist bisher sehr behütet gewesen, aber selbst ich weiß, dass sich eine Gruppe ohne Führung, ganz gleich wie brillant ihre einzelnen Mitglieder sind, in Lager mit verschiedenen Interessen aufspaltet."

Die Männer am Tisch sahen einander an, einige zu ihren Verbündeten, andere zu ihren Kontrahenten. Fitz hatte sie genau über seine Beobachtungen informiert. Die Stellvertreter ihres Vaters teilten sich in jene, die zufrieden den Wünschen ihres Vaters folgten, und jene, die neue Wege gehen und die Firma wachsen sehen wollten.

„Und doch sehen wir uns herausfordernden Zeiten gegenüber, und es ist wichtig, dass wir nach außen einvernehmlich auftreten. Die Person, die wir wählen, sollte gerecht und aufrichtig sein und die Kraft und Erfahrung haben, uns durch unruhige Gewässer zu steuern."

Fitz' Puls raste. Jetzt würden sie herausfinden, ob sein Plan aufging. Da sie sie zwangen, vor ihr einen Anführer zu wählen, ohne Zeit zu haben, sich hinter verschlossenen Türen abzusprechen und Kompromisse einzugehen, hoffte er, dass sie sich für die neutralste Person im Raum entscheiden würden, jemand, von dem beide Seiten glaubten, dass sie ihn beeinflussen könnten.

Ihn.

Sie hatte das Spiel bis jetzt großartig gespielt, aber man konnte nie wirklich alle Eventualitäten bedenken. Es war immer möglich, dass die Männer sich schon vorher getroffen und sich bereits auf den einen geeinigt hatten, der sie führen sollte. Wenn das der Fall war, dann war es höchstwahrscheinlich einer von der alten Riege.

Das würde ihm sein Vorhaben auf unvorhersehbare Weise erschweren. Sie waren vielleicht die rechtmäßigen Besitzer, aber es dürfte ihnen sehr schwer fallen, ihre Ideen durchzusetzen, geschweige denn gut durchzuführen.

„Vielleicht könnten Sie ein paar Namen vorschlagen?", regte sie an. „Vielleicht ist jetzt die Zeit, sich im Raum umzusehen und nach einem Mann zu suchen, auf den sich alle einigen können?"

Er hatte den größten Teil ihres Skriptes geschrieben. Aber die letzte Frage war ihre eigene Idee. Wie aufs Stichwort drehten sich die Männer in der ersten Reihe um, die Anführer der beiden Fraktionen. Und wen sollten sie erblicken als den unerfahrenen jungen Mann, der im hinteren Teil des Raumes herumstand.

Sie musterten ihn mit Adlerblicken. Er gab sein Bestes, als leere Leinwand für die Ideen anderer Männer zu erscheinen, oder vielleicht ein Klumpen Lehm, den jemand anderes formen konnte.

„Ich hätte mich für diese Ehre ja selbst bereit erklärt, wäre ich dreißig Jahre jünger", sagte Mr Hawkes. „Aber jetzt, wo ich ein alter Mann bin, soll man mir nicht nachsagen, dass ich den Mut und den Eifer der Jugend nicht zu schätzen wüsste. Ich schlage vor, dass wir Lord Fitzhugh dazu einladen, uns zu führen."

Fitz musste sich nicht einmal verstellen. Er *war* so überrascht wie die anderen Männer im Raum. Das beste Ergebnis – das, für das sie Ränke geschmiedet hatten, das sie geplant und für das sie ihre Strategie entworfen hatten – war eingetreten.

„Ich? Aber ... aber ich habe nicht die geringste Ahnung, was ich mit einer Reihe Konservenfabriken anfangen soll."

Lady Fitzhugh erhob ebenfalls Einwand. „Ich dachte, wir bräuchten einen Mann mit Erfahrung. Ich bin mir sicher, dass Lord Fitzhugh viele gute Eigenschaften besitzt, aber er kennt sich lediglich mit Kricket aus."

„Hat nicht der Duke of Wellington selbst immer gesagt, dass die Schlacht von Waterloo auf dem Spielfeld Etons gewonnen wurde?"

Jetzt überschlug sich Mr Hawkes fast schon in dem Versuch, Fitz' Kandidatur voranzutreiben, ohne Zweifel in dem Glauben, einen besonderen Einfluss auf Fitz ausüben zu können, sollte er erfolgreich sein.

Die Männer der reformerischen Fraktion sahen einander an. Mr Mortimer, der erkannte, dass man ihn nicht zum Geschäftsführer wählen würde, warf schnell seine eigene Zustimmung für Fitz' Tauglichkeit in den Ring. „Erfahrung kann man sich verdienen. Lord Fitzhugh ist ein kluger, einnehmender junger Mann, und ich bin mir sicher, dass er uns überaus kompetent führen wird."

„Hört, hört", rief jemand.

MILLIE ZOG SICH ZURÜCK, sobald ihr Ehemann zum Geschäftsführer gewählt worden war. Aber sie konnte den Rest des

Tages nichts anderes tun, als nervös in ihrem Haus auf und ab zu laufen und auf ihn zu warten.

Er kehrte am Nachmittag zurück. Sobald sie die Tür des Arbeitszimmers geschlossen hatten, schloss er sie ungestüm in die Arme.

Das kam für sie völlig unerwartet – genauso wie die rasche Wärme, die sie sofort durchströmte. Himmel, er duftete wunderbar. Und er war so schlank und kantig – und stark, denn er hob sie einfach hoch und wirbelte sie herum.

„Gut gemacht, altes Mädchen. Gut gemacht!"

Sie lachte laut und schlug ihm auf die Schultern, damit er sie wieder herunterließ. „Was ist passiert, nachdem ich gegangen bin? Sagen Sie schon. Ich sterbe vor Neugierde."

„Die Sitzung wurde für eine Stunde aufgeschoben. Mr Hawkes hat mich beiseite genommen, um mich davor zu warnen, zu schnell zu viele Veränderungen forcieren zu wollen. Aber selbst Männer, die nicht zu schnell zu viel ändern wollen, haben die eine oder andere eigene Idee. Also hab ich ihm von seiner Abfüllanlage erzählt."

„Was für eine Abfüllanlage?"

„Vor zwölf Jahren hatte er Ihrem Vater vorgeschlagen, Getränke in Flaschen ins Sortiment mit aufzunehmen. Dafür hatte er ein ausführliches Dossier für die Konstruktion einer neuen Fabrik zur Herstellung von Getränkeflaschen zusammengestellt. Der Standort, der Bauplan für das Gebäude und die Entwürfe für die Maschine waren alle vorhanden. Er hatte sogar ein Rezeptbuch und verschiedene Prototypendesigns für die Flaschen beigefügt, die er verwenden wollte.

Er muss ziemlich enttäuscht gewesen sein, als sein Vorschlag abgelehnt wurde. Also habe ich ihm gesagt, dass er jetzt, wo ich der Geschäftsführer bin, seine Abfüllanlage haben wird – und das schon sehr bald. Norwich & Sons sind Bankrott gegangen, als sie eine Abfüllanlage errichten wollten. Ich habe ihn wissen lassen, dass ich sie mit meinem eigenen Vermögen kaufen und auf den Betrieb überschreiben werde, sozusagen als Willkommensgeschenk."

„Er ist nicht argwöhnisch geworden, oder?"

„Nein, er hat mich angesehen, als wäre ich ein alter Freund – der einzige auf der Welt, der ihn versteht. Er hat mir den Rest des Tages sehr geholfen, und jetzt haben wir eine Ideenliste, die so lang ist, wie ich groß bin. Und es wird eine große Anzahl neuer Produkte geben, die wir testen müssen, wenn Sie sich das nächste Mal mit ihnen treffen."

Er umarmte sie noch einmal. „Ich kann gar nicht sagen, wie sehr ich mich freue, dass alles so gut gelaufen ist. Ohne Sie und Ihre Hilfe hätte ich das nicht geschafft."

Sie war stolz – auf sie beide. „Sie haben sich selbst sehr gut geschlagen."

Es klopfte an der Tür. Es war ihr Butler, der das Kaffeeservice brachte.

„Wollen wir für Sie eine Flasche Champagner köpfen?", fragte Lord Fitzhugh.

„Nein", sagte sie, „Kaffee genügt völlig."

Wasser hätte ihr völlig genügt.

Sie goss ihnen den Kaffee ein. Er hob seine Tasse. „Auf eine Zukunft, die wir uns selbst aufbauen."

Sie stießen mit den Tassen an. „Unsere eigene Zukunft", wiederholte sie.

Und wünschte sich inbrünstig, dass es stimmte.

KAPITEL 10

DIE EINLADUNG – ODER EHER VORLADUNG – kam in letzter Minute, am Morgen des Balls.

Millie wollte gerade nachsehen, wie Helenas Anprobe verlief, als ein Diener ihr auf einem silbernen Serviertablett eine Nachricht brachte. Sie erkannte den Umschlag an dem ins Papier geprägten Stiel einer Rose in der unteren, rechten Ecke: Mrs Englewood.

Sie zog sich zum Lesen in einen leeren Raum zurück.

> *Liebe Lady Fitzhugh,*
>
> *ich bin die Erste, die zugeben wird, dass es schrecklich schlechter Stil ist, um ein Treffen zu bitten, da wir einander ja nie vorgestellt wurden. Allerdings wissen wir beide sehr wohl voneinander und können wohl auf überflüssige Formalitäten verzichten.*
>
> *Lassen Sie mich bitte wissen, ob ich Sie heute Nachmittag um 2 Uhr empfangen darf.*
>
> *Mit verbindlichen Grüßen*
> *Mrs John Englewood*

Die Bitte kam nicht völlig unerwartet. Sie und Mrs Englewood waren schließlich keine Hündinnen, die sich knurrend um einen Knochen stritten. Es ziemte sich für sie, sich eines Tages zusammen an einen Tisch zu setzen und ganz zivilisiert über die Vereinbarung zu reden. Aber für Millie war dieser Tag noch nicht gekommen, sie hatte noch fünf Monate Zeit.

Mrs Englewood war offenkundig anderer Meinung.

Der Ball lieferte Millie natürlich die perfekte Entschuldigung – sie war viel zu beschäftigt –, aber sie würde das Treffen nicht ablehnen. Sie hatte ihre Lektion gelernt, als sie etwas acht Jahre lang vor sich hergeschoben hatte, was sie hätte sofort erledigen sollen. Wenn das Treffen irgendwann sein musste, dann sollte es eben heute sein.

Selbst wenn heute der Tag war, an dem Fitz wirklich ihr Ehemann wurde.

Dann sogar ganz besonders.

WÄREN MRS ENGLEWOOD UND FITZ zwei Buchstützen, hätten sie optisch nicht besser zusammenpassen können. Genau wie er war sie groß, schlank und athletisch. Sie hatte wie er schwarze Haare und blaue Augen. Und wie er bewegte sie sich mit lässiger Eleganz.

Millie war weder besonders klein noch in irgendeiner Weise dick, aber neben Mrs Englewoods stattlicher Erscheinung fiel es ihr schwer, sich nicht drall vorzukommen – vielleicht sogar ein wenig gedrungen. Aber es war schließlich auch nicht so, als würde sie sich neben Isabelle Englewood je anders als minderwertig fühlen.

„Sie sehen anders aus als damals", sagte Mrs Englewood, während sie an ihrem Tee nippte. „Größer und hübscher."

Einfach so, ohne weiteres Vorgeplänkel.

Millie atmete tief ein. „Es freut mich, dass ich heute besser aussehe als an meinem Hochzeitstag."

„Das Kleid hat Sie förmlich verschluckt."

Millie musste ihr zustimmen. „Ja, im Rückblick betrachtet war das Kleid ziemlich grauenhaft. Statt das Beste zu kaufen, das uns Geld beschaffen konnte, haben wir das Auffälligste gekauft."

Dass sie so ohne Weiteres zugab, dass ihr Kleid dem Geschmack neureicher Emporkömmlinge entsprochen hatte, trug ihr einen überraschten Blick von Mrs Engelwood ein.

„Nichtsdestotrotz", sagte sie wehmütig, „hätte ich das Kleid mit Freuden getragen – oder eines, das zehnmal so abscheulich gewesen wäre –, wenn ich mit ihm vor den Altar hätte treten können."

Millie aß einen Keks und sagte nichts.

„Ich habe ihn geliebt. Ich hatte meine ganze Zukunft als Mrs Fitzhugh geplant. Und als er Sie geheiratet hat, sind alle meine Hoffnungen und Träume zerschellt. Zwei Monate lang habe ich von früh bis spät und von spät bis früh nur auf meinem Bett gesessen. Ich habe kaum etwas gegessen. Vielleicht alle drei Tage ein wenig geschlafen. Seither sehe nicht mehr so aus wie früher."

Sie sah tatsächlich anders aus, wie eine zerbrochene Vase, die wieder gekittet worden war. Sie war nach wie vor schön, alle Teile waren vorhanden, aber der Schaden war noch immer sichtbar. Millie zuckte zurück, als hätte jemand ein brennendes Streichholz zu dicht vor sie gehalten.

„Meine Mutter und Schwester haben mich schließlich aus meinem selbstauferlegten Exil gelockt. Sie haben mich davon überzeugt, dass es besser für mich wäre, nach London zu gehen und mir einen Ehemann zu suchen, statt zu Hause dahinzusiechen. Das habe ich in der darauffolgenden Saison dann auch getan."

„Er war an Ihrem Hochzeitstag da. Er hat gesagt, Sie hätten schön ausgesehen – und glücklich", sagte Millie in dem vergeblichen Versuch, sie daran zu erinnern, dass nicht alles in ihrem Leben schief gegangen war.

„Ich schätze, ich war glücklich genug. Aber es war nicht dasselbe – nur eine Imitation. Nichts kommt diesem perfekten, makellosen Glück gleich, das ich einst kannte."

Jeder Atemzug verbrannte Millies Lungen, doch Mrs Englewood sprach erbarmungslos weiter.

„Ich möchte nur das zurückerhalten, was ich verloren habe, das Leben leben, das mir vorbestimmt war. Das ist doch nicht zu viel verlangt, oder?"

Millie musste sich zu ihrer Antwort zwingen: „Nein."

„Fitz ist ein wunderbarer Mann – und ich rede nicht nur von seinem Aussehen. Sie wissen, dass er treu und ehrenhaft ist. Sie wissen, dass er sich für seine Pflichten aufopfern würde. Und", Mrs Englewoods Stimme versagte fast, „jetzt sind Sie ein Teil seiner Pflichten."

„Was meinen Sie damit?"

„Er sorgt sich sehr um Ihr Wohlbefinden. Er betrachtet Sie als eine schuldlos Beteiligte, und er will auf keinen Fall so handeln, dass es Ihrem zukünftigen Glück schaden würde."

Millie verstand allmählich. „Sie machen sich Sorgen, dass ich ihn nicht gehen lasse, dass ich ihn mit meinen Tränen zu halten versuche."

„Ich sage nicht, dass Sie das tun werden", erklärte Mrs Englewood. „Aber ich an Ihrer Stelle würde es wohl. Es ist so leicht, sich in ihn zu verlieben, und so schwer, ihn gehen zu lassen."

„Dann ist es wohl ganz gut, dass ich mich ihm nicht so innig verbunden fühle."

Mrs Englewoods Blick ruhte so schwer wie ein Felsblock auf Millie. „Lieben Sie ihn denn nicht?"

Niemand hatte sie in dieser Sache je direkt gefragt – und sie hatte daher nicht lügen müssen.

„Lord Fitzhugh und ich haben geheiratet, weil er das Geld meiner Familie brauchte und mein Vater einen Schwiegersohn mit Titel wollte", sagte Millie vorsichtig. „Dass wir uns entgegen aller Erwartungen so gut verstehen, ist schon ein sehr glücklicher Zufall. Liebe würde die Sache restlos ins Reich der Fantasie katapultieren."

„Sie finden ihn nicht ansprechend?" Mrs Englewood klang ungläubig.

„Er ist sehr umgänglich."

„Ich meinte, finden Sie nicht, dass er außergewöhnlich gut aussieht?"

„Er sieht gut aus. Aber das trifft auf eine Reihe Männer zu, genau wie auf seinen neuen Schwager, den Duke of Lexington. Wenn ich mich in jeden attraktiven Gentleman verlieben würde, dem ich begegne, wäre ich ständig in irgendwen verliebt."

„Aber er ist auch freundlich. Verständnisvoll. Bereit, sich jede Last aufzubürden. In all den Jahren, die Sie nun mit ihm verheiratet sind, haben Sie sich da nie gewünscht, er hätte nur Augen für Sie?"

Millie zwang sich dazu, Isabelle Englewood in die Augen zu blicken: „Nicht jeder verliebt sich. Lord Fitzhugh und ich sind gute Freunde und sonst nichts."

„Dann werden Sie ihn also gehen lassen?"

„Ich habe seine Bewegungsfreiheit nie eingeschränkt, nicht ein einziges Mal in unserem Eheleben."

„Auch wenn Sie beide noch sechs Monate voller Intimitäten vor sich haben? Das ändert die Dinge, wissen Sie."

„Wenn das ausreichen würde, dass sich Leute verlieben, dann müssten alle Ehefrauen dieses Landes ihre Männer lieben – und umgekehrt."

Mrs Englewood stellte ihre Teetasse ab und erhob sich. Sie ging zum offenen Fenster und sah auf die Straße hinaus. Es war eine ruhige Straße, ohne Hausierer, Straßenmusikanten oder das ewige Hufgeklapper der Droschken, die nach Kunden Ausschau hielten. Fitz hatte sich offensichtlich gut überlegt, welches Haus er für sie auswählen sollte.

Sie wandte sich um. „Ich habe Angst, Lady Fitzhugh. Ich war das Opfer einer Laune des Schicksals, und das ist kein angenehmes Gefühl. Aber mir bleibt keine Wahl. Ich muss mich darauf verlassen, dass Sie Ihr Wort halten werden."

Millie hatte Mrs Englewood nicht ihr Wort gegeben. Sie hatte Fitz noch nicht aufgegeben. Hatte eine treue Ehefrau nach acht Jahren nicht ein gewisses Anrecht auf ihren Ehemann? Sie verdiente zumindest die gleichen Bedingungen wie die Konkurrenz.

„Er *war* also bei meiner Hochzeit …", flüsterte Mrs Englewood, als spräche sie zu sich selbst. Sie blinzelte, in ihren Augen glänzten Tränen. „Ich wusste doch, dass ich seine Anwesenheit gespürt habe."

Wie närrisch Millie war. Es gab keine gleichen Bedingungen. Sie würde immer nur der Eindringling sein, die Zerstörerin von Träumen, diejenige, die Mrs Englewood solch einen Kummer bereitet hatte, dass er ihr bis zum heutigen Tage tief in ihre Gesichtszüge geschrieben stand.

„Sie sind diejenige, die er all die Jahre geliebt hat", hörte sie sich selbst sagen. „Es hat sonst niemanden in seinem Leben gegeben."

HELENA BETRACHTETE DIE NIEDLICHEN ENTENKÜKEN noch ein wenig länger – Miss Evangeline South war wirklich eine talentierte Künstlerin – ehe sie sich mit ihren Anmerkungen in der Hand von ihrem Stuhl erhob. Sie öffnete die Bürotür und gab die Zettel ihrer Sekretärin.

„Tippen Sie das für mich ab, Miss Boyle."

„Ja, Miss."

Susie saß auf ihrem Platz. Helena hätte schwören können, dass die Frau nie zur Toilette ging. Sie zog sich in ihr Büro zurück und schloss die Tür.

Sie wusste nicht warum, aber nach anderthalb Tagen voller Entenküken und Schildkröten und Fischen aus Miss Souths Teich griffen ihre Hände wie von selbst in die Schublade, in die sie Hastings' Manuskript gestopft hatte.

Als das Manuskript vor ihr lag, las sie nicht an der Stelle weiter, an der sie aufgehört hatte, sondern öffnete es auf einer beliebigen Seite.

Ihre Haut schimmert dunkel im Kerzenlicht. Ich fahre mit den Fingern über ihren Brustkorb, ihre Schultern, dann ihren Arm hinab zu ihrem Handgelenk, das mit einem Seidenschal ans Kopfende gebunden ist.

„Bist du es nicht leid, mich immer so angebunden zu sehen?", murmelt sie.

„Nein", antworte ich. „Niemals."

„Willst du nicht, dass ich dich berühre?"

„Oh ja. Aber ich möchte nicht gekratzt werden."

Sie fährt sich mit ihrer feuchten Zungenspitze über die Lippen. „Ohne ein paar Kratzer auf deinem Rücken, mein Liebling, kann man doch keinen Spaß im Ehebett haben."

Helenas Puls raste. Sie hatte bereits ein paar Erotikbücher gelesen. Immer schienen die Geschichten einzig darauf abzuzielen, den männlichen Leser zu erregen, während die weiblichen Charaktere völlig austauschbar waren, reine Objekte, mit denen ein Mann tun und lassen konnte, was er wollte.

Aber das hier war anders. Die namenlose Braut von Larkspear hatte ihre ganz eigene Persönlichkeit, die weder ängstlich war, noch das beste Stück des Mannes ergebenst anbetete.

„Wenn ich nur sicher sein könnte, dass ein paar Kratzer dich zufriedenstellen würden."

Ich neige meinen Kopf und knabbere an ihren Lippen. Ihr Atem umschmeichelt mein Kinn. Ihr Blick gleitet an meinem Körper entlang. „Du bist schon wieder so weit, wie ich sehe."

„Ganz begierig."

„Was für interessante Nächte du mir bereitest, Larkspear."

„Denkst du tagsüber an mich, Lady Larkspear?"

Sie lächelt. „Nie, mein Lieber."

„Lügnerin."

„Beweis es."

Ich dringe tief in sie ein. Ihre Lippen teilen sich. Ihre Augen schließen sich kurz, doch im nächsten Augenblick sind sie wieder weit geöffnet. Sie liebt es, mich in meiner animalischen Brunst zu beobachten, meine Schwäche für sie unverhohlen zu sehen und mich mit der Unerreichbarkeit ihres Herzens zu verspotten.

Helena legte das Manuskript mit der Vorderseite nach unten auf den Schreibtisch. Sie fühlte sich unbehaglich, als hätte er eine Fantasie aus den Tiefen ihres Verstandes gezogen, eine Fantasie, von der sie nichts gewusst hatte, bis er sie schriftlich festhielt. Eine Fantasie über Macht, *ihre* Macht, und einen Mann, der sich ihr entgegenstellte, ohne sich davor zu fürchten.

Es klopfte. Sie schloss hastig das Manuskript weg. „Herein."

Susie steckte ihren Kopf durch den Türspalt. „Miss, heute Abend findet der Ball statt. Lady Fitzhugh hat mich gebeten, Sie daran zu erinnern, heute früher Schluss zu machen."

Natürlich, der Ball zu Ehren von Venetia und dem Herzog. Hastings würde mit Sicherheit auch da sein.

„Ja, ich werde früher gehen", sagte sie. „Sonst macht sich Lady Fitzhugh noch Sorgen."

DER ZUG LÄRMTE. Der Dampf der Lokomotive hüllte den Bahnsteig in Nebel. Eine Rauchschwade schwebte zwischen Fitz und Isabelle.

Ihre Kinder waren zusammen mit ihrer Gouvernante bereits im Abteil. Sie winkten ihm aus dem Fenster, aufgeregt über die Aussicht, ihre Cousins und Cousinen zu besuchen. Er winkte zurück.

„Sie mögen dich", bemerkte sie.

„Und ich mag sie. Es sind nette Kinder." Sein Gehstock – der mit dem blauen Porzellangriff – wechselte von einer Hand in die andere. Sie hatte ihn vorhin bewundert, aber er hatte ihr nicht gesagt, dass er ein Geschenk von Millie war. „Du solltest besser einsteigen. Der Zug fährt jede Minute ab."

„Ich möchte nicht weg von dir", gestand sie. „Ich wünschte, ich hätte dem Besuch nicht zugestimmt."

„Es wird dir gefallen. Du hast deine Schwester seit Jahren nicht gesehen. Außerdem bist du ja nur eine Woche weg."

„Eine Woche ist eine lange Zeit. Alles kann sich ändern."

An jedem anderen Tag hätte er ihre Angst belächelt. Aber heute Nacht *würde* sich etwas ändern.

Oberflächlich betrachtet sollte ein kleines Schäferstündchen keine Bedeutung haben. Er hatte in den letzten Jahren so manches Bett geteilt. Manchmal empfand er danach mehr für eine Frau, manchmal weniger. Aber der Unterschied beruhte auf ihrer Persönlichkeit, nicht auf der Tatsache, dass sie miteinander geschlafen hatten.

Er respektierte und bewunderte Millie bereits. Morgen früh würde er sie noch mehr mögen, aber im Grunde sollte sich an ihrer tiefen Freundschaft nichts ändern.

Mehr oder weniger.

„Eine Woche hat nur sieben Tage", sagte er.

Er bemerkte, dass er Isabelle nicht versicherte, dass sich nichts ändern würde. Sie presste die Lippen fest aufeinander: Sie hatte es auch bemerkt.

Die Dampfpfeife ertönte, ein schrilles Warnsignal, dem ein tiefes Grollen folgte, unter welchem die Schienen erbebten.

„Schnell", sagte er, als er sich vorbeugte, um sie auf die Wange zu küssen. „Oder deine Kinder fahren ohne dich nach Aberdeen."

Sie griff nach seiner Hand. „Denk an mich."

„Das werde ich."

Sie wandte sich zum Zug, drehte sich dann aber noch einmal um. „Du hast mir einmal gesagt, dass du mich, ganz gleich was passiert, immer, immer lieben würdest. Tust du das noch immer?"

„Natürlich", sagte er, vielleicht ein wenig zu schnell.

„Dann werde ich mich daran festhalten."

„Ich werde hier auf dich warten, wenn du zurückkommst."

Sie schlang die Arme um ihn. „Ich liebe dich. Ich werde dich bis zu meinem letzten Atemzug lieben."

KAPITEL 11

Die Gartenbank

1890

MILLIE KLOPFTE AN DIE TÜR zum Arbeitszimmer ihres Mannes und öffnete sie. „Sie wollten mich sehen?"

„Ja. Kommen Sie doch bitte herein."

Sie setzte sich wie üblich auf den Stuhl ihm gegenüber, aber er saß nicht an seinem Schreibtisch. Stattdessen stand er am Kaminsims, hatte einen Schürhaken in der Hand und schob die Kohlen im Kamin hin und her. Etwas an der Art, wie er die Kiefer aufeinanderpresste, beunruhigte sie.

„Was ist los?"

Er zuckte die Achseln.

„Sagen Sie es mir."

Er ließ den Schürhaken in seinen Eimer fallen. „Ich habe gerade einen Brief von Gerry Pelham gelesen. Er teilt mir mit, dass er der stolze Onkel eines Mädchens geworden ist."

Gerry Pelham, Isabelle Pelhams Bruder. Vor etwas mehr als einem Jahr war aus Miss Pelham Mrs Englewood geworden – und jetzt hatte sie ein Kind. Ein vertrauter Schmerz nagte an Millies Herz. Fitz war wieder einmal an das erinnert worden, was er verloren hatte.

Er setzte sich hin. „Es tut mir leid. Die Neuigkeit hat mich überrascht, das ist alles."

Überfallen hatte ihn Neuigkeit, das wohl eher. „Wäre es Ihnen lieber, wenn ich später noch einmal wiederkomme?"

„Nein, ich bin froh, dass Sie hier sind. Helfen Sie mir, mich abzulenken."

Früher wollte er sie nicht in der Nähe haben, wenn er solche Nachrichten über seine Liebste erhalten hatte. Der Schmerz in Millies Herz mischte sich mit einer langsamen, bittersüßen Zufriedenheit. „Gerne", sagte sie.

Er öffnete ein Dossier auf seinem Schreibtisch. „Ihr Vater hat nur wenig Werbung gemacht. Er war der Ansicht, dass die Qualität von Cresswell & Graves für sich spräche. Als wir angefangen haben, Flaschen zu verkaufen, wollte ich sofort dafür werben, aber Mr Hawkes war dagegen. Ihm schien es wichtiger, die Händler davon zu überzeugen, die neuen Produkte in ihr Sortiment aufzunehmen. Er war der Meinung, dass die Produkte, wenn sie erst einmal sichtbar in den Regalen standen, sich von selbst verkaufen würden.

Ich habe ihm ein Vierteljahr gegeben, die Richtigkeit seiner Einstellung zu beweisen. Als er das nicht konnte und die Getränke in den Regalen Staub sammelten, habe ich eine Werbekampagne in Auftrag gegeben. Da zum größten Teil Frauen für die Beschaffung von Speisen und Getränken im Haushalt verantwortlich sind, dachte ich, ich hole Ihre Meinung zu diesen Plakaten ein."

Sie fühlte sich äußerst geschmeichelt – und war beinahe ebenso nervös. „Es wäre mir eine Ehre, Ihnen zu helfen, wenn ich kann."

Er reichte ihr die Zeichnungen, und sie breitete sie vor sich aus. Die Bilder waren schwarz-weiß. „Sind das die fertigen Entwürfe?"

„Ja."

Sie zögerte. „Sie wissen aber, dass ich kein ausgesprochenes Künstlerauge habe."

Er lächelte ein wenig. „Mit anderen Worten, Sie finden sie nicht sehr ansprechend?"

„Nicht besonders", antwortete sie langsam. Sie hatte gehofft, ihm etwas anderes sagen zu können.

„Kein Grund, den Kopf hängen zu lassen. Wenn ich glaubte, Sie würden zu allem Ja und Amen sagen, dann würde ich Sie gar nicht um Ihre Meinung bitten. Und jetzt erzählen Sie mir, warum sie Ihnen nicht zusagen."

Sie fasste neuen Mut und sagte: „Nun, Himbeer-, Orangen- und Erdbeerlimonade sind hübsch und farbenfroh, aber ein schwarz-weißes Plakat wirkt nicht unbedingt vorteilhaft. Und das Bild einer Flasche umgeben von Worten, die die Vorzüge anpreisen, ist zu sachlich, als würden wir ein Tonikum verkaufen, wo wir doch nichts dergleichen im Sinn haben."

„Wie würden Sie es also machen?"

„Wir wollen, dass junge Leute die Flaschen zum Picknick oder in den Ferien ans Meer mitnehmen, nicht wahr?", sagte sie zögerlich. „Warum zeigen wir das nicht auch in der Werbung? Junge Damen, die in den Schatten der Bäume sitzen, ein Picknick vor sich ausgebreitet und die Flaschen zum Anstoßen erhoben. Oder junge Damen am Strand, der blaue Himmel, die blaue See, überall weiße Kleidung und jeder hält eine Flasche in der Hand."

Er notierte sich einige Zeilen. „In Ordnung. Ich werde die Grafiken neu in Auftrag geben."

„Nur weil ich es sage?"

Er sah auf. „Von allen Leuten, die mit Cresswell & Graves zu tun haben, sind Sie diejenige, der ich am meisten vertraue. Und wenn es etwas gibt, was ich in unserer Ehe gelernt habe, dann, dass Sie ein gutes Gespür haben. Also, ja, Lady Fitzhugh, weil Sie es sagen."

Sie wusste nicht, was sie tun sollte. Es fiel ihr schwer, sitzen zu bleiben, aber eine Dame konnte nicht wild im Raum herumspringen, selbst wenn ihr Mann ihr gerade gesagt hatte, dass, ja, in der Tat, sie seine engste Vertraute war.

Sie schluckte den Kloß in ihrer Kehle runter. „Danke. Gibt es noch etwas, was ich mir ansehen soll?"

IHRE IDEEN WAREN GENAU RICHTIG. Als sie die Werbeplakate mit ihren satten, auffallenden Farbkontrasten und idyllischen Bildern im nächsten Frühling aufhängen ließen, waren sie so beliebt, dass sie, kaum dass sie hingen, auch schon gestohlen wurden. Davon ermutigt schickte Fitz den Händlern Poster, die sie in ihren Ladenfenstern ausstellen konnten und bestellte zehntausende Flugblätter, die Männer mit umgehängten Reklametafeln verteilen sollten. Die Flaschen waren sofort ein voller Erfolg.

Fitz, der wusste, wem er diesen Erfolg zu verdanken hatte, kaufte seiner Frau juwelenbesetzte Haarnadeln. Er hatte seine Schwestern mit zum Juwelier genommen, aber in dem Moment, als er die Nadeln mit den Amethysten und Diamanten gesehen hatte, wusste er, dass sie genau das Richtige waren. Sie erinnerten ihn an die Lavendelfelder auf Henley Park, ein passendes Bild, um seine Frau zu beschreiben – hübsch, anpassungsfähig und unendlich segensreich.

Sein Geschenk konnte er das erste Mal auf Lady Knightbridges Ball an seiner Frau bewundern.

Er nahm nur an wenigen Bällen teil, nicht zuletzt, weil seine Anwesenheit dort nicht wichtig war. Der Zweck eines Balls war es, junge Männer und Frauen zusammenzubringen, die eines Tages eine Ehe eingehen könnten. Als verheirateter Mann würde er nur die Zeit der jungen Damen verschwenden. Auch wurde es von einem Mann auf einem Ball erwartet, dass er tanzte, da es immer Damen gab, denen noch ein Partner fehlte. Und er hatte keine Lust, die ganze Nacht auf der Tanzfläche zu verbringen.

Aber er war nicht grundlos auf Lady Knightbridges Ball. Venetia, die eine platonische Ehe mit Mr Easterbrook, einem alten Freund der Familie, eingegangen war und sich somit wieder in Gesellschaft bewegte, wollte Helena dem schwer fassbaren Duke of Lexington vorstellen, der Gerüchten zufolge erscheinen sollte. Fitz, der gegen Lexington Kricket gespielt hatte, während sie beide zur Schule gingen, er in Eton und Lexington in Harrow, sollte sie einander vorstellen, da er der Einzige unter ihnen war, der mit ihrem Opfer bereits bekannt war.

Venetia wurde enttäuscht: Der Herzog erschien nicht. Aber die Anwesenheit von Fitz' derzeitiger Geliebter verlieh dem Ball eine pikante Note.

Mrs Dorchester wollte mit ihm tanzen, und Fitz erwies ihr beim Schottischen den Gefallen. Sie hätte einen Walzer bevorzugt, aber Fitz hatte das starke Gefühl, dass ein Mann und eine Frau, die bereits eine Affäre miteinander hatten, ihre Beziehung nicht herausposaunen sollten, indem sie öffentlich Aktivitäten nachgingen, bei denen sich ihre Körper zu nahe kamen.

Nach dem Tanz brachte er Mrs Dorchester zurück zu ihren Freundinnen und kehrte zu seiner Frau und seinen Schwestern zurück. Keine fünf Minuten später schlenderte Mrs Dorchester an ihnen vorbei, lächelte ihn an und warf Lady Fitzhugh einen überlegenen Blick zu.

Fitz wandte sich an seine Frau. „Hat sie gerade wirklich das getan, was ich denke? Und auch noch bei Ihrer Rückkehr in die Gesellschaft?"

Ihr Trauerjahr für ihren Vater hatte sie in der vorherigen Saison vom Besuch von Gesellschaften ausgeschlossen. Es war das erste Mal seit fast zwei Jahren, dass sie an einer Abendveranstaltung in London teilnahm.

„Anne Dorchester weiß, dass sie etwas hat, was ich nicht habe. Und sie hat es immer genossen, auf uns weniger vom Glück Begünstigte hinabzublicken."

„Das wusste ich gar nicht von ihr."

„Manche Frauen sind sehr nett zu Männern, aber weniger zu anderen Frauen."

„Nun, sie hat sich die falsche Frau ausgesucht, um nicht nett zu sein. Niemand hat das Recht, meiner Frau mit Geringschätzung zu begegnen, am wenigsten eine Frau, mit der ich derzeitig Umgang pflege."

Seine Frau zuckte mit den Achseln. „Was wollen Sie dagegen unternehmen? Sie dazu zwingen, zurückzukommen und sich bei mir dafür zu entschuldigen, dass sie mich schräg angesehen hat?"

„Ich werde sie nicht weiter sehen."

Sie hob eine Augenbraue. „Das können Sie nicht tun. Es wäre gnädiger, sie vor die Tür zu führen und zu erschießen."

Er lachte. Sie hatte den trockensten Sinn für Humor. „Außerdem werde ich mit Ihnen tanzen."

„Sie können nicht auf einem Ball mit Ihrer eigenen Frau tanzen."

„Sollen sie mich doch verhaften. Kommen Sie, der nächste Tanz beginnt – und Mrs Dorchester beobachtet uns."

Sie musterte ihn eingehend. Ihre Augen waren hellbraun, wie die Haselnüsse, die seine Alice so geliebt hatte. Und dann lächelte sie – und sie hatte ein hübsches Lächeln. „Sie werden mich dafür *bourgeois* schimpfen, aber ich bin schon immer stolz auf meine bürgerliche Herkunft gewesen."

Er führte sie auf die Tanzfläche. Sie trat ihm bei der ersten Drehung prompt auf den Zeh. „Verzeihung!"

Er lachte. „Machen Sie sich keine Sorgen. Ich revanchiere mich wahrscheinlich ohnehin bald dafür – ich bin völlig aus der Übung. Und ich kann mich an keinen der ausgefalleneren Schritte erinnern."

„Das ist auch besser so, sonst lande ich am Ende der Länge nach auf dem Boden."

Von diesem einen Fehltritt einmal abgesehen tanzten sie allerdings ausgezeichnet miteinander. Seine zunächst vorsichtigen Viertel- und Halbdrehungen wurden schnell überschwänglich. Sie wirbelten durch den Tanzsaal, und alles in seinem Sichtfeld wurde zu bunten Farbstreifen.

„Warten Sie. Tanzen Sie langsamer", sagte sie plötzlich.

„Ist Ihnen schwindlig?"

„Nicht im Geringsten. Ich habe nur gerade gesehen, dass Sie recht haben. Mrs Dorchester beobachtet uns. Ich möchte ihre erboste Miene genießen."

„Und ich werde natürlich sehr bewusst *nicht* zu ihr sehen."

„Sie fächelt sich ganz schön heftig zu", berichtete Lady Fitzhugh erfreut. „Jetzt hat sie jemanden scharf angefahren."

„Ausgezeichnet. Dann wollen wir so lange tanzen, bis sie sich die Haare rauft."

„Nein, dazu liebt sie ihr Haar zu sehr. Wir wären die ganze Nacht hier."

„Dann also bis sie jemand anderem die Haare rauft."

Seine Beweggründe waren nicht völlig uneigennützig. Er genoss es, mit seiner Frau zu tanzen. Sie bewegten sich gut zusammen, ihr Rhythmusgefühl war perfekt auf einander eingestimmt. Und sie roch gut. Der Duft war leicht, aber deutlich wahrnehmbar.

„Was ist das für ein Parfüm, das Sie tragen? Es gefällt mir."

„Ich trage keins, aber meine Seife enthält Lavendelextrakte aus unserem Garten."

Wie sich herausgestellt hatte, waren der Boden und das Klima von Somerset überaus günstig für Lavendel. Aus ein paar Setzlingen waren zwei Morgen Lavendelfelder geworden, und sie wollten noch mehr pflanzen. Erst vor Kurzem hatten sie darüber gesprochen, sich einen Bienenstock zuzulegen, um Lavendelhonig herzustellen. Und vielleicht eine Apparatur, mit der sie Lavendel vor Ort destillieren konnten.

Henley Park, einst Brachland, war jetzt ein blühendes Fleckchen Erde. Seine Haushälterin hatte ihm erzählt, dass sich regelmäßig Touristen für eine Tour durch das Innere des Hauses und für Picknicks am Rande der Lavendelfelder anmeldeten.

Er sah auf die Nadeln, deren Amethysten und Diamanten in ihrem Haar funkelten. „Wir könnten im August ein Fest geben."

Sie stockte, und er musste seinen Griff verstärken, damit sie nicht ins Stolpern geriet. „Vorsicht."

„Entschuldigung. Haben Sie eben gesagt, Sie wollten Ihre Freunde nach Henley Park bitten?"

„Zum Schießen und Angeln, ja. Und wir können eine Menge heiratsfähige Männer für Helena einladen, auch wenn sie höchstwahrscheinlich bei allen die Nase rümpfen wird."

Sie sagte nichts.

„Gefällt Ihnen die Idee nicht?"

„Nein, nein, ich liebe sie. Es ist nur … ich war mir nicht sicher, ob dieser Tag je kommen würde."

„Irgendwann muss ich das Schmollen ja aufgeben."

Sie hob ihr Gesicht, und er sah ihre Augen leuchten. „Dann können sie sich endlich über Ihre blauen Toilettenschüsseln mit den Gänseblümchen lustig machen."

Er lachte. „Erwähnen Sie die bloß nicht, sonst überlege ich es mir noch anders."

„Verzeihen Sie. Was rede ich denn? Wir haben natürlich nur stramme, maskuline Toiletten. Sie gluckern schon, wenn man sie nur schief ansieht."

Als die Musik aufhörte, lachten sie noch immer.

„Mrs Dorchester sieht so aus, als würde sie jeden Augenblick ihren Fächer zerbrechen", stellte sie fröhlich fest.

„Mal sehen, ob sie es tatsächlich tut."

Sie tanzten einen zweiten Walzer. Dann einen dritten.

„Oh je, sie geht", murmelte Lady Fitzhugh, als sie den dritten Walzer zur Hälfte hinter sich hatten. „Und … sie ist weg."

„Wir tanzen noch einen, damit nicht irgendjemand zu ihr rennt und ihr mitteilt, wir hätten uns getrennt, sobald wir sie verjagt hatten."

„Vier Walzer. Schockierend, Lord Fitzhugh."

„Es ist mir ein Vergnügen. Und bitte, nennen Sie mich Fitz – wie alle meine Freunde. Wir sind schon seit einer Weile Freunde, nicht wahr?"

„Ja, ich glaube schon."

Er hob eine Augenbraue. „Sie sind sich nicht sicher, Lady Fitz? Hat noch jemand Sie je beleidigt? Sagen Sie es mir, und ich werde ihn als Beweis meiner ergebenen Freundschaft meinen Zorn spüren lassen."

Ihre Wangen wurden rot. „Sie müssen mir nichts beweisen. Ich weiß, dass wir Freunde sind."

„Gut", sagte er. „Ich will nicht, dass Sie in mir nur den Mann sehen, den Sie Ihrer Eltern wegen heiraten mussten."

„Das tue ich nicht", sagte sie sanft. „Das würde ich nie."

MANCHMAL WURDEN TRÄUME WAHR.

Das Sommerfest auf ihrem Landgut wurde ein überwältigender Erfolg. Es gab reichlich Moorhühner und Forellen im Überfluss. Sie veranstalteten ein Kricketspiel, ein Radrennen und einen Ausflug an die eindrucksvolle Küste von Somerset. Millie heuerte einer plötzlichen Eingebung folgend einen Fotografen an und schenkte jedem Gast eine Portraitaufnahme.

Am letzten Abend, als sich die Gruppe lachend und gut gelaunt im Salon versammelt hatte, hob Lord Hastings sein Glas und rief: „Ein Hoch auf unsere wunderbaren Gastgeber."

Sein Trinkspruch wurde von allen Gästen wiederholt. Im Zentrum des Beifalls und Wohlwollens, ihren Ehemann an der Seite, versuchte Millie mit aller Macht, sich jedes noch so kleine Detail dieses Augenblickes einzuprägen. Den Kuss, den Venetia ihr zuwarf, Helenas Arm um ihre Schultern, das stolze Lächeln ihrer Mutter, alles unter dem goldenen Licht des neuen Kronleuchters, der erst zwei Tage vor dem Eintreffen der Gäste angebracht worden war.

Am nächsten Morgen erfuhr sie, dass Mrs Englewood ein zweites Kind, einen Jungen, bekommen hatte. Wenn sie es wusste, dann wusste Fitz es ebenfalls. Als sie ihren Gästen zum Abschied nachwinkten, beobachtete sie ihn angespannt.

Er drehte sich zu ihr und lächelte. „Möchtest du, dass wir Weihnachten in einem ähnlichen Rahmen begehen?"

Er war aufrichtig zufrieden. Es war fast so, als hätte die immer größer werdende Familie von Mrs Englewood kaum – wenn überhaupt – etwas mit ihm zu tun.

„Ja, unbedingt", sagte sie eifrig.

„Bist du sicher? Du siehst müde aus."

Sie hatte sich übernächtigt gefühlt, aber jetzt nicht mehr. „Ich könnte nur mit einem Spazierstock und einer einzigen Feldflasche das Matterhorn erklimmen."

„Dann komm. Du hattest deinen Spaß, Lady Fitz. Zeit zu arbeiten."

„Zu Befehl, Käpt'n!"

Sie liefen das ganze Anwesen ab. Jetzt, wo das Haus weitestgehend restauriert war, widmeten sie ihre ganze Aufmerksamkeit dem Grundstück. Die Westmauer des Küchengartens musste neu errichtet werden. Die große Lücke darin ließ zu viel kalte Luft durch, sodass einige der Obstbäume den Winter nicht überstanden hatten. Der angelegte See in der Nähe des

Eingangs zum Anwesen war ein großer Schandfleck in der Landschaft. Der griechische Lustpavillon, Stolz und Freude aus alten Tagen, war zu einem, wie die Franzosen sagen, *Pissoir* verkommen.

Es gab noch immer so viel zu tun.

Sie verbrachten den ganzen Morgen damit, Pläne zu schmieden und Ideen aufzuschreiben, aßen belegte Brote neben den Lavendelfeldern, lauschten dem Summen der Bienen und sprachen von einer neuen Brücke über den Forellenbach, die die alte, stark verrottete ersetzen sollte.

Millie hätte sich gewünscht, dass der Tag nie zu Ende ginge, aber schließlich kehrten sie zum Herrenhaus zurück. Sobald sie die Türschwelle überquerten, würde er in seine Gemächer gehen und von ihr dasselbe erwarten.

Aber ehe sie das Haus erreichten, führte er sie in den Garten. Sie war geradezu verschwenderisch mit dem Lavendel gewesen, aber sie hatte den Rest ihrer Gärten nicht vernachlässigt. Die Rosen hatten längst ihre Hauptblütezeit hinter sich, aber die Heckenkirschen und Hortensien waren noch immer hübsch anzusehen. Und jetzt stand in ihrer Lieblingsecke des Gartens, direkt hinter den Kamillenbeeten und der Goldregenallee, die im Frühling wieder angepflanzt worden war, etwas, was vorher noch nicht dagewesen war: eine Gartenbank.

„Ich weiß, dass dir die hinter unserem Stadthaus immer gefallen hat. Betrachte sie als verfrühtes Geburtstagsgeschenk."

„Sie ist ..." Ihre Stimme brach. „Sie ist wunderhübsch."

Es war eine fast genaue Nachbildung der Bank aus dem Garten hinter ihrem Stadthaus, groß, robust und sonnengewärmt.

„Ich werde sie dich in Ruhe genießen lassen", sagte er und winkte ihr zum Abschied.

Sie setzte sich hin und genoss es in der Tat. Ein Garten und eine Bank – und eine Hoffnung, die niemals verging.

KAPITEL 12

1896

CHRISTIAN DE MONTFORT, DER DUKE OF LEXINGTON, genoss es, seine Frau zu beobachten, wenn sie nicht in vollem Licht stand. Die blauen Schatten der Dämmerung hingen schwer im Zimmer.

Sie schlüpfte in ihr Negligé, kehrte zum Bett zurück und legte einen Arm um seine Schultern. „Willst du dich nicht anziehen?"

„Meine liebe Venetia, dafür brauche ich nicht so viel Zeit."

„In Ordnung, ich sehe, ich komme mit Diplomatie nicht weit. Was ich damit sagen wollte: Wenn du nicht verschwindest, werter Herr, kann ich meine Zofe nicht rufen."

„Mit anderen Worten: Ich kann meine Anwesenheit hier zu meinem eigenen Vorteil nutzen." Er streichelte ihren noch immer nackten Arm. „Wie wäre es damit? Ich bleibe, liebe Herzogin, bis du mir erneut deine Gunst erwiesen hast."

Sie lachte und entzog sich seinem Griff. „Später. Nach dem Ball – vielleicht."

Das war ein Déjà-vu, fiel ihm auf. „Meine Güte, ich habe hiervon geträumt."

Sie blickte ihn skeptisch an. „Davon, in meinem Bett herumzuliegen?"

„Von dieser ganzen Situation. Wie du dich anziehst und ich dich dabei beobachte, eine anzügliche Einladung meinerseits und deine Antwort, bis ins letzte Detail: *Später. Nach dem Ball – vielleicht.*"

„Wann hast du davon geträumt?"

„In der Nacht vor meinem Vortrag in Harvard, was mich ziemlich aus der Bahn geworfen hat."

Den Vortrag hatte er vor einigen Monaten gehalten. Sie hatte unbemerkt im Hörsaal gesessen, und das, was er dabei gesagt hatte, hatte dafür gesorgt, dass ihre Leben auf eine Weise miteinander kollidiert waren, wie er es niemals erwartet hätte.

„Und hat dich mir in die bösen Klauen getrieben", zog sie ihn auf.

„Was kein so schlechter Ort ist – reizvoll, eng, hei…"

Sie warf mit einem kleinen Glas nach ihm. Er wich hastig aus. „Wie weit ist es mit dieser Welt gekommen? Kann ein Mann seiner Frau nicht einmal mehr Komplimente machen?"

Sie zwinkerte ihm zu. „Nicht, wenn er sich nicht länger in ihren bösen Klauen befindet. Ab mit dir. Ich muss baden und mich anziehen."

Er hüpfte von ihrem Bett und zog seine Hose an. „Nach dem Ball wirst du für diesen unrühmlichen Rauswurf bezahlen, mein Liebling."

„Vielleicht", erwiderte sie keck.

Er fuhr ihr mit der Hand durch das offene Haar, das ihr bis tief auf den Rücken reichte, so, wie er es sich erträumt hatte. „Wir sind füreinander bestimmt, nicht wahr?"

Sie küsste ihn auf die Handfläche. „Ja, Liebling, das sind wir."

EINEN BALL ZU GEBEN WAR EINE KUNST, die nur von wenigen Gastgeberinnen in London beherrscht wurde. Etliche Damen luden zu viele Gäste ein, die sich in einem Raum drängen mussten, der kaum größer war als ein Salon, und sie zogen die Fenster und Nischen zu, sodass ihre dreihundert schwitzenden Gäste in einem luftlosen Gefängnis zu ersticken drohten. Zu allem Überfluss sparten sie dann auch noch an den Musikanten und Erfrischungen.

Fitz' Frau machte solche Fehler nicht. Ihre Gästeliste endete immer genau mit dem einhundertfünfundsiebzigsten Namen. Ihr Tanzsaal wurde von Anfang bis Ende vernünftig gelüftet. Und sie sparte nie, was die Bequemlichkeit und den Genuss ihrer Gäste betraf.

An diesem Abend war der Tanzsaal der Fitzhughs reich mit Rosen und Lilien geschmückt. Zwischen den Blumenarrangements standen wie korinthische Säulen geformte Eisskulpturen, die unter dem Licht des elektrischen Kronleuchters schimmerten – elektrisches Licht erhitzte den Raum nicht so schnell wie offene Flammen, und die Eisskulpturen hielten den Saal kühl, wenn die Gäste darin tanzten.

Limonade und gekühlter Punsch standen bereit. Auf Etageren lagen kleine, mit Zuckerguss überzogene Kuchen, die mit Rosen und

Lilien aus Buttercreme verziert waren und mit den Blumen im Raum harmonierten. Und als Besonderheit, die es nur auf den Bällen der Fitzhughs gab, standen Pyramiden aus Cresswell & Graves-Schokoladen bereit, die in mundgerechten Stücken präsentiert und in den beliebtesten und neuesten Sorten der Marke angeboten wurden.

Millie stand in ihrem pflaumenblauen Ballkleid, das aufwändig mit Kristalltropfen bestickt war, vor der Punschschüssel. Die Haarnadeln mit den Amethysten und Diamanten, die Fitz ihr gekauft hatte, glitzerten in ihrem Haar. Ihre bloßen Schultern schimmerten seidig.

Heute Nacht. Nach all den Jahren.

Aber dadurch durfte sich nichts ändern. Seine Zukunft lag bei Isabelle. Das hier war nur seine Pflicht dem Titel und Millie gegenüber.

Sie wandte sich um, als sie hörte, wie er sich näherte.

„Wir sind so weit", sagte er.

Sie lächelte, sah ihm aber nicht in die Augen. „Ja, ich denke schon. Aber es ist immer nervenaufreibend, so einen Ball zu veranstalten."

„Du machst das wunderbar. Wann fahren die Kutschen?"

Auf den Einladungen, die sie für ihre Bälle verschickte, gab sie immer die Uhrzeit an, für wann die Kutschen für die Gäste bestellt waren. Andernfalls blieben die Gäste gerne bis zum Morgengrauen, was sie nicht wirklich gut heißen konnte.

Und bevor ein Ball anfing, fragte er immer nach den Kutschen, damit er wusste, wie lange er die Stellung halten musste. Aber heute Nacht, wenn die Kutschen abgefahren waren ...

Er sollte an Isabelles leidenschaftliche Liebeserklärung denken. An die Vergangenheit, die Zukunft, alles, nur nicht an die Gegenwart. Aber heute Nacht, wenn die Kutschen abgefahren waren, gab es nur Millie, ihren Duft, der wie eine leichte Brise von ihrem Lavendelfeld im Hochsommer war, ihre Haut, so weich und geschmeidig wie der feinste Samt.

Ihre Blicke trafen sich. Sie errötete. Verlangen erfasste ihn.

„Da ... da kommt die erste Kutsche." Sie raffte ihren Rock, schon halb im Gehen. „Ich sollte mich ans obere Ende der Treppe stellen."

Er sah ihr nach – und versuchte, an Isabelle zu denken.

ANDERS ALS FITZ, DER NUR SELTEN TANZTE, wenn er es nicht musste, genoss Hastings Bälle und tanzte fast ununterbrochen. Helena musste ihm zugutehalten, dass er nie die Mauerblümchen vergaß, jene Mädchen, die zwischen Hoffnung und Scham auf einen Partner warteten.

Wenn er sie zum Tanz aufforderte, freuten sich die jungen Mädchen. Selbst mit einem unehelichen Kind unter seinem Dach galt er als äußerst gute Partie – er hatte von seinem Onkel nicht nur einen Titel, sondern auch ein erhebliches Vermögen, das aus der Industrie stammte, geerbt. Helena fragte sich, was die Mauerblümchen wohl von ihm halten würden, wenn sie wüssten, dass er Erotika schrieb – mit einer weiblichen Hauptfigur, bei der ihre Mütter in Ohnmacht fallen würden. Die sich mit offenen Augen hingab.

Es war seltsam, dass Hastings, bei all den Küssen, die er über die Jahre von ihr zu stehlen versucht hatte, Helena nie zu einem Walzer aufgefordert hatte. Auch dieser Ball bildete keine Ausnahme. Statt bei einem Walzer war er ihr Partner bei einem Ländler, der immer von vier Paaren getanzt wurde.

Der Tanz bot ihnen dennoch so viel Ungestörtheit, dass er seinen Kopf neigte und ihr ins Ohr flüsterte: „Mrs Monteth ist auf dem Kriegspfad, wie ich höre. Ich an Ihrer Stelle wäre vorsichtig."

„Mrs Monteth ist immer auf dem Kriegspfad."

Es war keine Übertreibung. Mrs Monteth, die Schwester von Andrews Frau, war nicht einfach nur eine Klatschbase, sondern vielmehr eine selbsternannte Beschützerin von Tugend und Rechtschaffenheit. Sie spionierte den Bediensteten nach, öffnete auf Hausgesellschaften auf dem Land irgendwelche Türen – warum man sie auch nur selten zu solchen Anlässen einlud – und tat alles in ihrer Macht Stehende, um die moralischen Verfehlungen der Menschen um sie herum aufzudecken und zu bestrafen.

„Wenn Mrs Martin einen verirrten Liebesbrief von Ihnen an ihren Ehemann finden würde, an wen würde sie sich wohl zuerst wenden?"

Sie nahmen die Hände der beiden Tänzer zu ihren Seiten und schritten auf die jeweils gegenüberliegende Reihe der Tänzer zu. Die Herren verbeugten sich, die Damen machten einen Knicks. Die Reihen trennten sich und bildeten wieder vier Paare.

„Mrs Monteth verschwendet ihre Zeit. Ich stehe unter ständiger Beobachtung."

„Ich traue Ihnen nicht, Miss Fitzhugh. Sie *werden* sich irgendwie in Schwierigkeiten bringen."

„Und mich selbst Mrs Monteth ausliefern? Wohl kaum."

„Sie betrachten die Situation und ziehen nur Ihre Seite in Betracht, Miss Fitzhugh. Aber es sind noch andere Spieler beteiligt. Sie können nicht vorhersagen, wie sie sich verhalten werden."

„Solange ich faktisch eine Gefangene bin, können sie tun, was immer sie wollen."

Hastings atmete verärgert aus. Es war selten, dass er sich seine Erbitterung anmerken ließ, dieser Mann, der immer so aalglatt war. Der Tanz verlangte von ihnen, dass sie ihr Gespräch unterbrachen. Als sie wieder eine gewisse Entfernung zwischen sich und die anderen Pärchen gebracht hatten, sagte er: „Ich fange an zu glauben, dass Sie es darauf anlegen, erwischt zu werden."

Sie schnaubte. „Und warum sollte ich das tun?"

„Damit ich keine andere Wahl habe, als Ihr Ritter in strahlender Rüstung zu sein."

„Sie sind kein Ritter in irgendeiner Rüstung, wenn Sie es vorziehen, dass Ihre Frauen gefesselt sind, Hastings."

Er schnalzte mit der Zunge. „Reine Fiktion, meine Liebe. Sie sollten den Unterschied zwischen einem Autor und dem Erzähler der Ich-Perspektive kennen."

Sie sah hoch. Es war noch immer eigenartig, dass sie den Kopf in den Nacken legen musste, um ihm in die Augen zu sehen. In ihrer Jugend hatte sie ihn überragt. „*Gibt* es denn in diesem Fall einen Unterschied?"

„Ich denke schon. Ich habe meine Ehefrau noch nicht gefesselt – tatsächlich habe ich gar keine Ehefrau. Aber wenn man Sie erwischt, müsste ich Sie Fitz zuliebe heiraten, und dann könnte die Wirklichkeit sich der Fantasie annähern."

Hitze stieg in ihr auf. „Dazu wird es nicht kommen."

„Nicht, wenn Sie aufpassen." Seine Stimme war samtweich. „Aber wenn Sie weiterhin so unbesonnen sind, wer weiß, was dann passiert?"

*

FITZ TANZTE DEN ERSTEN UND den letzten Walzer des Balls mit Venetia, ihrem Ehrengast. Jetzt ging er Arm in Arm mit ihr zu ihrer Kutsche, die bereits auf sie wartete.

„Wann bekomme ich eigentlich meine Frau zurück, Fitzhugh?", fragte Lexington mit einem Lächeln.

„Ich habe Vorrang. Wenn Sie solange ihr Ehemann waren wie ich ihr Bruder, können Sie sie für sich beanspruchen."

Venetia lachte fröhlich. Fitz liebte es, sie fröhlich zu sehen. Sie verdiente alles, was gut im Leben war.

„Kommt doch im August nach Algernon House", bot Lexington an. „Ich war lange im Ausland, und die Moorhuhnpopulation ist geradezu explodiert. Ich werde jede Hilfe brauchen, die ich kriegen kann.

„Ausgezeichnete Idee", rief Venetia begeistert. „Fitz ist ein hervorragender Schütze. Helena im Übrigen auch. Und wir sollten wirklich Millie beibringen, wie man schießt."

Fitz schluckte schwer. Sie hatten kaum noch Zeit.

Ein Diener hielt die Kutschentür auf. Fitz reichte Lexington die Hand. Venetia küsste Fitz auf die Wange.

Er ließ sie nicht sofort los. „Ich freu mich für dich", flüsterte er.

„Und ich hoffe, dass ich mich für dich genauso freuen kann", flüsterte sie zurück. „Triff deine Entscheidung mit Bedacht."

MILLIE STARRTE FITZ AN. Er war so wunderschön, wie er die Hand beschützend um die Taille seiner Schwester gelegt hatte und ihr in die Kutsche half.

Die Kutsche der Lexingtons fuhr ab, aber De Courcy und Kingsland, zwei seiner Schulfreunde, zogen ihn auf ein Wort beiseite. De Courcy, mit dem Fitz in Eton Kricket gespielt hatte, hatte sich vor kurzem verlobt und wollte vermutlich, dass Fitz an seiner Hochzeit teilnahm. Fitz war bei solchen Anlässen äußerst beliebt, denn jeder, der in etwa derselben Zeit wie er in Eton gewesen war, betrachtete ihn als Freund.

„Sie sehen ihn an, als wären Sie eine Bäckerin und er der letzte Sack Mehl auf der Welt", sagte eine Stimme hinter Millie.

Hastings. Sie hatten nie offen über ihre unerwiderte Liebe für Fitz gesprochen – oder über seine für Helena. „Sie meinen so, wie Sie meine Schwägerin ansehen – die unverheiratete?"

„Tragisch, nicht wahr? Wir beide."

Manchmal dachte sie das auch, aber nie stark genug, um aufzugeben. „Mir ist aufgefallen, dass Sie zwei sich während des Ländlers angeregt unterhalten haben."

„Ich mache mir Sorgen um sie."

„Ich auch. Aber wir behalten sie genau im Auge." So genau, dass sie schon Mitleid mit Helena hatte. „Das muss eine beschwerliche Zeit für Sie sein."

„Nicht beschwerlicher als das, was Sie in letzter Zeit ertragen mussten, denke ich." Hastings nahm ihre behandschuhte Hand in seine. „Aber machen Sie sich keine Sorgen, Fitz werden schon noch die Augen aufgehen."

„Wirklich?" Ihre Mutter hatte dasselbe gesagt.

„Wie bei Paulus auf dem Weg nach Damaskus." Hastings hob ihre Hand an seine Lippen. „Sie werden schon sehen."

Fitz, der De Courcy und Kingsland abgeschüttelt hatte, kam zu ihnen und legte seinem Freund einen Arm um die Schultern. „Es ist drei Uhr in der Früh, David. Hör auf, mit meiner Frau zu schäkern, sie hat einen langen Tag hinter sich – und sie würde dich ohnehin nicht mal mit einem drei Meter langen Stock anfassen."

Hastings zwinkerte Millie zu. „Lassen wir Fitz in seinem Glauben, nicht wahr, Lady Fitz? Sie müssen mich nicht zur Tür bringen, ich finde schon selbst hinaus."

Jetzt standen Millie und ihr Ehemann allein im Ballsaal. Ihr wurden die Knie weich. Sie konnte ihn kaum ansehen.

„Bist du müde?", fragte er besorgt.

Angst und Fantasie gingen mit ihr durch – es war, als könnte sie seine Berührung bereits spüren. Sie schüttelte langsam den Kopf.

„Wollen wir also nach oben gehen?"

Sie atmete ein – das tiefe Luftholen vor dem Sprung. „Ja, natürlich. Lass uns gehen."

KAPITEL 13

Das Luftschiff

1892

FITZ NEIGTE NICHT DAZU, PÜNKTLICH GESCHENKE ZU MACHEN. Millie konnte durchaus im November ein Weihnachtsgeschenk bekommen und im Januar eines für ihren Geburtstag vom Vorjahr. Sie ermutigte ihn sogar dazu, nicht pünktlicher zu sein. „Venetia hat immer auch ein Geschenk von dir für mich", sagte sie ihm, „weil du nie auf das genaue Datum achtest. Wenn du plötzlich gewissenhafter würdest, müsste ich dieses zweite Geschenk ablehnen – was mich sehr traurig stimmen würde."

Daher war sie nicht überrascht, als er eines Abends zum Essen verkündete, dass er ein Geschenk für ihren einundzwanzigsten Geburtstag hatte, obwohl sie noch eine ganze Weile zwanzig bleiben würde.

„Was ist es?"

„Ich möchte dich zum Ende der Saison nach Italien entführen."

Sie war sprachlos. *Nur sie beide? Allein?*

Das waren keine Fragen, die sie ihm stellen konnte. Aber etwas musste sie sagen. Sie nahm ihre Hand von ihrem Herzen und griff nach einem Glas Wasser, um ihre plötzlich trockene Kehle anzufeuchten.

„Warum Italien?"

„Du musstest meinetwegen vorzeitig zurückkommen, als du das letzte Mal dort warst."

„In einer Angelegenheit, die mir persönlich sehr wichtig war. Wenn ich so zurückdenke, wäre ich doch sehr beleidigt gewesen, wenn du mich nicht gebeten hättest, heimzukehren."

„Nichtsdestotrotz: Wollen wir fahren?"

„Aber was ist mit … ah, deshalb hast du mir gesagt, du wolltest dich um die Einladungen zur Jagdgesellschaft kümmern. Es gibt keine Jagdgesellschaft."

Er lächelte breit. „Es sei denn, natürlich, das wäre dir lieber."

Sie erinnerte sich an eine Zeit, als Wochen, sogar Monate, zwischen einem Lächeln und dem nächsten vergingen. Jetzt sah sie es viel häufiger, aber es war für sie nie selbstverständlich. Jedes überraschte und erfreute sie aufs Neue.

„Nein, ich denke, dass ich Italien vorziehen würde."

„Also, auf nach Italien."

Und jetzt die wichtigste Frage: „Was ist mit Venetia und Helena? Kommen sie mit uns mit?"

Es schien unwahrscheinlich, zumindest für Venetia, deren zweiter Ehemann, Mr Easterbrook, erst vor Kurzem verstorben war.

Fitz schüttelte den Kopf. „Venetia möchte während ihrer Trauerzeit nicht verreisen, und Helena will ihr Gesellschaft leisten."

„Hastings?"

„Er ist zur Jagd in Schottland. Wir werden nur zu zweit sein."

Allein. Viele Wochen lang. An malerischen, romantischen Orten.

Sie musste noch einen Schluck Wasser trinken, ehe sie etwas sagen konnte. „Ich schätze, ich muss mich wohl darein schicken, dass mein Ehemann mich über den ganzen Kontinent schleifen möchte."

Er lächelte wieder breit. „Oh, verlass dich darauf, das möchte er."

Den Rest der Nacht war es, als hätte sie einen Würfel Zucker im Mund, der langsam und beständig süß dahinschmolz.

SIE REISTEN DURCH DIE SCHWEIZ, nahmen den Zug durch den Gotthardtunnel, fuhren in einer Postkutsche über den Splügenpass und erreichten den Comer See, ihr erstes Zwischenziel auf ihrer Rundreise.

Der Comer See wirkte mit seiner wohlriechenden Luft, den Villen mit ihren roten Dächern und dem Ausblick auf die umliegenden Berghänge und den blauen, von Gletschern gespeisten See wie das Paradies auf Erden. Zwei Wochen lang wanderten Millie und Fitz, ruderten über den See oder spielten auch gelegentlich Tennis. Sie genossen das köstliche Essen. Aber der romantische Schauplatz veranlasste ihn nicht, sie zu küssen – oder etwas auch nur entfernt Ähnliches zu tun.

In ihrem Hotel in der Gemeinde von Belagio wohnten sie in getrennten Zimmern, so wie zu Hause auch. Er war aufmerksam und umgänglich, wie zu Hause auch. Und er verbrachte auch wie daheim seine Nächte ohne sie.

Millie nahm an, dass er eine Geliebte hatte. Ihre Mutmaßung wurde eines Abends bestätigt, als eine hübsche, dunkelhaarige Frau, an deren Hals Diamanten funkelten, ihm während des Abendessens zuzwinkerte, welches sie auf der großen Terrasse des Hotels, die den See überblickte, zu sich nahmen,.

„Du schläfst mit ihr", stellte sie fest.

„Das tue ich nicht", antwortete er, während er auf seinen Teller hinablächelte. „Ich besuche sie, wenn du es wissen musst, bevor ich mich in meinem eigenen Bett schlafen lege."

„Wohnt sie in diesem Hotel?"

„Meine Liebe, ich wäre nie so geschmacklos, meine Geliebte im selben Haus zu haben wie meine Ehefrau."

„Hm, ist die Geliebte des Prince of Wales nicht immer bei ihm, wenn er auf einer Gesellschaft auf dem Land ist, selbst wenn die Prinzessin ebenfalls anwesend ist?"

„Ich bin viel anständiger als der Prince of Wales, solltest du wissen. Das Haus Hannover war nur ein Haufen unbedeutender Deutscher, ehe uns die Angehörigen der Königsfamilie ausgingen, die wir auf unseren Thron setzen konnten."

Ein Kellner kam an ihren Tisch und servierte ihnen den nächsten Gang, Fischfilets, die fangfrisch aus dem See kamen, mit Salbeibutter.

„Erzähl mir, wie das funktioniert", hörte sie sich selbst fragen. „Wie findest du eine Geliebte? Ich bin neugierig."

Er warf ihr einen überraschten Blick zu. Sie war nie zuvor so direkt gewesen. Es lag etwas in seinem Blick − als hätte er gerade etwas Neues erkannt oder als hätte sich eine alte Erkenntnis erweitert. „Das ist bei jedem anders. Hastings, zum Beispiel, betritt einen Raum, sieht eine Frau, die er will, und geht sofort zu ihr."

Es war typisch für ihn, das Thema auf jemand anderen zu lenken. Er war wirklich zurückhaltend, wenn es um sein eigenes Leben ging. Aber sie ließ ihn nicht so leicht vom Haken: „Und du?"

„Ich bin nicht so emsig."

„Und doch bist du nicht erfolgloser als Hastings."

Er hob gutmütig die Schultern, aber die Geste deutete auch an, dass er seine Vorgehensweise nicht weiter besprechen wollte.

„Ich weiß, wie du es machst", sagte sie.

Er hob eine Augenbraue.

„Wenn du einen Raum betrittst, dann gehst du nie sofort zu den hübschesten Damen. Du unterhältst dich eine Weile mit den Herren oder einer der Witwen. Aber zur selben Zeit nimmst du die Anwärterinnen sehr genau wahr und weißt, welche zu dir hinübersehen."

Er lächelte ganz leicht und nippte an seinem Mineralwasser. „Sprich weiter."

Ihr wurde plötzlich klar, dass er nicht ihrer Analyse seiner Verführungstechniken lauschte, sondern ihrem Bericht davon, wie genau sie ihn beobachtet hatte, während sie so tat, als ignorierte sie ihn. Sie konnte sich jedoch nicht mehr bremsen.

„Du unterscheidest dich nicht so sehr von Hastings: Du weißt genau, welche Frau du willst. Und Du bist genauso ein Jäger wie er. Allerdings bist du eher wie eine Spinne, die zufrieden darauf wartet, dass ihre Beute zu ihr kommt.

Die Damen bemerken dich also, jung, strahlend und zuversichtlich. Mit ihren Fächern winken sie dich zu sich. Du gibst ihrem Bitten jedoch nie sofort nach. Du sprichst mit der Gastgeberin. Scherzt mit den Herren. Und dann tust du so, als würdest du die Zeichen der Damen jetzt erst bemerken.

Du beginnst bei der Dame, an der du das geringste Interesse hast und unterhältst dich am Ende mit der Dame, auf die du schon ein Auge geworfen hattest, als du in den Raum kamst. Ein paar Tage später erreichen mich die Gerüchte – aber ich weiß es schon längst."

Er nahm einen weiteren Schluck von seinem Mineralwasser, dann noch einen. Die Sonne war untergegangen, der Himmel indigoblau. Die Fackeln auf der Terrasse warfen ein dumpfes, goldenes Licht auf ihn.

„Es scheint ganz so", sagte er, „als würdest du mich besser kennen als alle anderen."

Sie war auf jeden Fall seine aufmerksamste Beobachterin.

„Ich kenne dich nicht einmal halb so gut", fuhr er fort.

„Über mich gibt es nicht viel zu wissen."

„Da widerspreche ich. Du willst nicht, dass man viel über dich weiß – das ist etwas völlig anderes."

Manchmal fragte sie sich, ob er sie so genau beobachtete wie sie ihn. Jetzt hatte sie ihre Antwort: Er tat es. Und sie wusste nicht, was sie mit diesem Wissen anfangen sollte.

Um das nervöse Flattern in ihrem Magen einzudämmen, widmete sie sich dem Fisch auf ihrem Teller. „Der schmeckt wirklich gut. Findest du nicht auch?"

Zwei Tage später verließen sie den Comer See, verbrachten eine Woche in Mailand und reisten dann nach Osten in die Lombardei, wo es noch mehr Berge und Seen gab. Sie erreichten den Iseosee spät am Abend.

Wo sich ihr Gastgeber vielmals bei ihnen entschuldigte: Eine große Hochzeitsgesellschaft war gerade angekommen, und er hatte leider nur noch ein Zimmer frei – ein hübsches Zimmer, aber eben nur eines.

„Wir nehmen es", sagte Fitz.

„Hast du nicht gehört?", fragte Millie, als sie außer Hörweite des Gastwirtes waren. „Es ist nur ein Zimmer."

„Ich hab ihn gehört. Aber es ist spät. Wir haben noch nicht zu Abend gegessen, und ich möchte mich lieber morgen nach einem anderen Gasthaus umsehen."

„Aber ..."

„Ich erinnere mich sehr gut an unseren Pakt. Von mir droht dir keine Gefahr."

Warum eigentlich drohte ihr keine Gefahr von ihm? Warum begehrte er sie nicht mit der Leidenschaft tausend heiß gelaufener Maschinen? Von Rechts wegen müsste er sie ständig anstarren und anfassen, sodass sie ihn sich mit ihrem Sonnenschirm, ihrem Fächer und vielleicht einem ihrer Wanderstiefel vom Leib hätte halten müssen.

„Nun gut", sagte sie widerwillig.

Sie wurden zu ihrem Raum gebracht, welcher tatsächlich hübsch, aber *klein* war, und das Bett war lächerlich winzig.

Sie war sprachlos. Er warf einen Blick auf das Bett und drehte sich weg. Aber er stand vor dem Waschtisch, und sie konnte sein schiefes Lächeln im Spiegel sehen. Ihr wurde heiß im Gesicht.

„Es ist nur für eine Nacht", sagte er.

Zu Abend aßen sie nur eine kleine Mahlzeit, und sie zog sich gleich danach zurück. Er folgte ihr erst, als die Uhr Mitternacht schlug.

Das Licht der Kerze ging ihm voraus. Er stellte die Kerze auf das Kaminsims, löste seinen Kragen und nahm die Krawatte ab. Durch ihre Wimpern hindurch beobachtete sie ihn. Sie hatte seinen nackten Oberkörper bereits gesehen, als er im Bach gebadet hatte, aber sie hatte nie gesehen, wie er sich entkleidete.

Er nahm seine Uhr aus der Tasche und legte sie neben die Kerze. Mantel und Weste hängte er über die Rückenlehne eines Stuhls. Er schob sich die Hosenträger von den Schultern und zog sich das Hemd aus. Sie biss sich auf die Innenseiten ihrer Wangen. Das eine Mal, als sie ihn gesehen hatte, war er nur Haut und Knochen gewesen. Jetzt war er schlank und sehnig, auch ohne Kleidung so schön wie die Statuen in den Gärten von Versailles.

Sie hatte ihm sein Nachthemd herausgelegt, bevor sie ins Bett gegangen war. Er hob es auf, zog es sich an und löschte die Kerzenflamme zwischen seinen Fingerspitzen. Im Dunkeln hörte sie, wie er sich die Hose auszog.

Die Matratze senkte sich unter seinem Gewicht. Sie lag ganz still und wagte nicht einmal zu atmen.

„Du solltest Luft holen, irgendwann musst du es doch", sagte er mit einem Lächeln in der Stimme.

Was?

„Ich weiß, dass du wach bist."

„Woher?"

„Wenn ich mein Bett noch nie zuvor mit jemandem geteilt hätte, würde ich auch wachliegen."

Sie kniff die Lippen zusammen. Außerhalb des Bettes waren sie sich ebenbürtig. Sie war genauso wortgewandt und selbstsicher wie er. Aber an diesem bestimmten Schauplatz war er viel erfahrener als sie, diesem Schauplatz, an welchem theoretisches Wissen nicht viel zählte.

„Wann hast du das erste Mal mit einer Frau geschlafen?", fragte sie knapp.

„Auf meinem Junggesellenabschied, angeblich."

„Angeblich?"

„Ich war sternhagelvoll. Kann mich an nichts erinnern."

„Wann war das erste Mal, an das du dich erinnerst? Mrs Bethel?"

„Nein, ihre Schwester, Mrs Carmichael."

Sie sagte nichts.

„Ich kann deine Missbilligung hören."

„Ich kann deine Selbstgefälligkeit hören."

„Ich würde nicht sagen, dass ich selbstgefällig bin. Mrs Carmichael hat mich an Mrs Bethel weitergereicht, weil sie wusste, dass sie ihre Männer jung und unerfahren mochte. Man kann also sagen, dass ich Mrs Carmichael ein schlechter Liebhaber war."

„Ich nehme an, dass du kein schlechter Liebhaber mehr bist, da du seitdem ein wenig geübt hast."

„Vermutlich bin ich unterdessen einigermaßen kompetent", sagte er bescheiden. Er lachte leise. „Ich hätte nie gedacht, dass ich im Dunkeln neben meiner Frau liegen und meine Kompetenz auf diesem Gebiet, oder meinen Mangel daran, besprechen würde."

Das Bett knarrte. Hatte er sich zu ihr umgedreht? „Ich möchte dir nichts unterstellen, aber du klingst neugierig."

„Ich weiß nicht, wovon du redest."

„Ich meine nicht, dass deine Neugierde mit meiner Person zu tun hat oder dass du am Ende gar etwas anfangen willst, aber du klingst, als interessierte dich die Sache selbst."

Sie biss sich auf die Lippe. „Wirklich?"

„Daran ist nichts auszusetzen. Du bist im richtigen Alter, um neugierig zu sein. Hast du eigentlich noch einmal etwas von ihm gehört?"

Er erinnerte sich also noch. „Ja."

„Denkst du je an ihn?"

Sie verzog das Gesicht. „Manchmal."

„Habt ihr beide je ..."

„Natürlich nicht."

„Ich stelle hier nicht deine Tugend infrage. Aber habt ihr beide euch je geküsst?"

„Einmal."

„Wie war es?"

Du warst dabei. Wie fandest du es? „Ich bin mir nicht sicher, ob ich es beschreiben kann. Ich war so verzweifelt. Und er auch."

„Ist er jetzt verheiratet?"

„Ja."

„Beneidest du manchmal seine Frau?"

Und wie bitte sollte sie das beantworten? „Es ist spät. Lass uns schlafen."

Das Bett knarrte erneut, als er sich wegbewegte und ein paar Zentimeter Freiraum zwischen ihnen schuf. „Wehe, du schubst mich aus dem Bett. Ich schlafe nicht gerne auf dem Boden."

„Ich habe noch nie in meinem Leben jemanden aus dem Bett geschubst."

„Stimmt, aber du hattest auch noch nie jemandem neben dir liegen. Also … pass bitte auf."

ER SCHLIEF VOR IHR EIN, mit dem Rücken zu ihr. Sein Atem war tief und gleichmäßig. Sie lag innerlich aufgewühlt wach, bis sie schließlich einnickte.

Sie fuhr erschrocken aus dem Schlaf, als er seinen Arm über ihre Mitte warf. Sie hielt sich eine Hand vor den Mund und versuchte mit der anderen, seinen Arm zu bewegen. Aber seine Finger warenganz schlaff, als sie sie berührte.

Er hatte sich im Schlaf umgedreht. Weiter nichts.

Ihre Hand ruhte auf seiner und berührte den Siegelring, den sie ihm geschenkt hatte und der die Wärme seines Körpers angenommen hatte. Eines Tages, dachte sie, eines Tages …

Plötzlich zog er sie an sich. Sie schnappte nach Luft – gab aber kaum ein Geräusch von sich, da ihr jeder Laut vor Schreck in der Kehle stecken blieb. Jetzt berührten sie einander von den Schultern bis zu den Oberschenkeln. Er barg sein Gesicht an ihrem Nacken. Grundgütiger, seine Lippen berührten ihre Haut. Und das Gefühl seiner Bartstoppeln auf ihrer Haut …

Ihre Gedanken wirbelten wild durcheinander. Hitze, Verlangen, Verwirrung. Was tat er da? War er sich seines Tuns überhaupt bewusst? Und wollte sie, dass er aufhörte … oder nicht?

Er jedenfalls wollte unbedingt weitermachen. Sie konnte spüren, dass er ganz hart geworden war. Sie hörte, wie ihr Atem vor Staunen und Verlangen schwer ging. Sie wollte ihn. Wann immer ihr zu Ohren kam, wie befriedigt seine Geliebten waren, wollte sie eine von ihnen sein. Ihn aus blinder Lust für sich haben, ohne einen Gedanken an andere Dinge zu verschwenden.

Aber sie konnte nicht. Sie wäre nie damit zufrieden, nur mit ihm zu schlafen.

Ein Laut der Lust drang aus seiner Kehle. Seine Hand wanderte an ihr hoch, und ehe sie begriff, wie ihr geschah, legte er sie auf eine ihrer Brüste.

Ihr stummer Schrecken wich wildem Herzklopfen.

Er liebkoste ihren Hals. Seine Finger fanden ihre Brustwarze. Sein Daumen fuhr durch das Leinen ihres Nachthemdes darüber.

Sie sprang aus dem Bett und warf in ihrer Eile das Wasserglas auf dem Nachttisch um. Das Glas landete auf dem Teppich, aber es zerbrach nicht, sondern rollte vom Teppich und klirrte deutlich, als es gegen das Bein des Kleiderschrankes stieß.

„Was zum …", fragte er verschlafen.

Sie machte kein Geräusch.

Nach einer Weile dachte sie, er wäre wieder eingeschlafen. Aber er fragte: „Warum bist du nicht im Bett?"

„Ich … ich kann nicht schlafen, wenn jemand neben mir liegt."

„Komm zurück. Ich schlafe auf dem Boden."

„Der Boden ist nass."

Er seufzte. „Dann schlafe ich auf dem Stuhl."

Sie hörte seine Schritte und wich zurück. Er schob sich an ihr vorbei und tastete nach dem Stuhl. „Geh schon."

„Ich denke, ich sollte …"

Sie schrie erschrocken auf. Er hatte sie hochgehoben, ging die wenigen Schritte bis zum Bett und ließ sie darauf fallen. „Schlaf."

EIN SCHWACHES LICHT FIEL DURCH DIE VORHÄNGE. Sie lag auf der Seite, mit dem Rücken zum Stuhl, auf dem er saß. Sie hatte sich so weit von ihm abgewandt, dass sich ihre Nase förmlich ins Kissen bohrte.

Es war kühl in den Bergen, aber sie hatte die Bettdecke von ihren Beinen getreten, und er hatte einen freien Blick auf ihre Knöchel, auch wenn die Beleuchtung im Raum zu wünschen übrig ließ. Aber er konnte die eine Hälfte ihrer köstlich geformten Wade sehen.

Köstlich. Ein eigenartiges Wort für die eigene Frau. Aber alles, worauf sein Blick fiel, war unverbraucht und schön. Und alles, was er nicht sehen konnte …

Er zwang seine Gedanken von dieser unproduktiven Richtung weg: Alles, was er nicht sehen konnte, würde sich noch einige Jahre lang seinem Blick entziehen. Sechs Jahre hatte sie vorgeschlagen, aber er hatte es auf acht verlängern müssen. Wie dumm er doch gewesen war zu glauben, dass er für sie, für alles, immer dasselbe empfinden würde.

Sie regte sich schwach, seine geheimnisvolle Frau.

Er hielt im Grunde nichts vor ihr geheim, aber sie, sie war wie eine Burg aus alten Zeiten, voller Geheimgänge und verborgener Nischen, die sie niemandem preisgab und die er nur erahnen konnte.

Bis zu ihrem detaillierten Vortrag am vergangenen Abend hatte er nie über seine Vorgehensweise nachgedacht, wie er eine Frau in sein Bett bekam. Es stimmte, dass er es bevorzugte, sein Ziel diskret zu erreichen, und dabei so wenig Energie wie möglich aufzuwenden, aber sie irrte, wenn sie ihn mit einer Spinne verglich.

Auch wenn es nicht so aussah, war er Frauen gegenüber immer schüchtern gewesen. Selbst bei Isabelle. Sie war diejenige gewesen, die die Initiative ergriffen und ihm gesagt hatte, dass er sie jedem anderen Mädchen auf der Welt vorzog. Er hatte nur zustimmen müssen.

Sich eine Frau zu suchen, um seine Lust zu stillen, war kaum dasselbe wie sein Herz offenzulegen, aber er war dabei ebenso zurückhaltend. Es war ihm lieber, dass die Frauen zu ihm kamen, und „jung, strahlend und selbstsicher" waren die einzigen Hinweise auf seine Absichten.

Sie regte sich wieder und drehte sich auf den Rücken. Sie wackelte ein wenig mit ihren Zehen. Mit einem Fuß fuhr sie langsam über ihr anderes Bein. Er beobachtete sie voller Interesse. Es würde ihn nicht stören, wenn ihre schlaftrunkenen, unachtsamen Bewegungen den Saum ihres Nachthemdes weiter nach oben schieben würden – viel weiter nach oben.

Sie erstarrte. Dann zog sie langsam und bewusst die Beine hoch und bedeckte sie mit der Bettdecke.

„Guten Morgen", sagte er.

Sie setzte sich hin, offensichtlich bereit, so zu tun, als hätte er sie nicht bis zu den Knien entblößt gesehen. „Guten Morgen."

Sie blickte sich im Raum um. Obwohl er Hemd und Hose angezogen hatte und vorzeigbar genug war für seine eigene Frau, schien sie sich Mühe zu geben, ihn nicht anzusehen. Er war in der Regel nicht besonders davon angetan, wenn sich eine Frau zu prüde verhielt, aber irgendwie schien ihre Geziertheit nichts mit Spießigkeit zu tun zu haben, sondern glich eher einem Ausweichmanöver. Als wollte sie selbst nicht wissen, wie sie sich in einer angespannteren Situation verhalten würde. Und das machte ihn neugierig: Wie würde sie sich verhalten?

„Gut geschlafen?", fragte er.

„Einigermaßen. Und du?"

„Lass mich mal nachdenken. Mitten in der Nacht musste ich aufstehen und mich auf einen Stuhl setzen, weil meine Frau nicht neben mir liegen wollte. Wie, denkst du, habe ich wohl geschlafen?"

Sie starrte die Bettdecke über ihren Knien an. „Ich hätte auch den Stuhl genommen."

Er schnaubte spöttisch. „Als ob ich dich auf dem Stuhl schlafen ließe, während ich es mir im Bett bequem mache."

„Tut mir leid."

„Hab ich irgendwas gemacht?"

Ihre Hand hatte beliebige Muster auf das Laken gemalt. Jetzt hielt sie inne. „Warum denkst du, dass du etwas getan hättest?"

„Ich erinnere mich nicht allzu genau. Aber das Bett ist schmal und die Triebe eines Mannes sind stark. Außerdem hast du das Glas vom Tisch geworfen, als du aus dem Bett geflüchtet bist. Das war ein ziemlich guter Hinweis."

„Es war nichts Schlimmes. Hat vermutlich nur eine alte Jungfer wie mich verschreckt."

„Du hast dich erschreckt?"

„Ich bin geflüchtet oder etwa nicht?"

Warum hast du nicht nachgegeben?

Und diesem Gedanken folgte eine plötzliche Erinnerung an Erregung, ihr Körper an seinen gedrückt, ihre Brust in seiner Hand, warm und weich, ihre Brustwarze hart.

Er atmete scharf ein. „Du weißt, dass du von mir nichts zu befürchten hast."

„Natürlich nicht", stimmte sie ihm allzu bereitwillig zu.

Er verließ den Raum, damit sie sich anziehen konnte. Als er zurückkehrte, schickte er sie weg. „Ich muss noch etwa eine Stunde Schlaf nachholen."

Er verschloss die Tür und legte sich auf das Bett. Er würde etwas dösen, aber noch nicht jetzt, nicht, ehe er nicht diese unerwünschte Lust erforscht hatte, die so plötzlich von ihm Besitz ergriffen hatte.

Er würde sich also jetzt erlauben, sich nicht nur an das zu erinnern, was letzte Nacht geschehen war, sondern sich auch auszumalen, was in weniger als vier Jahren geschehen würde, wenn sie nackt und willig unter ihm liegen würde.

Nur dieses eine Mal.

*

„FITZ, BIST DU DA?" Millie klopfte laut an die Tür. Es war zehn Uhr, zweieinhalb Stunden seit sie ihn allein gelassen hatte. „Wach auf, ich muss mit dir reden."

„Ich schlafe nicht, ich bade. Was ist los?"

„Meine Mutter …" Sie schluckte. „Ist krank."

„Moment. Ich bin sofort bei dir."

Millie sah wieder auf das Telegramm in ihrer Hand.

Sehr geehrte Lord und Lady Fitzhugh,

mit Bedauern muss ich Ihnen mitteilen, dass Mrs Graves erkrankt ist. Sie wünscht, Sie dringend zu sehen. Bitte kehren Sie so bald, wie es Ihnen möglich ist, nach London zurück.

Ergebenst Ihr
G. Goring

Sie konnte es nicht glauben. Nicht auch noch ihre Mutter – sie war viel zu jung. Aber Mr Goring, Mrs Graves persönlicher Anwalt, hätte ihnen nicht telegrafiert, wenn es nicht ernst wäre.

Fitz öffnete die Tür. Das Hemd klebte an seiner Haut, und er trocknete sich noch mit einem Handtuch die Haare. Die eben erst verlassene Badewanne war halb hinter dem Wandschirm zu sehen.

Er nahm ihr das Telegramm aus der Hand und überflog es. Als er es ihr zurückgab, warf er das Handtuch beiseite und zog ein Buch mit Abfahrplänen aus seiner Tasche.

„Von Gorlago fährt in drei Stunden ein Zug ab. Wenn wir sofort in einer schnellen Kutsche losfahren, könnten wir ihn noch erwischen."

Sie waren dreißig Kilometer von Gorlago entfernt. Die Straße war zwar gut ausgebaut, aber schmal und an manchen Stellen sehr steil. Drei Stunden schienen ihr eine sehr optimistische Schätzung.

Sie widersprach nicht.

„Bridget soll unsere Sachen packen, aber wir nehmen die Koffer nicht mit. Sie würden uns nur behindern. Sag dem Gastwirt, er soll uns das Gepäck nachschicken. Nimm nur das mit, was du selbst tragen kannst. Ich suche uns eine schnelle Kutsche. Wenn ich zurück bin, sollten wir abfahrbereit sein."

Er kehrte eine Viertelstunde später in einer leicht gefederten Kalesche und mit einem etwa elfjährigen Jungen zurück. Millie stieg mit einem Picknickkorb ein, Bridget folgte ihr mit einer Reisetasche mit Kleidung zum Wechseln für sie alle.

„Wo ist der Kutscher?"

Er schnalzte mit den Zügeln, und die Pferde trabten los. „Ich fahre."

„Aber du kennst den Weg doch gar nicht. Und wer soll die Pferde wechseln?"

„Dafür ist dieser junge Herr zuständig – er sagt uns, wo es lang geht. Und wenn wir in Gorlago sind, wird er dort bei den Pferden und der Kutsche bleiben, bis sein Onkel sie abholt. Er ist dreißig Kilo leichter als sein Onkel, also habe ich mich für ihn entschieden."

Das geringe Gewicht des Jungen und ihr Mangel an Gepäck waren ausschlaggebend – genauso wie die Tendenz der italienischen Eisenbahn zu Verspätungen. Sie erreichten den Bahnhof in Gorlago zehn Minuten nach der geplanten Abfahrt des Zuges über Bergamo nach Mailand, hatten gerade noch genug Zeit, die Fahrkarten zu kaufen und in den Zug zu steigen – Fitz, der als Letzter einstieg, musste rennen und auf die Stufen springen.

Am Nachmittag kamen sie in Mailand an. Und dank des modernen Wunders des Mont-Ceni-Tunnels, fuhren sie zwanzig Stunden später mit dem Zug in Paris ein. Jetzt mussten sie nur noch nach Calais und den Ärmelkanal überqueren.

Jemand rüttelte Millie sanft an der Schulter. „Heißluftballons – willst du sie sehen?"

Millie öffnete die Augen. Sie hatte nicht bemerkt, dass sie eingenickt war.

Sieben oder acht Heißluftballons standen auf einem offenen Feld, und die meisten der Ballons waren noch schlaffe, farbenfrohe Stoffknäuel, die gerade aufgeblasen wurden. „Ist das irgendeine Art Wettbewerb?"

„Vielleicht. Sieh mal, dort ist sogar ein Luftschiff."

„Wo?"

„Es ist jetzt hinter den Bäumen. Aber ich hab es gesehen, es hatte Propeller."

Millie wandte den Kopf in beide Richtungen. Ihr Nacken schmerzte ein wenig. „Kaleschen, Züge, Heißluftballons. Ich komme wir vor, als versuchten wir *In achtzig Tagen um die Welt* zu reisen."

„Der derzeitige Rekord liegt bei siebenundsechzig Tagen, also müssten wir uns schon etwas mehr Mühe geben."

„Wie weit ist es noch bis Calais?"

„Etwa elf Kilometer."

Der Himmel war wolkenlos, aber sie machte sich dennoch Sorgen. „Ich hoffe, der Kanal bleibt nebelfrei. Das letzte Mal musste ich über Nacht hierbleiben."

Er berührte kurz ihre Hand. „Du wirst sie wieder sehen. Ich bringe dich rechtzeitig zu ihr."

DOCH DAS WETTER WOLLTE NICHT MITSPIELEN. Dichter Nebel lag über dem Kanal, alle Fähren verblieben im Hafen.

„Wie lange noch, bis er sich verzieht?", fragte Millie besorgt, nachdem Fitz mit mehreren Fährmännern und Fischern gesprochen hatte.

„Niemand glaubt daran, dass er sich noch heute lichtet. Die Hälfte erwartet keine Besserung vor morgen Nachmittag, und der Rest glaubt, es ist die Art Nebel, die mindestens achtundvierzig Stunden hängen bleibt."

Ihr Herz zog sich schmerzhaft zusammen. „Aber wir können nicht so lange warten. Sie hält vielleicht nicht so lange durch."

„Ich weiß", sagte er.

„Warum ist eigentlich der Tunnel unter dem Kanal noch nicht gebaut? Davon reden sie doch schon, solange ich denken kann."

Er blickte in die Richtung, aus der sie gekommen waren. Dann sah er zu ihr und betrachtete sie eindringlich. „Wenn es dir nichts ausmacht, dann können wir den Kanal in der Luft überqueren."

„*In der Luft?*"

„Erinnerst du dich an das Luftschiff, das ich gesehen habe? Man hat den Kanal bereits in einem Ballon überflogen, aber es ist ein gefährliches Unterfangen – besonders wenn man von Ost nach West fliegt."

Sie starrte ihn einen Augenblick lang an. Sie war noch nie in einem Fluggerät gewesen, hatte noch nicht einmal Jule Vernes *Fünf Wochen im Ballon* gelesen. Der Gedanke, mehrere hundert Meter über dem Erdboden zu sein, war nicht gerade verlockend, aber verzweifelte Zeiten verlangten nach verzweifelten Taten.

„Also, worauf warten wir noch?"

Das Luftschiff sah äußerst merkwürdig aus. Millie kannte die Glühbirnenform der Heißluftballons, aber der Ballon des Luftschiffs sah eher wie eine prall gestopfte Wurst aus. Darunter hing ein rechteckiger Weidenkorb. Aus dem hinteren Teil des Korbes ragten zwei lange Stangen mit je einem Propeller am Ende, dessen Flügel so lang waren wie Millie groß.

„Ja, sie ist so sicher, wie es nur geht", bestätigte der Pilot, Monsieur Duval, Fitz auf Französisch. „Die Luftschrauben werden von Batterien angetrieben, nicht von einem Verbrennungsmotor, wie die Deutschen es versuchen. Warten Sie es nur ab, die stecken sich noch selbst in Brand."

Millie war sich nicht sicher, ob sie das jetzt überhaupt hätte hören wollen, selbst wenn sie keinen Verbrennungsmotor hatten. Allmählich begann sie Bridget zu beneiden, die in Calais bleiben wollte, bis sie den Kanal mit einem Dampfschiff überqueren konnte.

„Wie erhitzen Sie die Luft?", fragte sie den Piloten.

„Die Luft wird nicht erhitzt. Wir haben Wasserstoff im Ballon, Madame."

„Wasserstoff ist leichter als Luft, nicht wahr? Wie kommen wir wieder runter?"

„Ah, eine wirklich kluge Frage, Madame. Es gibt zwei Luftsäcke im wasserstoffgefüllten Ballon, die wir füllen und leeren können. Und wenn sie voll sind, überwiegt das Gewicht des Luftschiffs den Antrieb durch den Wasserstoff ein kleines bisschen, und wir können ganz sanft landen."

Sie sah zu Fitz.

„Nur, wenn du damit fahren möchtest", sagte er. „Aber du musst dich bald entscheiden, sonst wird es dunkel, bevor wir die englische Küste erreichen."

Sie atmete langsam aus. „Dann beeilen wir uns lieber."

Sobald sie in dem Korb, den Monsieur Duval Gondel nannte, Platz genommen hatten, begann sein Assistent damit, Säcke mit Erde über Bord zu werfen, während Monsieur Duval den Batterieantrieb zum Leben erweckte. Die Luftschrauben rotierten zunächst träge, gewannen aber schnell an Geschwindigkeit.

Der Korb hob sich so sanft, dass Millie, die ganz gefesselt davon war, wie Monsieur Duval zwischen Ventilen und Messgeräten hantierte, erst bemerkte, dass sie sich in der Luft befanden, als sie bereits knapp einen Meter über dem Boden schwebten.

„Das ist deine letzte Gelegenheit, noch abzuspringen", murmelte Fitz.

„Für dich auch", sagte sie.

„Ich hab keine Angst davor, in den Ärmelkanal zu fallen."

„Hm, ich hingegen habe ziemliche Angst davor, in den Ärmelkanal zu fallen. Aber wenn ich jetzt springe", sie sah nach unten, wo sich der Boden schon erheblich von ihnen entfernt hatte, „breche ich mir mit Sicherheit alle Knochen. Dass ich schwimmen muss, steht hingegen nicht fest."

„Kannst du schwimmen?"

„Nein."

„Also hast du diesem verrückten Abenteuer dein Leben anvertraut."

Sie atmete aus. „Ich vertraue darauf, dass ich mit dir an meiner Seite hinreichend sicher bin."

Einen Augenblick lang sah es so aus, als wüsste er nicht, was er sagen sollte, dann lächelte er. „Nun, ich habe einen Kompass an meiner Uhr. Sollten wir ins Wasser fallen, dann weiß ich zumindest, in welche Richtung wir die Gondel steuern müssen."

Der Nebel. Sie hatte den Nebel völlig vergessen.

Über ihnen spannte sich ein blauer Himmel, unter ihnen lag Frankreich, die Landschaft gesprenkelt mit Schafen, Kühen und Weilern. Kinder zeigten auf sie und winkten, Millie winkte zurück. Zwei Jungen warfen mit Steinen, die aber nicht hoch genug flogen. Fitz lachte und rief ihnen etwas zu, das nach Französisch klang, aber kein Wort enthielt, das Millie je zuvor gehört hatte.

Das Luftschiff stieg immer höher. Das Vieh unter ihnen war nicht größer als Stecknadelköpfe, das Land ein Parkettboden aus Parzellen in verschiedenen Grün- und Brauntönen.

„Wie hoch sind wir?", fragte Fitz.

Monsieur Duval blickte auf einen der Höhenmesser. „Die Barometersäule ist um fünf Zentimeter gesunken, wir sind also etwa fünfhundert Meter über dem Boden– anderthalb Mal so hoch wie der Eiffelturm –, aber wir steigen noch höher."

Nach einer Weile beschattete Fitz seine Augen mit seiner Hand. „Jetzt kann ich den Nebel sehen. Nähern wir uns der Küste?"

„*Oui, monsieur le comte.*"

Der Nebel über dem Wasser war der eindrucksvollste Anblick, der sich Millie je geboten hatte, ein Meer aus Wolken, auf das das Luftschiff seinen länglichen Schatten warf. Die dicken Nebelschwaden waberten und wälzten sich unter den Strömungen ihres ganz eigenen Klimas. Und als sich die Sonne dem westlichen Horizont zuneigte, färbten sich die Klippen und Höhen des Wolkengebirges golden, als führte man es durch eine himmlische Schatzkammer.

Fitz legte ihr seinen Mantel um die Schultern. „Überwältigend, nicht wahr?"

Sie warf ihm einen verstohlenen Blick zu. „Ja", sagte sie, „in jeder Hinsicht."

„Früher habe ich immer gehofft, meine Ehe würde ein Abenteuer – und genau das ist sie jetzt auch." Während er den Nebel betrachtete, legte er ihr einen Arm um die Schultern. „Wenn uns heute etwas zustoßen sollte, dann will ich, dass du weißt, wie froh ich bin, dass von allen Erbinnen, die ich vor vier Jahre hätte heiraten können, du meine Frau geworden bist."

Manchmal fragte sie sich, wie unterschiedlich ihr Leben wohl verlaufen wäre, wenn sie in der Angelegenheit ihrer Ehe eine Wahl gehabt hätte. Jetzt wusste sie es: Es hätte keinen Unterschied gemacht, denn sie hätte diesen Weg gewählt, der sie zu diesem Augenblick geführt hatte. Sie sammelte ihren ganzen Mut zusammen und legte einen Arm um seine Mitte.

„Mir geht es genauso", sagte sie. „Ich bin froh, dass du es bist."

ES WAR GERADE NOCH GENÜGEND LICHT, dass Monsieur Duval das Luftschiff auf einem leeren Feld landen konnte, was in mehreren Dörfern in Sussex für Aufregung sorgte. Millie und Fitz erreichten um Mitternacht London.

Millie verbrachte die folgende Woche am Bett ihrer Mutter. Zunächst schien es so, als würde Mrs Graves sich wieder erholen, aber Millies Hoffnung fand ein jähes Ende, als ihr Zustand sich dann doch weiter verschlechterte.

Hin und wieder kam Mrs Graves zu Bewusstsein und war manchmal lange genug wach, um etwas Essen zu sich zu nehmen und ein oder zwei Worte mit Millie zu wechseln, manchmal schlief sie aber auch wieder ein, bevor sie überhaupt wusste, wo sie war.

Mrs Graves' Schwestern und Cousinen saßen tagsüber manchmal bei Millie. Fitz war jede Nacht da und leistete ihr Gesellschaft. Sie sprachen nicht viel in diesen langen Nächten, jeder döste auf einem Sessel, aber seine Anwesenheit war ein unermesslicher Trost.

Eines Morgens, als er gerade frühstücken gegangen war, wurde Mrs Graves wach.

Millie sprang auf. „Mutter."

Sie eilte zu dem Glas Wasser, das sie auf das Nachttischchen gestellt hatte, und träufelte ihrer Mutter ein paar Löffel davon in den Mund.

„Millie", murmelte Mrs Graves schwach.

Millie hatte sich zusammenreißen wollen, doch jetzt brach sie in Tränen aus. „Es tut mir leid. Bitte vergib mir."

„Vergib *mir*, dass ich dich so viel früher verlassen muss, als ich es wünsche."

Millie hätte es bestreiten können, doch sie beide wussten, dass Mrs Graves nicht mehr viel Zeit blieb. Sie wischte sich die Tränen weg. „Es ist nicht gerecht. Du solltest so lange leben wie die Königin."

„Liebes, ich habe ein wundervolles, beneidenswertes Leben geführt. Dass es etwas kürzer ist, als ich gehofft hatte, ist kein Grund, sich zu beschweren."

Sie hustete. Millie gab ihr drei weitere Löffel Wasser. Ihr Atem ging schwer, aber sie lehnte mit einer Handbewegung das Tonikum ab, das Millie ihr anbot. „Nein, Liebes, das einzig Ungerechte hier ist das, was dein Vater und ich von dir verlangt haben − dass du dein eigenes Glück aufgibst, damit wir einen Enkel haben können, der eines Tages ein Earl sein wird."

„Ich bin nicht unglücklich." Millie zögerte. Sie hatte das Geheimnis ihres Herzens nie laut ausgesprochen. „Ich möchte keinen anderen als Fitz zum Ehemann haben."

Mrs Graves lächelte. „Er ist ein wundervoller junger Mann."

„Der Beste − wie du, Mutter."

Mrs Graves berührte Millies noch immer tränennasse Wange. „Erinnerst du dich an das, was ich vor ein paar Jahren gesagt habe?

Kein Mann hat mehr Glück als der, der dich zur Frau hat. Eines Tages wird er das verstehen."

„Wirklich?"

Aber Mrs Graves Arm erschlaffte. Sie war wieder bewusstlos und verstarb am späten Nachmittag desselben Tages.

Fitz war bei Millie. Er küsste sie auf die Stirn. „Es tut mir so leid."

Ihre Augen füllten sich wieder mit Tränen. „Es war zu früh. Sie war die Letzte aus meiner Familie."

Er reichte ihr sein Taschentuch. „Unsinn. *Ich* bin deine Familie. Und jetzt ruh dich aus, du hast seit Tagen nicht mehr richtig geschlafen."

Ich *bin deine Familie*. Sie starrte ihn mit verschwommenem Blick an. „Ich habe dir nicht einmal dafür gedankt, dass du mir mehr Zeit mit meiner Mutter gegeben hast."

„Du musst mir für nichts danken", sagte er fest. „Es ist mir eine Ehre, mich um dich zu kümmern."

Ihr Blick wurde noch verschwommener. „Danke."

„Hab ich nicht gerade gesagt, dass du mir nicht danken sollst?"

Sie brachte ein kleines Lächeln zustande. „Ich meinte, dafür, dass du das gesagt hast."

Er erwiderte ihr Lächeln. „Ruh dich aus. Ich kümmere mich um alles."

Er verließ den Raum, um mit Mrs Graves' Butler zu sprechen. Sie lehnte am Türrahmen und sah ihm nach, während er die Treppen hinunterging.

Ich bin froh, dass du es bist.

KAPITEL 14

1896

FITZ HATTE DIE RÄUME DER Hausherrin nicht mehr betreten, seit er nach Antritt seines Erbes zum ersten Mal durch das Stadthaus gegangen war. Seit damals hatte es viele Renovierungen gegeben, die aus einer heruntergekommenen Bruchbude ein freundliches, gemütliches Zuhause gemacht hatten. Ihre Ehe konnte er Bodendiele für Bodendiele und Ziegel für Ziegel nachvollziehen.

Selbst jetzt fanden noch Umbaumaßnahmen statt. Die Bewässerung der Lavendelbeete war im Frühling verbessert worden, für den Küchengarten hatten sie einen zweiten Bienenstock in Auftrag gegeben – das Stadthaus sollte eine genau Abbildung ihres Anwesens auf Henley Park werden. Es fanden auch wieder Renovierungsarbeiten in den Dienstbotenquartieren statt, die erst vor vier Jahren rundum erneuert worden waren.

Millies Zimmer war hell und hübsch, und an den Wänden hingen Tapeten, die so freundlich grün waren wie eine frisch geschnittene Sommerwiese. Formschnitte in Blumentöpfen standen zu beiden Seiten des Kamins. Darüber hing ein Landschaftsgemälde, das ihm vage vertraut vorkam – nicht das Gemälde an sich, sondern die Landschaft.

Sie stand in der Mitte des Raumes, noch immer in ihrer Abendgarderobe, den Fächer vor sich wie ein gefiederter Brustpanzer. Sie blickte zu ihm hinüber, gab aber mit keinem Wort und keiner Geste zu verstehen, dass sie seine Anwesenheit wahrgenommen hätte.

Er wollte sie nicht noch nervöser machen, als sie es ohnehin schon war. Statt sich ihr zu nähern, durchquerte er den Raum, um sich das Bild genauer ansehen zu können. „Ist das der Comer See?"

„Ja."

Sein Blick fiel auf das Kaminsims, worauf eine Reihe eingerahmter Fotografien stand, die in vergangenen Sommern während der Hausgesellschaften auf ihrem Landsitz aufgenommen worden waren. In jeder Fotografie waren sie beide abgebildet, aber nie allein: manchmal waren sie Teil einer großen Gruppe, manchmal waren ihre Mutter oder seine Schwestern mit dabei.

Am Ende des Kaminsimses stand ein weiterer vertrauter Gegenstand. „Ist das die Spieluhr, die ich dir zu deinem siebzehnten Geburtstag geschenkt hatte? Sie sieht viel besser aus, als ich es in Erinnerung habe."

Er hob den Deckel der Spieluhr. Es ertönten dieselben dünnen, leicht misstönenden Klänge. Sie funktionierte noch, wer hätte das gedacht?

Sie beobachtete ihn. Aber als er zu ihr schaute, wandte sie sofort den Blick ab.

„Wo ist deine Zofe?"

„Ich habe ihr gesagt, dass sie nicht auf mich warten soll."

Sie ließ ihren Fächer auf den Sitz eines Sessels in ihrer Nähe fallen. Die Geste war entschlossen zwanglos. Doch während sie neben der gepolsterten Armlehne stand, konnte er sehen, dass sie krampfhaft schluckte. Der Anblick – die Aussage dahinter – ließ sein Blut kochen.

„Es wird nicht unangenehm werden", sagte er. „Ich werde sichergehen, dass du es genießt."

„Das will ich dir auch raten", erwiderte sie nicht ohne Schärfe. „Über die Jahre ist mir einiges über dein amouröses Können zu Ohren gekommen. Wenn ich es morgen nicht von den Dächern pfeifen will, werde ich zutiefst enttäuscht sein."

Er lächelte und stellte die Spieluhr zurück auf das Kaminsims.

Ein paar Sekunden lang starrte sie reglos ihren fallengelassenen Fächer an. Dann ging sie zum Lichtschalter und schaltete den elektrischen Wandleuchter aus. Die Lampe im Schlafzimmer war angelassen worden und leuchtete ihnen den Weg. Sie ging an ihm vorbei und verschwand darin.

Endlich ist es also so weit.

Die ganz gewöhnliche, eheliche Aufgabe. Die Pflicht, die er zu lange aufgeschoben hatte. Warum also fühlte er sich, als würde er von einer Welle ins Meer hinausgerissen, als er zum Schlafzimmer ging? Als müssten die Gezeiten und Strömungen dort ganz anders sein, als das, was er in den ruhigen Gewässern der Flussmündung ihrer Ehe bislang kannte?

Sie schaltete das Licht aus, sobald er die Tür hinter sich geschlossen hatte. Er sollte wohl nicht allzu überrascht sein – er hatte es schließlich mit einer Jungfrau zu tun. Aber sie kannten einander so gut, dass sie eigentlich nicht hätte schüchtern sein sollen.

„Möchtest du nicht, dass ich sehe, was ich tue?"

„Nein."

Er lächelte. „Nicht mal, wenn ich mit kniffligen Verschlüssen deines Kleides kämpfen muss?"

„Es gibt hier nichts, was dir nicht schon oft genug anderswo begegnet wäre."

Die Dunkelheit war undurchdringlich. Die Fenster waren geschlossen und mit Fensterläden verriegelt, die Vorhänge fest zugezogen.

„Das ist das erste Mal", murmelte er, „dass ich im Dunkeln herumtasten muss. Du solltest ein Loblied singen, damit ich dich finde."

Sie schnaubte. „Ein Loblied?"

„Ihr himmlischen Heerscharen, frohlocket: Endlich werde ich etwas Gottgefälliges tun, etwas, das von Jesu Liebe für seine Kirche Zeugnis ablegt, et cetera, et cetera."

„Was soll ich singen? ,Hosanna in der Höhe'? Vielleicht wäre unser Pfarrer ja stolz auf uns, wenn wir auch noch das Vaterunser sprechen?"

Er wusste jetzt, wo sie war: beim Frisiertisch. Sie zuckte zusammen, als seine Hand ihre Schulter fand. Hatte sie nicht gehört, wie er sich ihr im Dunkeln genähert hatte?

„Gut, du hast mich also gefunden. Jetzt bist du dran, dich zu verstecken, und ich werde dich suchen", sagte sie mit dünner Stimme.

„Ein andermal. Wir haben eine Aufgabe zu erfüllen, Lady Fitzhugh."

Sie trug lange Ziegenlederhandschuhe, die bis über ihre Ellenbogen reichten. Sie waren am oberen Ende mit drei Elfenbeinknöpfen geschlossen. Er öffnete die Knöpfe – einen, zwei, drei – schob einen Handschuh hinunter und zog ihn ihr aus.

„Ich habe vergessen, dir zu sagen, dass du heute Abend besonders reizend aussahst", sagte er und fuhr dabei mit seiner

Handfläche über ihren jetzt bloßen Arm. So vieles an ihr war ihm ein Rätsel.

„Danke", erwiderte sie kaum hörbar.

Er entfernte ihren anderen Handschuh. „Habe ich dir jemals gesagt, dass ich, als wir heirateten, nie so recht wusste, wie du aussahst? Jedes Mal, wenn ich dich sah, schien dein Gesicht sich verändert zu haben. Und als du aus Amerika zurückkamst, musste ich zweimal hinsehen, um sicher zu gehen, dass du es warst."

Die Rüschen an ihrem Kleid streiften seinen Handrücken.

„Also … wäre ich etwas länger weggewesen, hätte ich an dir vorbeigehen können, ohne dass du mich erkannt hättest?"

„Das bezweifle ich. Deine Augen ändern sich nicht. Deine Art zu gehen ändert sich nicht. Und deine Schritte … ich kann an ihnen immer erkennen, wenn du an meiner Tür vorbeigehst."

Sie atmete aus.

Er berührte ihr Haar, die kunstvolle Hochfrisur, zu der ihr Dienstmädchen es am frühen Abend aufgesteckt hatte, zog zwei der Amethystnadeln heraus und warf sie beiseite. Eine landete mit einem leisen Geräusch auf dem Teppich, die andere auf dem Spitzendeckchen auf ihrem Frisiertisch.

Wie lange war er schon neugierig auf diesen Tag, diese Stunde gewesen?

Seit ihrer Italienreise, so viel war sicher. Aber wenn er genau sein wollte, so nahm er an, war es seit diesem entscheidenden Treffen, in dem sie den Geschäftsführern ihres verstorbenen Vaters die Kontrolle über Cresswell & Graves entrungen hatten.

Er hatte diese Neugierde tief vergraben: Ein Pakt war ein Pakt. Sie hatten sich auf acht Jahre geeinigt, und er hatte sich fest vorgenommen, acht Jahre lang die Hände von ihr zu lassen.

Aber vergrabene Dinge hatten die Eigenart, Ranken zu bilden und Wurzeln im Unterbewusstsein zu schlagen. Als er sich also schließlich eingestand, dass er sie begehrte, sah er sich nicht mehr den Knospen des Verlangens gegenüber, sondern einem ausgewachsenen Dschungel der Lust.

Und in ihr, deren Empfindungen zwar aber hinter einer Maske der Gelassenheit verborgen wurden, die aber genauso tief und unausweichlich waren wie die aller Menschen, schlummerte da auch Verlangen?

Sie blieb weiterhin still, aber unter seinen Fingern spürte er sie leicht erbeben. Sie, mit ihrer damenhaften, prüden Art, wollte der gewöhnlichen, vulgären Lust nicht nachgeben.

Aber er wollte, dass sie ihr nachgab. Er wollte ihre Maske Stück für Stück bröckeln sehen.

Die bloße Vorstellung raubte ihm den Atem. Acht Jahre platonischer Freundschaft, in denen er sich freundlich verhielt, aber innerhalb fest gesteckter Grenzen bewegte, in denen er nicht daran zu denken wagte, wie es werden würde, wenn sie endlich zusammenkamen …

Ein leichter Duft stieg von ihrer Haut auf, süß, golden und köstlich. Lavendelhonig, ganz bestimmt. Ihre Seife wurde nicht nur aus destilliertem Lavendelextrakt hergestellt, sondern auch mit dem Lavendelhonig aus ihren Feldern.

Er atmete ein. Es war nur natürlich, dass er als Nächstes seinen Kopf neigte und sie auf die nackte Schulter küsste.

HITZE ZÜNGELTE IN TAUSEND FLÄMMCHEN von ihrer Schulter bis in ihre Fingerspitzen. Die Intensität ihrer Empfindungen erstaunte Millie. Hatte er ihren Nervenenden permanenten Schaden zugefügt? Würde sie am nächsten Morgen ohne jedes Gefühl in ihren Gliedmaßen aufwachen?

Aber nein, er küsste sie noch einmal im Nacken, und das flüssige Feuer verbrannte sie von Neuem.

Sie spürte undeutlich, wie er weitere juwelengeschmückte Haarnadeln entfernte. Sie fielen geräuschlos auf den Teppich. Ebenso undeutlich verspürte sie den Impuls, ihn darum zu bitten, das nicht zu tun. Sonst musste sie morgen früh daran denken, sie aufzusammeln, ehe Bridget mit dem Kakao kam.

Es wäre zu peinlich, wenn Bridget wüsste, was in der Nacht geschehen war, ganz besonders, wenn er doch in sechs Monaten dasselbe mit Mrs Englewood tun würde, ihren Arm berühren, ihre Schulter küssen, ihr dunkles, schimmerndes Haar aus der Frisur lösen.

Nur wäre er dann vermutlich leidenschaftlicher und ungeduldiger, angetrieben von einem Verlangen, das seit einem Jahrzehnt in ihm brannte. Er wäre nicht so höflich rücksichtsvoll, es gäbe keine dieser vorsichtigen Berührungen, die sie völlig aufrieben, ihn aber kalt zu lassen schienen.

Sie war dankbar für die Dunkelheit. Ihm entging vermutlich nicht, dass sie erschauerte, aber zumindest konnte er nicht sehen, wie sich ihre Lippen öffneten oder ihre Lider senkten – ungewollte Reaktionen, die sie nicht ganz kontrollieren konnte, die verraten würden, wie vorgetäuscht ihre freundliche Gleichgültigkeit eigentlich war.

Er küsste sie aufs Ohr, sie spürte einen Hauch Feuchtigkeit. Der Stromstoß, der sie bei der Berührung durchzuckte, raubte ihr den Atem, ein gewaltiger Blitzschlag des Verlangens. Seine Finger liebkosten ihre Schultern. Er presste seine Lippen auf ihren entblößten Nacken. Dunkle, heiße Gefühle stiegen in ihr auf.

Sie biss die Zähne aufeinander. *Gib keinen Laut von dir. Gib auf gar keinen Fall auch nur einen Laut von dir.* Wenn sie so still wie die Nacht blieb, würde er nie erfahren, was sie empfand. Nie.

Die Knöpfe in ihrem Rücken öffneten sich, wie harmlose Dorfbewohner vor einer Horde Mongolen zurückwichen. Die kleinen Flügelärmel an ihren Schultern hingen plötzlich schlaff herab. Er schob sie nach unten, seine Hände ruhten in ihren Armbeugen.

Der Rock eines Ballkleides war eine Rüstung aus Rüschen und Falten. Der Unterbau war so stabil, dass er, selbst nachdem das Mieder längst wie ein gefallener Soldat darniederlag, noch immer von allein aufrecht stand und unerschütterlich ihre Tugend mit einem Festungswall aus Seide und einem Burggraben aus Chiffon verteidigte.

Er hob sie einfach hoch, und – Grundgütiger – *trat* er wirklich ihr prunkvolles, teures Ballkleid einfach aus dem Weg?

Er drehte sie um, damit sie mit dem Gesicht zu ihm stand. „Jetzt sollte es einfacher werden", sagte er.

Sie erschauderte. Für ihn war es in der Tat einfach. Das Leibchen, das sie zum Schutz des Kleides über dem Korsett trug, löste sich in Wohlgefallen auf. Ihre Strümpfe schmolzen dahin. Er fuhr mit den Händen über das Korsett, und die stählernen Vorderschließen klappten auseinander, als hätte er „Sesam öffne dich!" gesagt.

„Halt", verlangte sie, als er den ersten Knopf ihres Unterkleides öffnete. „Das würde ich gerne anbehalten."

Nicht nur aus Sittsamkeit, sondern um den Anschein wahren zu können. Es war schwer, sich nicht auch emotional die Blöße zu geben, wenn man nackt war. Ihre erhitzte Haut, ihr rasendes Herz und Gott weiß was noch für Reaktionen er in ihr hervorrufen würde. Am besten behielt sie eine schützende Schicht zwischen ihm und sich, ganz gleich wie dünn.

Er hielt inne, als müsste er darüber nachdenken. „Gewiss."

Sie war sprachlos. Vor Erleichterung, natürlich. Aber ein wenig war sie auch enttäuscht, dass er sie nicht einmal nackt haben wollte.

„Du kannst dein Unterkleid anbehalten", fuhr er fort. „Im Gegenzug werde ich das Licht anmachen."

„Nein! Kein Licht." Auf keinen Fall Licht.

Er öffnete einen weiteren Knopf an ihrem Unterkleid. Sein Daumen fuhr ihren Ausschnitt hinab, wobei die Knöchel seiner Hand die Innenseite einer Brust berührten und der Siegelring ihrer Brustwarze gefährlich nah kam.

Er hauchte ihr einen Kuss auf den Kiefer, dicht unter dem Ohr. Dann biss er ihr ins Ohrläppchen, der Druck seiner Zähne versengte sie. Sie presste die Lippen aufeinander und unterdrückte nur mit Mühe ein Keuchen.

Er küsste sie auf die Wangen, ihr Kinn und die Mundwinkel. Sie konnte kaum noch atmen, aber mit jedem mühevollen Atemzug nahm sie seinen Duft – von freien Feldern und dem weiten Himmel – in sich auf. Er öffnete die restlichen Knöpfe ihres Unterkleides und fuhr mit der Hand über ihren Körper. Lieber Gott, er tauchte mit der Fingerspitze in ihren Bauchnabel – sie war so gut wie nackt.

Zehn Sekunden später, als auch das Unterkleid zu ihren Füßen lag, *war* sie nackt. Nur die Dunkelheit trennte sie noch. Ein Augenblick der Stille legte sich über sie, keiner von beiden rührte sich – oder atmete, wie es schien.

Dann glitt seine Handfläche über ihre Brustwarze.

Gib keinen Laut von dir. Gib auf gar keinen Fall auch nur einen Laut von dir.

Ihre Beherrschung zerbröckelte. Ein Wimmern unsagbarer Begierde drang durch ihre fest zusammengepressten Zähne.

Tief in ihrem Innern zerbrach der Damm, den sie so unermüdlich errichtet hatte. Das über Jahre angestaute Verlangen durchflutete sie. Plötzlich kümmerte es sie nicht mehr, dass sie still und nachgiebig sein sollte.

Sie wollte ihn. Sie begehrte ihn.

Sie packte ihn am Revers und zerrte ihn zu sich.

Aber er küsste sie, bevor sie ihn küssen konnte – hart, so wie er sie während seiner Halluzination vor so langer Zeit geküsst hatte, als er sie für seine Isabelle gehalten hatte. Sie keuchte vor Lust und Befriedigung. Sie wollte diese ungestüme Leidenschaft.

Er legte seine Hände um ihren Kopf und hielt sie gegen den Ansturm seiner Lippen und Zunge fest. Sie erschauerte. Genauso wollte sie gehalten werden. Und der Kuss, Gott, wild, ohne Raffinesse, voller rauen, kaum gezügelten Verlangens.

Erst als sie das Klackern der Knöpfe hörte, die durch den Raum flogen, wusste sie, dass sie ihm die Weste vom Leib riss, alles, was zwischen ihnen lag. Er unterbrach den Kuss, um ihr zu helfen. Sie schlug seine Hand weg: *Sie* würde es tun.

Er schob sie beide zum Bett.

Sein heiserer Atem erregte sie. Seine unbeherrschten Hände erregten sie. Und seine Erektion, die sich beharrlich gegen ihren Schenkel drückte ... *oh, ja.* Sie hatte gedacht, sie würde sich davor fürchten. Oder wäre zumindest misstrauisch. Aber sie genoss ihre Ausmaße, die steife Härte. So sollte es sein. So sehr hatte er sie zu wollen. Er sollte anschwellen und sich bis zu den Grenzen des Erträglichen vergrößern.

Sie schob seine Hosenträger herunter und zog ihm das Hemd über den Kopf. Und dann griff sie nach seiner Hose.

„Mein Gott, Millie."

Ja, jeder Äußerung ihres Namens sollte die vergebliche Anrufung des Herrn vorangehen.

Er schlug ihre Hände nicht weg, sondern half ihr, den Verschluss zu öffnen und die Hose und Unterwäsche auszuziehen. Sie legte sofort eine Hand um sein Glied. Es pulsierte unter ihrem Griff. Er atmete scharf ein.

„Nimm mich", befahl sie ungeduldig, gebieterisch.

Er legte seine Hand zwischen ihre Beine. Sie war ganz feucht, bereit.

„Nimm mich jetzt."

„Sei still, Millie."

„Aber ich will ..."

Er brachte sie mit einem rauen Kuss zum Schweigen. „Sei still oder ich lass dich noch länger warten."

Sie schwieg.

Er streichelte und neckte sie. Zupfte an ihr. Jede Berührung war ein unerträglicher Genuss. Sie wollte mehr. Sie wollte ihn. Sie wollte, dass diese Leere in ihrem Inneren gefüllt wurde.

Sie küsste alles von ihm, was sie erreichen konnte. Sie biss ihm in die Schulter und den Hals. Sie fuhr mit den Händen über seinen Rücken und packte seine festen Pobacken.

Er revanchierte sich, indem er mit der Zunge über ihre Brustwarze fuhr. Sie stöhnte, ein langes, leidenschaftliches Eingeständnis des Vergnügens. Er rollte ihre Brustwarze mit seiner Zunge, fuhr mit den Zähnen darüber und sog sie tief in seinen Mund. Ihre leidenschaftlichen Schreie erfüllten das Zimmer.

Seine Finger, die, seit er sie zwischen ihre Beine geschoben hatte, keinen Augenblick still gewesen waren, wählten diesen Augenblick, um einen wunderbar empfindlichen Punkt zu berühren. Ihr stockte der Atem in der Kehle. Er berührte den Punkt noch einmal, und ihr Körper bog sich ihm lustvoll entgegen.

Im selben Augenblick legte er sich zwischen ihre Knie und drang in sie.

Es war das unglaublichste Gefühl, als ob ihr Wesen berste, sich weitete und vertiefte. Aber er war so frustrierend *langsam*, als kämpfe er sich gegen eine gegnerische Armee vor. Immerhin klang er so ungeduldig, wie sie sich fühlte, sein Atem stockte mit jeder kleinen Vorwärtsbewegung.

Der Stoß kam ganz plötzlich. Im einen Moment hatte er sie gerade erst berührt, im nächsten war er schon tief in ihr, und sie beide waren miteinander vereint. Er keuchte. Sie keuchte auch.

Es tat weh, aber sie hieß den Schmerz willkommen – auf Nimmerwiedersehen, Jungfräulichkeit. Und der Schmerz war nichts im Vergleich zu dem Gefühl, wie *richtig* es war. Das war es, was sie tun sollten, täglich, stündlich.

Sie hob ihre Hüften, sie wollte mehr. Er hielt sie mit seiner Hand auf ihrem Bauch zurück. „Tut es dir nicht weh?"

„Nicht genug, um aufzuhören", antwortete sie wahrheitsgetreu. „Nicht mal genug, um noch länger zu warten."

Dennoch zog er sich zurück. Gerade als sie sich darüber beschweren wollte, stieß er wieder in sie.

Wie beschrieb man einem Blinden den Sonnenaufgang? Oder einem Gehörlosen das Prasseln von Regen? Wie konnten Worte nur je angemessen den Genuss des Liebesspiels beschreiben? Jeder Stoß brachte eine Welle sinnlichster Empfindungen. Jedes Eindringen presste sie zusammen und weitete sie zugleich.

„Hör nicht auf. Hör nicht auf."

Sie wusste nicht, ob sie es ihm befahl oder von ihm erflehte. Aber er durfte nicht aufhören, nicht jetzt, wo die Lust so neu und heftig war und sie so ausgehungert.

Sechs Monate.

Plötzlich zuckte sie, ihr Rücken bog sich, sie erbebte am ganzen Körper, und ihr Herz brach.

SIE HATTEN GERADE ERST BEGONNEN, und doch war er schon kurz davor zu kommen.

Hör nicht auf, flehte sie.

Alles an ihr war reine Dekadenz. Eng, geschmeidig, hungrig – ein Überfluss an Empfindungen. Ihre Haut war zu weich. Ihre Beine, die sich um ihn klammerten, zu glatt. Ihr Mund, den er immer wieder küssen musste, zu köstlich.

Hör nicht auf, flehte sie noch einmal.

Zügelloses Verlangen drohte, über ihn hereinzubrechen. Er hielt sich zurück. Langsam. Langsamer. Doch obwohl er sein Tempo mäßigte, drang er immer wieder ganz tief in sie.

Er kam wieder seinem Höhepunkt näher und konnte nicht mehr zurück. Er wusste nicht, ob er sich diesmal noch beherrschen konnte. Er war beinahe völlig überwältigt.

Sie schrie mit bebender Stimme.

Er verlor jegliche Kontrolle, und sein Höhepunkt war heiß, brutal und endlos.

MILLIE BERÜHRTE DAS HAAR IHRES EHEMANNES – zum ersten Mal nach all den Jahren. Es war dicht, wellte sich leicht und war an den Wurzeln ein wenig feucht. Sein Herz schlug schnell und hart gegen ihres. Sein Atem ging wie ihr eigener stoßweise.

So ... machte man also Babys.

Kein Wunder, dass die Bevölkerung immer weiter anwuchs.

Ihre Finger setzten ihre Erkundungsreise fort zu seinem Ohr, seinen Augenbrauen, seinem Nasenrücken. Er liebkoste ihre Schulter, ihren Hals, ihre Wange – und nahm dann erneut ihren Mund.

Der Kuss war langsam, fast träge. Er hatte sich nicht aus ihr zurückgezogen, und jetzt wurde er in ihr wieder hart.

Ja, dachte sie, *mehr. So viel wie möglich.*

Er fand zahlreiche Ecken und Winkel ihres Körpers, die sich nach Aufmerksamkeit verzehrten, die er nur kurz berühren musste, um ihre Empfindlichkeit zu offenbaren. Er schwelgte in jeder Berührung, genoss sie ohne Eile.

Aber das war ein Liebesspiel für Leute, die Jahre – Jahrzehnte – vor sich hatten. Sie hatten diesen Luxus nicht. Jede langsame Berührung seiner Hand erinnerte sie an eine tickende Uhr. Jeder Kuss machte ihr nur umso klarer, dass sich alles zum Ende neigte.

Sie wollte sich nicht daran erinnern, sie wollte nur vergessen.

Sie biss in seine Schulter. Sie berührte ihn auf unanständigste Weise. Sie wand sich unter ihm, heidnisch und schamlos, trieb ihn – und sich selbst – in eine neue Ekstase, zu einem schwindelerregenden Gipfel zügelloser Wonne.

Und schließlich – endlich – kam der nächste alles auslöschende Rausch.

KAPITEL 15

Ihr Bewusstsein kehrte mit Macht zurück. Millie riss die Augen auf. Das Zimmer war noch immer dunkel, aber der Morgen war eindeutig angebrochen.

Sie musste sich beeilen. Die Amethysthaarnadeln mussten vom Boden aufgesammelt werden, ganz zu schweigen von den Knöpfen, die sie von seiner Kleidung gerissen hatte. Und natürlich musste sie irgendwie das Bettzeug wieder in Ordnung bringen. Ein Kind zu zeugen war eine ziemlich unordentliche Angelegenheit.

„Guten Morgen."

Sie warf einen erschrockenen Blick zum Fußende des Bettes, wo Fitz in seiner Reitkleidung und herrlich anzusehen im Dämmerlicht stand.

„Morgen." Sie zog die Decke höher und dankte Gott, dass er nicht sehen konnte, wie sie rot anlief. „Wie spät ist es?"

Sie hatte ihrer Zofe aufgetragen, sie um acht zu wecken – eineinhalb Stunden später als sonst. Fitz ritt üblicherweise aus, während sie ihren Kakao im Bett trank. Aber da sie lange auf gewesen waren und die gestrige Nacht mit anstrengender Betätigung gefüllt gewesen war – ihr wurde wieder heiß im Gesicht –, war es vermutlich schon halb acht und nicht erst halb sieben.

„Halb zehn."

Sie setzte sich abrupt auf und hätte beinahe vergessen, die Decke festzuhalten. „Was? Aber Bridget sollte mich um acht wecken."

„Sie war um acht hier. Aber du hast noch fest geschlafen, da habe ich sie wieder weggeschickt."

Sie blinzelte. „Du warst um acht noch *hier*?"

„Ja, auch ich hatte noch geschlafen."

„Bridget hat uns *zusammen* gesehen?"

Er klopfte mit der Reitgerte gegen das hohe Fußende des Bettes und erklärte in spöttisch geduldigem Tonfall: „Es ist heutzutage durchaus verzeihlich, im Bett des Ehepartners gesehen zu werden, weißt du. Ich bin mir sicher, dass Bridget die innere Stärke aufbringen kann, es zu akzeptieren."

Ihr wurde nur noch wärmer, und sie war vor Verlegenheit ganz durcheinander und kam sich albern vor.

Wenigstens musste sie jetzt die Haarnadeln und Knöpfe nicht mehr vor Bridget verstecken, da sie bereits gesehen hatte, wohin das Nadelwerfen und Knöpfeabreißen geführt hatte.

„Nun", sagte sie – und wusste nicht, wie sie den Satz fortsetzen sollte.

Einen Knoten hatte sie also auch in der Zunge.

Fitz neigte den Kopf. „Geht es dir gut?"

Würde es ihm gut gehen, wenn er wüsste, dass er nur sechs Monate mit Mrs Englewood hatte?

Und was hatte sie zu ihrer Verteidigung zu sagen, nachdem sie sich wie ein hungriges Wolfsrudel auf ihn gestürzt hatte?

„Ich …" Sie senkte den Kopf und sah, wie ihr das Haar über ihre Schulter fiel. Was für ein eigenartiger Anblick. Sie trug ihr Haar nie offen, außer wenn es nach dem Bad trocknen musste. „Du hattest vor all den Jahren recht, als du meintest, ich wäre neugierig auf den Akt selbst. Ich schätze, es war lange überfällig, dass ich mich darin versuche."

„Wund?"

„Geringfügig. Du?"

Sie erkannte die Dummheit des letzten Wortes, als sie es aussprach, aber es war zu spät.

Er versuchte, nicht zu lächeln, doch es gelang ihm nicht so recht. „Nicht im Geringsten. Mir geht es ausgezeichnet."

Das Lächeln, das seine Lippen umspielte, das spöttische Funkeln in seinem Blick … sie hatte immer gewollt, dass er sie so ansah. Sie wusste nicht, ob das Ziehen in ihrer Brust ein Vorbote ihres kommenden Verlustes war oder eine Erweiterung ihrer Hoffnung, die durch die Mauern brach.

Sie räusperte sich. „Ich habe nur gefragt, weil du offensichtlich noch nicht ausgeritten bist."

„Ich habe darauf gewartet, dass du aufwachst. Es erschien mir nicht richtig, irgendwohin zu gehen, solange ich nicht mit dir gesprochen hatte."

Er umrundete den Bettpfosten und kam zu ihr. Sie zog die Decke bis zur Nase hoch. Er zog sie wieder herunter, aber nur so weit, dass er ihr Kinn zwischen seine Finger nehmen und ihren Kopf drehen konnte.

„Du solltest heute besser etwas mit einem hohen Kragen tragen", sagte er.

Sie verstand ihn nicht, bis sie wieder allein war und vor ihrem Frisiertisch saß. Sie untersuchte ihr Spiegelbild nach äußeren Veränderungen, etwas, das Passanten dazu bringen würde, anzuhalten und einander zuzuflüstern: *Sieh mal, da kommt eine Frau direkt aus dem Bett ihres Geliebten.*

Und dann sah sie den Fleck an ihrem Hals.

Sieh mal, da geht eine Frau, die gerade Sex hatte.

FÜR VIELE FRISCHVERHEIRATETE WAR DAS erste Abendessen, das sie veranstalteten, ein Desaster. Aber Venetia verfügte über Erfahrung in der Führung eines Haushaltes, und der Duke und die Duchess of Lexington hatten zu einem kleinen, intimen Abendessen mit der Familie und ausgewählten Freunden geladen, welches reibungslos verlief.

Venetia und ihr Mann hatten Helena eingeladen, ab heute bei ihnen zu wohnen. Helena hatte angenommen, während ihr Verstand bereits damit beschäftigt war, Wege zu finden, wie sie diesen Umzug für sich nutzen konnte.

„Sie führen doch etwas im Schilde", sagte Hastings.

Der Mann durchschaute sie allmählich viel zu leicht, als wäre sie eine Leselernfibel für Kinder. Sie sah sehnsüchtig zu den anderen im Salon in der Hoffnung, einer von ihnen würde herüberkommen. Aber wie es immer der Fall war, hielten sich alle fern, sobald Hastings sie für sich beanspruchte.

„Ich gebe Ihnen keine Ratschläge darüber, wie Sie Ihr Leben zu führen haben, Hastings. Sie sollten mir dieselbe Ehre erweisen."

„Das würde ich. Aber wenn ich einen Skandal heraufbeschwören würde, müssten Sie mich nicht heiraten. Bei Ihnen hingegen käme ich nicht so glimpflich davon. Ich bin quasi Teil der Familie, sodass die Leute mich ansehen und sich fragen werden, warum ich nichts unternommen habe, um es zu verhindern." Er machte eine dramatische Pause. „Aber ich würde Sie lieber nicht heiraten."

„Oh, tatsächlich?"

„Ich bin ein altmodischer Mann, Miss Fitzhugh. Die kleine Frau sollte, nun ja, zunächst einmal klein sein. Sie sollte mir in allem, was ich sage, zustimmen. Und sie sollte mich mit einem Leuchten in den Augen ansehen."

„Und doch würden Sie Ihre erfundene Braut zum Frühstück verspeisen."

Er betrachtete sie von oben bis unten. „Darum bleiben ihre Hände auch gefesselt", sagte er langsam. „Und ihre Person erfunden."

Sie atmete zu flach. „Dann heiraten Sie mich nicht. Ich werde Ihnen keine Träne nachweinen."

„Aber ich werde es, wenn es soweit kommt. Mir wird keine Wahl bleiben, also bringen Sie die Sache nicht zu ihrem unvermeidlichen Ende. Ich flehe Sie an, Miss Fitzhugh, Sie sind die Einzige, die unsere Eheschließung verhindern kann."

Damit erhob er sich, um die Herzoginwitwe am anderen Ende des Raumes zu behelligen.

FITZ HATTE SEINE FRAU NOCH nie für schön gehalten – hübsch, ja, manchmal auch reizend. Wie blind er doch gewesen war, wie ein Gärtnerlehrling, der nur das protzige Spektakel der Rosen und Dahlien bewunderte.

Das Leuchten, das von ihrer glatten, zarten Haut ausging, wie sie ihren Kopf auf dem schlanken, eleganten Hals hielt. Die Höflichkeit und das Interesse in ihren Augen, während sie ihrer Nachbarin lauschte.

Er konnte nicht wegsehen.

Sie war keine prächtige Blüte, die nur ein paar Tage schön aussah – oder allerhöchstens eine Woche lang. Sie war eher wie der Haselnussstrauch, den Alice so geliebt hatte. Im Sommer fand man unter dem grünen Dach Schatten und Frieden, im Winter waren die blattlosen Zweige noch immer wohlgeformt und beständig. Eine Frau für alle Jahreszeiten.

Ihre Blicke trafen sich. Sie errötete und schaute weg, der personifizierte Anstand, obwohl sie doch in der Dunkelheit so völlig anders gewesen war, lauter unzüchtige Berührungen, heiße Küsse und verzücktes Stöhnen.

Ihr Ohr, das unter ihrem hochgesteckten Haar hervorlugte, war zart und köstlich. Ihr Profil war so erlesen wie das auf einer elfenbeinernen Kamee. Und waren ihre Wimpern schon immer so dramatisch lang und gebogen gewesen?

Als der Abend zu Ende war, fuhren Fitz und Millie allein nach Hause, da Helena im Stadthaus der Lexingtons zurückblieb.

In der Kutsche schwiegen sie beide. Er wusste nicht, was er davon halten sollte, dass es ihm plötzlich so schwer fiel, ein Wort an sie zu richten. Er schämte sich ganz sicher nicht – er würde sich in diesem Augenblick die Kleider vom Leibe reißen, wenn seine Nacktheit in einer fahrenden Kutsche mit offenen Fenstern sie nicht erschrecken würde. Aber doch war es eine Form von Scham, eine Scham des Geistes, vielleicht. Er hatte sich noch nicht an die Wirklichkeit ihrer Ehe gewöhnt, daran, mit einer Frau nach Hause zu fahren, für die er solche Hochachtung empfand – und mit ihr zu schlafen.

Ihre Zofe brauchte eine Ewigkeit, um sie bettfertig zu machen – die Königin hatte nicht so viel Zeit vor ihrer Krönung benötigt. Sobald sie gegangen war, öffnete Fitz die Verbindungstür.

Millie saß in ihrem Morgenrock am Frisiertisch und drehte die Haarbürste zwischen den Händen. Als er das Zimmer betrat, blickte sie ihn im Spiegel an und beobachtete ihn, wie er näher kam.

Konnte sie den Hunger in seinen Augen sehen? Den ganzen Tag über hatte er nur an das hemmungslose Geschöpf denken können, zu dem sie wurde, wenn sie all ihrer Kleider beraubt war.

Er hob das Ende ihres geflochtenen Zopfes und löste das Band, das die Strähnen zusammenhielt. Wie klein diese Dinge waren: die Bänder, Ösen und Verschlüsse, durch die Ordnung und Anstand gewahrt wurden. Ohne das Band löste sich der Zopf fast wie von selbst.

Ungebunden war ihr Haar noch immer ordentlich – es fiel wie ein Wasserfall gerade ihren Rücken hinunter –, aber es war bei Weitem nicht dieses einfache, helle Braun, das er immer gesehen hatte. Stattdessen war es voller Nuancen und Abstufungen, enthielt Strähnen in Gold, Bronze und sogar Kupferrot.

„Machst du das Licht aus?" murmelte sie.

„Irgendwann."

Jetzt wollte er sie sehen, ihr Haar, ihre Haut, ihr schönes, faszinierendes Gesicht.

Er teilte ihr Haar im Nacken, fuhr über jeden einzelnen Rückenwirbel und beobachtete ihr Spiegelbild. Vor fünf Jahren, vielleicht sogar vor drei, hätte er noch geglaubt, dass sie gar nicht reagierte, aber jetzt verstand er die Sprache ihres Mienenspiels sehr viel besser. Er sah das winzige Flattern ihrer Augenlider. Er erkannte auch, dass sie sich auf die Innenseite ihrer Lippe biss, denn ihre Unterlippe zog sich ganz leicht nach innen.

Er löste den Gürtel ihres Morgenrocks. Ihre Finger umklammerten die Haarbürste fester. Er zog sie aus dem Sessel hoch und schob ihr den Morgenrock von den Schultern.

Er hatte den Nachthemden von Frauen noch nie viel Beachtung geschenkt und wusste nur, dass sie so geschnitten waren, dass eine Frau in ihnen doppelt so breit aussah. Ihr Nachthemd bildete keine Ausnahme. Höchste Schneiderkunst musste aufgewandt worden sein, um es mit so vielen Falten auszustatten und so bauschig werden zu lassen.

Er raffte den Rock ihres Nachthemdes mit beiden Händen. Ihre Lippen teilten sich, als wollte sie protestieren. Aber sie sagte nichts, sondern atmete nur aus.

„Arme hoch."

Sie gehorchte. Er zog ihr das Nachthemd über den Kopf und warf es beiseite. Einen Augenblick schien es so, als wollte sie sich verstecken, sich zusammenkauern. Aber all die Jahre, die sie mit Büchern auf dem Kopf umhergelaufen war, hielten sie davon ab, irgendetwas zu tun, wodurch sie ihre Haltung ruinieren würde. Sie stand sehr gerade da, die Brüste hoch und fest, die aufgerichteten Spitzen rosa, die Hüften rund.

„Bitte, mach das Licht aus."

Er betrachtete sie noch ein paar Augenblicke, vorwiegend ihr Gesicht, den stockenden Atem, die Zunge, mit der sie sich über die Lippen fuhr – das Wechselspiel von Befangenheit und Hingabe.

Dann löschte er das Licht, fand sie in der Dunkelheit und küsste sie.

IN IHRER DRITTEN NACHT MACHTE er das Licht nicht aus, als sie nackt vor ihm stand. Stattdessen legte er sie auf das Bett, spreizte ihre Beine ein wenig, berührte sie an jener verborgenen Stelle und schaute ihr dabei ins Gesicht.

Es hätte sie beschämen müssen, dass sie so intensiv beobachtet wurde, während sie völlig entblößt war – und ihm und seiner Gnade ausgeliefert. Aber es steigerte nur ihre Lust.

Er löschte das Licht nicht, bevor er sie nicht zu einem bebenden Höhepunkt gebracht hatte. Dann liebte er sie auf eine Weise, als

194

wäre sie die erste Frau in seinem Leben, als wäre sie die einzige Frau auf der Welt.

KAPITEL 16

AM NÄCHSTEN NACHMITTAG SETZTEN FITZ und seine Frau sich zusammen, um einen Stapel Werbedrucke zu begutachten.

Seit dem Erfolg mit der Limonade hatte er stets Millie damit beauftragt, die Botschaften, die die Firma der Öffentlichkeit mitteilen wollte, visuell und verbal auszuformulieren und zu verbessern. Sie hatte sich als entscheidende Hilfe erwiesen. Er sorgte dafür, dass die Fabriken und die Lieferungen tadellos liefen, aber ohne ihr glückliches Händchen wäre Cresswell & Graves nicht einmal ansatzweise so erfolgreich.

Auch das heutige Treffen war reine Routine unter zwei Partnern, die Geschäftliches besprachen. Warum fühlte er sich also wieder so verlegen, als ob er noch nie mit einem Mädchen allein in einem Raum gewesen sei?

„Die sind für die Herbstkampagne für konserviertes Gemüse und Obst, richtig?", fragte sie.

„Das sind sie."

Sie zog ihren Stuhl näher an den Tisch und beugte sich über die Drucke. Nachdem auch ihr letzter Gast für diesen Nachmittag gegangen war, hatte sie ein taubenblaues Nachmittagskleid angezogen. Er hatte schon so einige Nachmittagskleider ausgezogen – die Stunde zwischen vier und fünf widmeten Damen oft ihren Geliebten. Ihr Kleid war nichts Besonderes, aus steif gewalktem Wollgewebe, ohne die verführerischen, schillernden Applikationen, die er an einigen seiner früheren Geliebten gesehen hatte. Und doch juckte es ihm in den Fingern, die Knöpfe zu öffnen und ihren schönen Körper zu entblößen. Er wusste jetzt, wie sie aussah, kannte jeden Zentimeter ihrer Haut. Und wenn er die Augen schloss, sah er, wie sie den Kopf zurückwarf, die Lider gesenkt, die Lippen leicht geöffnet, während er sie zum Höhepunkt brachte.

Er zwang seinen Blick von ihrem Gesicht weg und zu etwas Ungefährlichem hin, zu den Werbedrucken, die vor ihr lagen und die sie schon einmal durchgesprochen hatten.

Der erste, der im Karikaturenstil des *Punch*-Magazins gehalten war, zeigte eine Hausherrin mit Perlen und Federn, die ihre Töchtern anwies: „Wenn einer unserer Gäste unseren knackigen Spargel oder unsere schönen Erdbeeren lobt, verratet auf keinen Fall, dass wir sie Cresswell & Graves zu verdanken haben. Nein, sie sind an diesem Morgen frisch von unserem Anwesen auf dem Land angeliefert worden."

Der zweite, dessen Ziel weniger der Humor als ein Qualitätsversprechen war, zeigte eine Frau, die schlicht, aber respektabel, gekleidet war und sowohl zufrieden als auch erleichtert zu ihren Kindern blickte, die sich begeistert ein Birnenkompott schmecken ließen. Die Überschrift darüber lautete: *Lassen Sie in diesem Winter Cresswell & Graves ihr Obst- und Gemüsehändler sein. Wir bieten beste Qualität zu niedrigen Preisen.* Darunter stand: *Alle Früchte sind vakuumverpackt.*

„Was hältst du davon?", fragte er, während er die Kappe seines Füllfederhalters abschraubte.

Sie mochte es nicht, wenn ihr Sekretär bei diesen Besprechungen Notizen machte, da sie nicht wollte, dass ihre Beteiligung an diesen Besprechungen öffentlich bekannt wurde.

„Die Formulierungen sind bei beiden in Ordnung", sagte sie langsam. „Aber die Kleider der Damen stimmen nicht." Sie zeigte auf den ersten Druck. „Wir haben die Zeichnungen zuletzt im April gesehen, ehe man wusste, dass weite Ärmel in dieser Saison aus der Mode kommen würden. Sie müssen schmaler werden. Ich werde dem Künstler einen Modedruck mitschicken, damit er weiß, wie sie aussehen sollen, nur ganze kleine Puffärmel an den Schultern, keine so aufgeblähten Hammelkeulen."

Sie untersuchte den Druck genauer. „Und ihr Haar muss höher frisiert werden. Heutzutage ist kann eine Frisur gar nicht hoch genug sein."

Er notierte ihre Anweisungen. Seltsam, aber er hatte noch nie zuvor bemerkt, dass diese privaten Besprechungen mit ihr ihm das Liebste an seiner Beteiligung an Cresswell & Graves war. Er genoss es, ihr zuzuhören, wenn sie davon sprach, wie sie ihre Produkte wahrgenommen sehen wollte. Sie wurde leidenschaftlich – und äußerst raffiniert.

Sie widmeten sich einer farbigen Lithographie für ein Werbeposter für haltbar gemachte Sahne – frische Sahne war für einen großen Teil der Bevölkerung ein unbezahlbarer Luxus. Diese Werbung war direkt und zeigte eine einfache Kristallschüssel mit Erdbeeren, die förmlich in dicker Sahne ertranken.

Sommer ist sommerlicher mit Cresswell & Graves' haltbarer Sahne.

„Die Farbe ist endlich genau richtig", sagte er.

Zuerst war die Sahne so weiß wie Wandfarbe gewesen, danach sah sie fast schon wie Curry aus. Jetzt hatte sie das blasse Gelb von frischer, süßer Sahne.

Sie betrachtete das Poster mit kritischem Blick. „Ich schätze, ich verrenne mich besser nicht darein, sonst können wir es erst im nächsten Sommer verwenden."

Sie begutachteten mehrere andere Werbebilder – für Marmeladen und Gelees, Ochsenzungen und Curryhühner –, dann war es Zeit, Werbeideen für die neuen Schokoladentafeln zu besprechen, von denen einige auf einem Teller auf seinem Schreibtisch standen.

Er reichte ihr eine mit Orangencreme, ihre Lieblingssorte, und nahm sich eine mit Himbeerfüllung. Sie saßen eine Minute lang schweigend da, ganz vertieft in das Geschmackserlebnis.

„Wir könnten etwas in der Art machen", sagte er, die herbe Süße des Himbeertraums noch auf der Zunge. „Ein Mann und eine Frau, die sich eine Tafel Schokolade teilen."

Er bereute den Vorschlag sofort. Natürlich würde sie erraten, dass er sie einfach nur küssen wollte, während die Schokolade noch in ihrem Mund schmolz.

Sie zog die Augenbrauen zusammen. „Das könnten wir. Wir würden damit beginnen, dass der Herr der Dame ein Stück Schokolade anbietet."

Sie erhob sich und begann, auf und ab zu gehen. Das bedeutete, dass ihr eine fantastische Idee gekommen war – sie würde erst einige Minuten später bemerken, dass sie in ihrer Aufregung den Stuhl verlassen hatte. Seine wahren Absichten waren für den Augenblick vor Entdeckung sicher.

Sie hielt auf halbem Wege inne. „Der Herr sollte der Dame zu verschiedenen Anlässen Schokolade anbieten: beim Tee, bei einem

Picknick, auf einem Ausflug in einem Ruderboot – mit immer weniger Leuten, um sie herum, während ihre Bekanntschaft sich immer weiter vertieft.

Wir sollten durchblicken lassen, dass es ihre erste Begegnung ist, bei der er ihr Schokolade anbietet. Sie sollten beide ein wenig schüchtern sein, und die Schokolade bietet eine gute Ausrede, um ein oder zwei Worte zu wechseln. Beim Picknick kennen sie sich schon besser. Ihre Haltung ist nicht ganz so steif, sie neigen sich einander zu, ohne es zu bemerken. Im dritten Bild – in einem Ruderboot – kennen sie sich noch besser, aber sie waren noch nie so lange so dicht beieinander. Es ist gleichermaßen aufregend und mühsam, da sie einander viel lieber noch näher wären, sich aber zurückhalten müssen."

Er fragte sich, wie er sie je hatte für farblos und blutleer halten können, wenn sie doch sowohl schlagfertig als auch einfallsreich war. „Wir können die ersten drei Bilder zusammen veröffentlichen – zum Beispiel in derselben Zeitschrift, wo die drei Bilder jeweils von ein paar Seiten Text getrennt werden. Wir sollten mit dem dritten Bild verdeutlicht haben, dass wir eine Geschichte erzählen wollen, die Geschichte dieses Pärchens. Und dass wir sie in künftigen Reihen fortsetzen werden."

Ihre Augen strahlten. „Ja, du hast meine Gedanken erraten: Ich hatte vor, sie wie eine Fortsetzungsgeschichte zu erzählen. Aber deine Idee ist wunderbar, eine rasche Folge von Bildern würde viel schneller das Interesse wecken. Danach zeigen wir die Weiterentwicklung der Romanze in regelmäßigen, aber weiter auseinanderliegenden Intervallen. Und natürlich müssen unsere jungen Liebenden auf ihrem Weg zum Glück zahlreiche Herausforderungen überwinden. Aber auf dem Weg werden unsere Schokoladen ihnen helfen, ihre Zuneigung zu verstärken, ihren Herzschmerz zu lindern und schließlich ihr Glück zu genießen."

„Wir werden neue Varianten vorstellen, wenn unser Pärchen nach und nach Kinder bekommt", sagte Fitz. Er war unweigerlich von ihrer Begeisterung und ihren sprudelnden neuen Ideen mitgerissen. „Und wenn unsere Schokoladen erfolgreich bleiben, werden sie auch diese Kinder durch die Höhen und Tiefen ihrer Kindheit und Jugend begleiten."

„Ganz zu schweigen von jedem Jahrestag, den unser Pärchen feiert." Sie lächelte. „Schokolade macht solchen Spaß. Ich wünschte, es wäre nur halb so interessant, über Spargel nachzudenken."

„Die letzte Spargelwerbung war ziemlich einfallsreich, wenn du mich fragst."

Die Werbeplakate hatten in einer gutmütigen Parodie des schottischen Regiments, mit welchem Huntley & Palmers für ihre Kekse warb, einzelne Spargelstängel im Schottenrock gezeigt. Im ganzen Land amüsierten sich die Leute darüber, und die Verkaufszahlen für konservierten Spargel schossen in die Höhe.

„Du warst mir gegenüber schon immer ziemlich unkritisch", murmelte sie.

„Beim bloßen Gedanken an die dudelsackspielenden, bärenfelltragenden Spargel möchte ich laut loslachen."

Sie errötete und senkte den Kopf, eine Geste äußerster Bescheidenheit. Wenn er es nicht selbst erlebt hätte, hätte er sich nie vorstellen können, dass sie sich unter ihm wand, ihre Hand zwischen seinen Beinen. Aber er konnte an nichts anderes mehr denken, außer an ihre Hitze, ihre Hemmungslosigkeit, ihre Hingabe.

„Ich denke, wir haben für heute alles geschafft", sagte sie. „Du kannst die Ideen an Mr Gideon weitergeben, und ich werde mir mit Vergnügen die ersten Zeichnungen ansehen, sobald sie fertig sind."

Ohne eine Antwort abzuwarten, erhob sie sich. Er stand ebenfalls auf und brachte sie zur Tür.

Er hatte ihr die Tür öffnen wollen, aber stattdessen versperrte er sie. Ehe sie etwas sagen konnte, nahm er ihr Gesicht in die Hände und küsste sie, während er sie gegen die nächste Wand drückte.

All die Jahre. *All die Jahre.*

Ihr Mund schmeckte nach Schokolade. Ihre Zunge war eifrig und geschickt. Sie fasste unter seine Weste und zog sein Hemd aus seiner Hose. Er öffnete die Knöpfe an ihrem Mieder, schob alles weg, was ihm im Weg war, und bedeckte ihre Brustspitze mit seinem Mund.

Seine Hosen, ihr Rock, alle Hindernisse wurden einfach beiseitegeschoben. Er hob sie hoch und drang in sie ein. Die Geräusche, die sie machte, waren wild, schön, unwiderstehlich. Und ihr Gesicht, ihr herrliches Gesicht.

„Mach die Augen auf", befahl er.

Sie presste die Lider nur noch fester zusammen.

„Mach die Augen auf, oder ich höre auf."

Er hörte auf. Sie wimmerte protestierend. Ihre Augenlider flatterten und hoben sich – ein wenig. Sie sah nach unten.

„Sieh mich an."

Widerwillig tat sie es.

Und in der Tiefe ihres Blicks lagen all die Jahre – all die Jahre, die sie sich kannten, all die Pfade, die sie gegangen waren.

Langsam drang er wieder in sie. Alles spiegelte sich in ihrem Blick wider: Schüchternheit, Sehnsucht, Wellen der Wonne.

Der Genuss wurde leidenschaftlich, dann wild. Ihm fiel das Atmen schwer. Als sie von ihrem Höhepunkt überwältigt wurde, schloss sie die Augen. Und er tat es ihr nach, gab sich ganz dem Moment hin.

ABER SELBST ALS SIE IHRE Kleidung wieder hergerichtet hatten und halbwegs anständig aussahen, hatte er noch Schwierigkeiten, zu atmen – ein erdrückendes Gewicht hatte sich auf seine Brust gelegt.

Das hier diente nicht der Zeugung von Nachwuchs. Es war nicht einmal einfache Lust. Er suchte nach etwas – einem Echo seines eigenen Herzens, vielleicht, einem Gleichklang –, und er fand es in ihr.

Nein, nein, es war nur eine Illusion, ein Augenblick der Fantasie.

Es war auch ganz gleich, was er glaubte, gefunden zu haben, wie konnte er annehmen, es wäre *akzeptabel*, überhaupt bei seiner Frau danach zu suchen?

Er hatte sich selbst Isabelle versprochen.

Er öffnete Millie die Tür.

„Wirfst du mich raus, jetzt, wo du bekommen hast, was du wolltest?", fragte sie, ohne ihn anzusehen, aber mit einem kleinen Lächeln um die Mundwinkel.

Die hauchzarte Koketterie in ihrer Stimme sandte einen stechenden Schmerz durch seine Lungen. Sie schäkerte sonst nie. Er hatte ihr einen falschen Eindruck vermittelt.

„Ich trete nur beiseite, damit ich dir nicht mehr im Weg bin."

„Du warst mir nicht im Weg. In mir, vielleicht, aber nicht in meinem Weg."

Sie errötete und biss sich auf die Unterlippe, als wäre sie von ihrer eigenen Unverblümtheit erschrocken.

Er war nicht weniger erschrocken: Er hatte gedacht, sie könnte nur im Dunkeln lüstern sein. Er wollte sie so sehen, auf ihre schüchterne Art anzüglich. Er wollte ...

Er war einer anderen versprochen.

„Ich muss mit Gideon über die Änderungen sprechen, die wir an den Werbedrucken vornehmen wollen, bevor er für heute Feierabend macht."

„Ja, natürlich. Ich ziehe mich zurück."

Sie küsste ihn auf die Wange – was sie während ihrer ganzen Ehe noch nicht getan hatte – und verließ den Raum.

Er schloss leise die Tür, sperrte sich im Zimmer ein.

KÜMMERE DICH NICHT UM DAS, *was ein Mann sagt. Wichtig ist nur, was er tut,* hatte eine verärgerte Anstandsdame einmal in Millies Hörweite gesagt.

Wenn sie diesem ausgezeichneten Rat folgen würde, dann würde sie Fitz' festen Plan, in sechs Monaten zu Mrs Engelwood zu gehen, ignorieren und nur dem Beachtung schenken, was er tat.

Oberflächlich betrachtet schien das, was er tat, keine große Bedeutung zu haben: Er hatte ihr Liebesspiel von ihrem Schlafzimmer in sein Arbeitszimmer verlagert – und von der Nacht in den Tag. Aber Fitz war ein diskreter Mann, der Nuancen verstand und sich dementsprechend verhielt. Sich so gehen zu lassen, war zumindest ein Hinweis auf zügellose Lust.

Und sehr wahrscheinlich auf viel, viel mehr.

Sie wollte sich nicht von ihrer Hoffnung überwältigen lassen, aber sie platzte vor fast vor freudiger Erwartung. Sehr bald schon würde er erkennen, dass er nicht acht Jahre lang auf Mrs Englewood gewartet hatte, sondern auf Millie.

Da Helena nun von Venetia beaufsichtigt wurde, hatte Millie den Abend frei. Sie freute sich auf ein Abendessen zu Hause mit Fitz, ein Intermezzo, bevor ihre Leidenschaft neu entfacht wurde. Und heute Nacht würde sie ihn nicht darum bitten, das Licht auszumachen. Sie mochte das unverhüllte Verlangen in seinem Blick, wenn er ihren nackten Körper betrachtete. Er konnte sie so lange ansehen, wie er wollte.

Daheim könnte sie zum Abendessen ihr Nachmittagskleid tragen, aber es kam ihr ein wenig zu schamlos vor, dasselbe Kleid zu tragen, in dem er sie geliebt hatte, also zog sie ein hübsches ringelblumengelbes Abendkleid an. In seinem Zimmer war es still, aber sie machte sich keine Sorgen, denn sie hatte ihn zuvor in seinem Bad gehört. Vermutlich hatte er sich schon umgezogen und war wieder in seinem Arbeitszimmer.

Aber als sie ein paar Minuten zu spät den Salon betrat, war er nicht da.

„Ist Lord Fitzhugh noch in seinem Arbeitszimmer?"

„Nein, Madam", sagte Cobble, der Butler. „Lord Fitzhugh ist in den Club gegangen. Er hat gesagt, dass er zum Abendessen nicht zurück sein wird."

Sie blinzelte. Dass er am Abend ausging, war nicht so eigenartig. Er besuchte gerne seine Freunde im Club und aß dort gelegentlich zu Abend. Aber warum heute? Er hatte am Nachmittag nicht mal angedeutet, dass er irgendwohin gehen würde.

„Soll ich das Essen servieren?", fragte Cobble.

„Ja, natürlich."

Vor einer Minute noch war sie wie auf Wolken gegangen, jetzt saß sie in einem Kerker, und Schrauben bohrten sich in ihre Daumen. Sie zwang sich dazu, normal zu essen. Sie musste ruhig bleiben, es gab keinen Grund, sich aufzuregen. Es war gut möglich, dass sie überreagierte, sowohl in ihrer vorherigen Euphorie, als auch in ihrer derzeitigen Verzweiflung. Die Wahrheit lag vermutlich irgendwo in der Mitte: Ihr Liebesspiel in seinem Arbeitszimmer war vermutlich nicht so bedeutungsvoll, wie sie geglaubt hatte, und seine Abwesenheit an diesem Abend war es ebenso wenig.

Er würde heute Nacht zurückkehren. Und wieder zu ihr kommen.

ELF UHR. ZWÖLF UHR. EIN UHR.

Er vergnügte sich mit seinen Freunden. Sie freute sich. Nein, sie freute sich überhaupt nicht. Seine Freunde gingen nirgendwo hin. Sie würden noch seine Freunde sein, wenn er alt und grau war. Sie hatte weniger als sechs Monate, und er verbrachte seine Zeit woanders.

Sechs Monate, Grundgütiger, nicht schon wieder diese Worte. Nur wenige Stunden zuvor hatte sie gedacht, sie hätten ihr ganzes Leben Zeit.

Wie schnell Glück doch zu Nichts schrumpfte.

Viertel nach eins betrat er sein Zimmer. Er löschte das Licht um halb zwei und ging sofort ins Bett.

Sie sollte nicht zu gierig sein. Es war heute bereits einmal geschehen. Sie sollte nicht mehr erwarten.

Aber sie wollte mehr. Mehr von diesem glühenden Verlangen, mehr vom nackten Hunger in seinen Augen, mehr von dieser Verbindung, dieser Intimität, die so anders war als alles, was sie je erlebt hatte.

Sie waren gute Freunde, oder? Die besten Freunde. Sie sollte in sein Zimmer gehen und ihn nach dem Grund seiner Abwesenheit beim Abendessen – und in ihrem Bett – fragen dürfen.

Aber sie konnte es nicht, denn es war alles nur geheuchelt, ihre Freundschaft, zumindest von ihrer Seite, eine Verschleierung ihrer wahren Gefühle, ein schrecklicher Trost dafür, dass sie nicht seine einzige wahre Liebe war.

Ein Ding ohne Flügel.

KAPITEL 17

WIE KONNTE EINE FRAU NACH acht Jahren Ehe das Leben eines Mannes über Nacht auf den Kopf stellen?

Und warum war es nicht nur ein einfacher Fall von Lust, ein Bedürfnis, das mit jeder beliebigen Frau gestillt werden konnte?

Stattdessen fühlte Fitz sich, als wäre er in zwei Stücke gerissen worden, als läge seine andere Hälfte auf der anderen Seite der Tür. Aber er konnte diese Tür nicht öffnen, hindurchgehen und wieder eins werden. Er konnte nur auf das Ende der Nacht warten.

Am Morgen ritt er aus, nahm sich Zeit beim Bad und Umziehen. Sie hätte nicht mehr im Frühstückszimmer sein sollen, als er schließlich nach unten ging, aber sie war dort, saß an ihrem üblichen Platz, einen Stapel Briefe und eine Tasse noch immer heiß dampfenden Tees vor sich.

Vor langer, langer Zeit hatte er die Aussicht darauf, ihr an zehntausenden Tagen am Frühstückstisch gegenüber zu sitzen, gefürchtet. Heute konnte er sich nichts Schöneres vorstellen. Sie war wie sein täglich Brot, sein Wasser und Licht.

„Guten Morgen."

Sie sah ohne zu lächeln auf. „Guten Morgen."

Sie dachte, er hätte sie zurückgewiesen. Aber das stimmte nicht. Er war einen Schritt zurückgetreten, weil er sie nicht mit gutem Gewissen täuschen konnte – oder sich selbst.

„Mrs Engelwood hat dir geschrieben", sagte sie.

Das kam nicht unerwartet. Er nahm den Brief und öffnete ihn. „Sie ist wieder in der Stadt."

Ein paar Tage eher als geplant. Auch das kam nicht völlig unerwartet.

„Sie wird dich sehen wollen", sagte seine Frau.

„Das tut sie. Ich werde sie heute Nachmittag besuchen." Er nippte an seinem Kaffee. „Und was hast du für heute geplant?"

„Nicht viel. Ich werde heute Nachmittag Venetia besuchen."

Wie er Venetia beneidete. „Ich bin sicher, dass sie sich über deine Gesellschaft freut."

„Ich bin auch sicher, dass sich Mrs Englewood über deine freut." Sie erhob sich. „Guten Tag."

ISABELLES SALON WAR ERSTICKEND.

Das sollte nicht der Fall sein. Fitz hatte dafür sorgen lassen, dass das Haus gut durchgelüftet wurde. Und es hatte am Morgen geregnet. Der Himmel war klar, das Fenster stand offen, der weiße Sommervorhang aus leichtem Baumwollstoff wehte in der sanften Brise.

Und doch fühlte er sich, als hätte man ihn in einen Schrank gesperrt.

Sie sprach über ihre Schwester, ihre Nichte, ihre Kinder und gestikulierte lebhaft – als ob sie durch die Bewegung ihrer Arme die Luft in Bewegung versetzen und ihn vor dem Erstickungstod bewahren könnte. Als ob sie wusste, dass ihr Haus ihm die Luft aus den Lungen saugte.

„Nach allem, was du erzählst, hast du Aberdeen sehr genossen", sagte er. „Du hättest länger bleiben sollen."

Warum musstest du so früh zurückkommen?

„Ich habe dich vermisst."

Sie wartete einen Herzschlag lang darauf, dass er ihr dasselbe sagen würde. Als er es nicht tat, glaubte er einen kurzen Augenblick, sie würde ihn ganz unverblümt fragen, ob er ihre Gefühle teilte. Und was würde er dann sagen? Er konnte nicht lügen. Er hatte es versucht, aber am Ende hatte er nur an Millie gedacht.

Millie, seine Stütze, sein Trost, seine begehrenswerte Nachtgefährtin.

Seine ausbleibende Antwort war eine Lücke, ein fehlender Gast, ein unbesetzter Stuhl beim Abendessen, den jeder zu ignorieren versuchte.

Isabelle brach sich ein Stück vom Kuchen ab. „Also … was hast du gemacht, während ich weg war?"

Eine weniger unangenehme Frage, aber nicht viel. *Mit meiner Frau geschlafen. Aber das habe ich aufgegeben.*

„Ich hatte genug zu tun."

„Nun, erzähl mir mehr. Ich will wissen, wie du deine Tage in einer gewöhnlichen Woche verbringst."

Nur dass dies keine gewöhnliche Woche gewesen war.

„Es wird dich langweilen."

„Das wird es nicht."

„Nun, gestern habe ich mir ein paar Werbedrucke für Cresswell & Graves angesehen."

Von allen Dingen, die er hätte erwähnen können, musste er ausgerechnet diese spezielle Begebenheit nennen? Warum kam ihm immer wieder Millies Kuss auf seine Wange in den Sinn? Wie glücklich sie zu sein schien.

Isabelle sah ihn etwas überrascht an. „Du hast doch sicher Angestellte, die so etwas für dich tun können. Du musst dir doch nicht selbst die Hände schmutzig machen."

Er verstand ihre Reaktion. Es wurde nicht gern gesehen, wenn man sich aktiv am Geschäft beteiligte. Aber er konnte seinen Ärger nicht ganz unterdrücken. „Ich arbeite nicht gerade in den Fabriken."

„Aber Werbung ist", sie verzog das Gesicht, „vulgär."

„Sie steigert den Gewinn entscheidend."

„Gewinn ist auch vulgär. Ladeninhaber und Händler denken über Gewinne nach."

Er wusste, dass die Beschäftigung mit Geld und seiner Beschaffung die Seele verrohte. Das war der Grund, warum der niedere Landadel schon immer einen solchen Einfluss in diesem Staat ausübte. Schon sehr lange brachten sie das überzeugende Argument vor, dass die Herren, die ihre Gedanken nicht damit beschmutzen mussten, wo ihr nächster Heller herkam, besser für höhere Dinge geeignet waren, wie Gerechtigkeit und die Regierung.

Aber es fühlte sich nie vulgär an, wenn er Geschäftliches mit Millie besprach. Es schien ihm … komplex, als würde er an dem Innenleben einer feinen Uhr werkeln. Und ein nicht unbeträchtlicher Anteil ihres Gewinns ging an Schulen, Parks und Krankenhäuser. Er wäre ein viel reicherer Mann, wenn er nur sein eigenes Los verbessern wollte.

„Dann muss ich meine Vulgarität eingestehen."

Sie drehte ihr Gesicht aufgebracht zur einen, dann zur anderen Seite. „Sei nicht so."

„Ich kann nicht so tun, als genügte mir der Ertrag meiner Ländereien zum Unterhalt. Meine Häuser, meine Abendessen, das Hemd, das ich trage – alles, was ich habe, besitze ich dank konservierter Nahrungsmittel."

Sie sah aus, als hätte sie Schmerzen. „Müssen wir konservierte Nahrungsmittel ins Gespräch bringen? Das ist so *déclassé*.“

Er konnte ihr keinen Vorwurf daraus machen. Vor langer Zeit hatte er auch so gedacht. Der Adel verachtete diejenigen, die ihr Geld mit Handel und der Herstellung von Waren verdienten. Und Cresswell & Graves hatte noch nicht einmal ein besonders erhabenes oder luxuriöses Prestige. Er hatte als Schüler zu seinem Nachmittagstee oft Huhn aus der Dose gegessen, und Getränke in Flaschen waren unter den jungen Leuten recht beliebt, aber er konnte die Tatsache nicht leugnen, dass riesige Mengen konservierter Nahrungsmittel von denen konsumiert wurden, die sich nicht immer frisches Obst und Gemüse oder Fleisch leisten konnten, von den Armen und der arbeitenden Klasse.

Und somit waren sie *déclassé*.

„Ich leite für meine Frau ihre Firma“, sagte er. „Was meine eigene Entscheidung war. Und ich genieße es, samt Werbung.“

„Das ist so untypisch für dich.“ Ihr Blick flehte ihn an, seine Meinung zu ändern. „Ich kann mir nicht vorstellen, dass du in der Vergangenheit so etwas angefangen hättest. Das ist nichts für einen Gentleman.“

Vielleicht war es wirklich nichts für einen Gentleman, aber es war faszinierend, eine Herausforderung, die sich stets veränderte. Von der Beschaffung der Zutaten über den Herstellungsprozess bis zur Verteilung des Kapitals mussten einhundert verschiedene Variablen bedacht, eintausend Entscheidungen getroffen werden – von denen er viele seinen Stellvertretern übertrug, doch am Ende war er für jede verantwortlich.

„So sieht mein Leben jetzt aus.“

Ihr Stuhl kratzte über den Boden und wankte, als sie aufsprang. Der Schwung ihrer Bewegung trug sie bis ans Fenster, wo sie nichts anderes tun konnte, als stehen zu bleiben und sich umzudrehen. „Ich kann mir kein Leben mit jemandem vorstellen, der sich mit Sardinenbüchsen beschäftigt.“

Ein klügerer, opportunistischerer Mann hätte die Gelegenheit ergriffen, ihr viel Glück zu wünschen und Lebewohl zu sagen. Aber so ein Mann war er nicht. Ihr Gesichtsausdruck zeigte ihr ganzes, ungestümes Wesen, doch ein Teil davon war auch verheerende Angst. Wie konnte er sie in diesem Augenblick verlassen?

Er erhob sich, ging zum Fenster und legte ihr einen Arm um die Schultern.

„Was ist los, Isabelle? Du hast von den Konservendosen gewusst. Es geht hier doch nicht um Sardinen."

Sie drückte ihr Gesicht in seinen Ärmel, aber es war weniger eine Geste der Zuneigung als eine der Suche nach Trost. „Du hast dich verändert, Fitz."

„Es waren acht Jahre. Jeder ändert sich."

„Ich habe mich nicht verändert."

Die Erkenntnis flammte in ihm auf wie ein Streichholz. „Ich kann sehen, wie sehr du versucht hast, dieselbe zu bleiben. Aber nein, auch du hast dich verändert. Früher hast du nach neuen Horizonten gestrebt. Jetzt willst du nur noch in einem Denkmal an das leben, was hätte sein können."

Sie zuckte zusammen, als hätte er ihr einen unter Strom stehenden Draht in die Hand gedrückt.

„Ist es das, was ich tue?", fragte sie mehr an sich selbst gerichtet. „Denkst du, es ist falsch? Bist du deshalb nicht im Geringsten daran interessiert, dass die Dinge so werden, wie sie hätten sein können … hätten sein müssen?"

„Wir können die Zeit nicht zurückdrehen, Isabelle. Du kannst keine Vergangenheit erschaffen, die nie geschehen ist. Du – wie wir alle – musst vorwärts gehen."

Sie klammerte sich an sein Revers, ihre Stimme klang dumpf. „Die Zukunft versetzt mich in Angst und Schrecken. Die besten Jahre meines Lebens liegen hinter mir. Jetzt bin ich nur eine Witwe mit zwei Kindern, die nicht weiß, was sie mit sich anfangen soll."

Er hob ihr Gesicht mit einer Hand. „So darfst du nicht denken. Du hast dein Leben noch vor dir."

„Aber so denke ich. So denke ich schon seit einer Weile." Sie berührte seine Wange und ihre Hand war so kalt wie ihre Angst. „Lass mich nicht allein, Fitz. Lass mich nicht allein."

VENETIA STRAHLTE FÖRMLICH, DOCH WENN Millie in einen Spiegel gesehen hätte, hätte sie ein Gesicht erblickt, in dem das Licht – bis auf ein winziges Aufflackern dann und wann – erloschen war.

„Ich hatte gehofft, Fitz würde dich begleiten", sagte Venetia.

Millie nahm all ihre Kraft zusammen. „Er besucht heute Nachmittag Mrs Englewood."

„Sie ist schon zurück aus Schottland? Ich dachte, sie bliebe eine ganze Woche."

„Ich auch."

„Ich will ja nicht neugierig sein – nun, das ist nicht richtig, ich wäre so neugierig wie eine Katze, wenn ich könnte –, aber ich mache mir schreckliche Sorgen, dass Fitz im Moment nicht klar denkt."

Millie schenkte ihnen Tee ein, froh über den Grund, Venetias Blick nicht begegnen zu müssen. „Er hat sich entschieden, bei Mrs Englewood zu bleiben."

„Das tut mir leid. Ich halte Fitz eigentlich nicht für dumm, doch das ist in der Tat eine dumme Entscheidung."

Millie biss sich auf die Innenseite ihrer Wange. „Gibt es in der Liebe je so etwas wie eine weise Entscheidung?"

„Ja, da bin ich mir sicher. Ich weigere mich, daran zu glauben, dass jede glückliche Ehe unter der Sonne lediglich Glück und reiner Zufall ist. Irgendwann muss irgendjemand die verschiedenen Möglichkeiten abgewogen und eine gute Wahl getroffen haben, ob es nun die Entscheidung für einen Partners oder die Entscheidung für ein Verhalten in einer Ehe ist."

„Er liebt Mrs Englewood."

„Das hat er früher einmal geglaubt – doch jetzt nicht mehr. Er *hat* sie geliebt, vor vielen Jahren, als sie noch Kinder waren. Hätten sie damals geheiratet, würden sie vermutlich gut zueinander passen. Aber das haben sie nicht getan, und ihre Wege haben sich getrennt. Und ich bin mir nicht sicher, ob das, was er für Liebe hält, nicht einfach nur das Echo liebevoller Erinnerungen ist, eine Nostalgie, die sich als Blaupause für eine Zukunft ausgibt. Aber ihr beide habt eine so starke Zuneigung zueinander entwickelt, gemeinsame Interessen und gemeinsame Ziele. Ich kann nicht glauben, dass er das alles für etwas fast völlig Illusorisches wegwerfen wird."

Millie war überaus dankbar für Venetias Unterstützung, aber in solchen Angelegenheiten zählte die Meinung einer Schwester herzlich wenig, ganz gleich wie sehr man sie auch liebte. Sie hob ihren Kopf. „Wir waren immer nur Freunde. Freundschaft ist Liebe ohne Flügel, und wer würde sich schon für etwas entscheiden, was nicht fliegen kann?"

Da, sie hatte es gesagt. Sie hatte ihre Verbitterung und ihren Unmut in ihre Worte fließen lassen. Selbst ihre Haut hatte sich vermutlich zornesrot verfärbt.

Venetia starrte Millie an, ihr schönes Gesicht traurig, doch nicht weniger strahlend. „Nein, meine liebe Millie, da liegst du falsch. Liebe ohne Freundschaft ist wie ein Papierdrachen, sie fliegt nur, wenn die Winde günstig stehen. Freundschaft ist es, die der Liebe ihre Flügel verleiht."

FITZ FAND MILLIE IN IHREM WOHNZIMMER, wo sie lustlos in ihrem Abendessen herumstocherte.

Er ließ sich auf den Stuhl ihr gegenüber fallen, streckte die Beine von sich und legte den Kopf in den Nacken. Er sah an ihre Zimmerdecke, die mit – seine Augen weiteten sich – Heißluftballons und Luftschiffen bemalt war.

Er lächelte bei der Erinnerung – was für ein herrliches Abenteuer das gewesen war.

Sie sagte nichts. Es war eine angenehme Stille. Er hatte die Augen halb geschlossen. Ihr Besteck klirrte sanft gegen den Teller.

„Also, was ist los?", fragte sie ein paar Minuten später.

Er erkannte, dass er nur darauf gewartet hatte, dass sie diese Frage stellen würde, selbst wenn sie die letzte Person sein sollte, bei der er sein Herz ausschüttete – zumindest in dieser Angelegenheit. „Ich bin ratlos."

„Weswegen?"

Er seufzte. „Mrs Englewood."

„Ich höre."

„Sie hat es schwer gehabt – mit all diesen Umbrüchen in ihrem Leben. Jetzt sieht sie mich als Gegenmittel zu Veränderungen, eine bekannte, feststehende Instanz. Ich kann mir nicht helfen, aber ich fürchte, sie wird darin schrecklich enttäuscht werden. Ich bin nicht mehr so, wie ich mit neunzehn Jahren war, und werde es nie wieder sein."

„Ist es das, was sie will, den Jungen, den sie einst kannte?"

„Ich möchte, dass sie glücklich ist. Aber ich weiß nicht, wie ich ihr geben kann, was sie will. Schlimmer noch, ich weiß nicht, was sie wirklich braucht, ob es ein Gewächshaus ist, welches sie für den Rest ihres Lebens beschützt, oder einfach nur eine Hand, die ihr durch eine schwere Zeit hilft."

Sie hatte ihn verwöhnt, seine Millie. Er war jetzt an eine selbstständige Frau gewöhnt, nicht an eine, deren Glück von ihm abhing.

„Ich möchte das Richtige tun", sagte er. „Wenn ich nur wüsste, was das ist."

ALS SEINE GELIEBTE WOLLTE SIE von seinen Sorgen für eine andere Frau nichts hören. Aber als seine Freundin war sie alles andere als beleidigt, dass er mit diesen Sorgen zu ihr kam.

Im Gegenteil. Sie war froh darüber.

„Das wirst du", sagte sie. „Du machst auf dem Weg dahin vielleicht ein paar Fehler, aber ich kenne dich. Am Ende machst du immer das Richtige."

Er lächelte müde, erhob sich vom Stuhl und küsste sie auf die Stirn. „Was würde ich ohne dich tun?"

Sie sah ihm nach, als er das Zimmer verließ und die Tür sanft hinter sich schloss. Vielleicht gab Freundschaft der Liebe ihre Flügel, vielleicht nicht. Aber sie verstand jetzt, dass sie vorher unrecht gehabt hatte: An ihrer Freundschaft war nichts geheuchelt.

Sie war echt – und sie hatte ihre ganz eigenen Flügel.

KAPITEL 18

„ICH WERDE MIR ÜBERMORGEN EIN Haus auf dem Land ansehen. Kommst du mit?", fragte Isabelle. „Es ist Doyle's Grange und liegt nicht weit von Henley Park, soweit ich weiß."

Nur dreißig Kilometer – drei Haltestellen mit dem Zug – von Henley Park. „Doyle's Grange steht zum Verkauf?"

„Ja, und es scheint geradezu perfekt für uns zu sein. Nicht zu groß, nicht zu klein, nahe genug an Henley Park, dass du es im Auge behalten kannst. Und bis London ist es nicht so weit wie von Henley Park, wenn du dort zum Beispiel Geschäftliches zu erledigen hast."

Das war ihre Art zu akzeptieren, dass er seine Beteiligung an Cresswell & Graves nicht aufgeben – oder auch nur einschränken – würde, nur weil er mit ihr zusammen war.

Sie beugte sich über die Landkarte, und er entdeckte ein einzelnes weißes Haar auf ihrem ansonsten rabenschwarzen Schopf. Vor langer Zeit hatte sie ihm mal erzählt, dass sie, weil ihre Mutter ihr Haar färben musste, seit sie Mitte dreißig war, erwartete, ebenfalls frühzeitig zu ergrauen. Sie hatten gescherzt, dass er sie, wenn es so weit war, Omi und sie ihn Jungchen nennen würde.

Sein Herz zog sich vor Zuneigung schmerzhaft zusammen. Er wollte so sehr, dass sie glücklich war, dass sie wieder mutig und lebhaft sein konnte und nicht dieser Schatten ihrer selbst, dieses dahintreibende Boot, das so verzweifelt nach einem Anker suchte.

Aber war ein Mann, der viel öfter an eine andere Frau dachte, der Richtige, sie auf dem Weg zurück zu Selbstbewusstsein und Freude zu begleiten?

Als er später aus ihrem Haus trat, schickte er die Kutsche weg und ging ein Stück zu Fuß. Es gab keinen Zweifel daran, welche Entscheidung er treffen *wollte* – jede Faser seines Wesens sehnte sich nach Millie. Aber damit würde er sein eigenes Glück über Isabelles stellen.

So sehr sie auch vor acht Jahren gelitten hatte, hatte sie doch nie ihm die Schuld daran gegeben. Dieses Mal arbeiteten keine äußeren Kräfte gegen ihre Bedürfnisse, nur die Veränderungen, die sich in der Zwischenzeit ereignet hatten.

Nur der Mann, der er geworden war, und die Frau, die er wertzuschätzen gelernt hatte.

Aber war es zu selbstsüchtig, dass er das festhalten wollte, was er hatte, wenn Isabelle ihn so sehr brauchte? Konnte er ihre Träume wieder zerschlagen?

Er war einer Antwort kein Stück näher gekommen, als er nach Hause kam. Cobble teilte ihm mit, dass ein Bericht von Cresswell & Graves, auf den er gewartet hatte, gekommen war. Er setzte sich in sein Arbeitszimmer und öffnete das Schriftstück, aber er konnte keinen einzigen Satz davon verstehen. Nach einer Viertelstunde warf er den Bericht beiseite und durchquerte den Raum zum Kaminsims.

Alice lag an ihrem Platz. Er starrte sie an, als hielte sie die Antwort bereit, sie, die ihn durch die schwierigsten Monate seines Lebens begleitet hatte. Aber sie konnte ihm in ihrem ewigen Schlaf nicht helfen. Er seufzte, hob die gläserne Glocke, die sie bedeckte, und strich über ihren Rücken.

„Ist sie weich?", fragte Millie hinter ihm.

Er erstarrte. Er traute sich fast nicht zu, sich umzudrehen. Aber er tat es. Sie stand da, wo er sie geliebt hatte. Hitze stieg in großen Wellen von seinen Sohlen bis zu seinem Nacken in ihm auf. „Du hast sie nie berührt?"

Millie schüttelte den Kopf. Natürlich, er hatte ihr Alice nie zum Halten gegeben, als sie noch lebte, und es war nicht Millies Art, sich diese Freiheit jetzt zu erlauben, nur weil sie tot war.

Er hob den aus Sockel aus Haselholz hoch, auf dem Alice ruhte, und reichte ihn ihr. „Hier."

Sie trat einen Schritt vor. Er konnte den Blick nicht von ihr abwenden, ihr Haar, das so ordentlich zurückgesteckt war, ihr schlanker und eleganter Hals, ihr schlichtes, weißes Nachmittagskleid aus Seide, auf welches kleine Rosen gedruckt waren und das schon seit Jahren Teil ihrer Garderobe war. Er hatte ihr nie erzählt, dass es eines seiner Lieblingskleider war.

Sie streckte ihre Finger zögerlich nach Alice aus – und zog sie überrascht zurück, als sie die Haselmaus berührten. Obwohl Alice so aussah, als müsste sie warm und weich sein, war sie doch eigentlich recht steif und ihr Körper hatte dieselbe Temperatur wie der Raum.

„Sie ist fort", sagte er. „So tot wie die Pharaonen."

Hätte er das doch nur eher verstanden. Was er in diesen ersten Momenten des Wiedersehens für Isabelle empfunden hatte, hatte so lebendig gewirkt, wie Alice es tat. Aber wie Alice waren auch diese Gefühle nur die konservierten Relikte einer vergangenen Zeit.

ER STÜLPTE DIE GLASGLOCKE WIEDER über Alice und stellte sie auf das Kaminsims zurück. „Und wie geht es dir, liebe Millie? Wolltest du mich sprechen?"

Er sah übermüdet aus. Sie wusste, dass er nicht gut schlief. In der Woche seit er aufgehört hatte, in der Nacht zu ihr zu kommen, verließ er jede Nacht sein eigenes Bett und ging in sein Arbeitszimmer, kehrte einige Zeit später zurück, nur um die Wanderung erneut aufzunehmen.

Auch sie hatte wachgelegen und in die Dunkelheit gestarrt. Aber anders als er hatte sie einen Entschluss gefasst.

Diese ausweglose Situation war nicht völlig − nicht einmal größtenteils − seine Schuld. Oder die von Mrs Englewood. Wenn jemand hätte anders handeln müssen, dann Millie. Manchmal schlichen sich Veränderungen unbemerkt ein. Es war entschuldbar, dass er nicht ganz erkannt hatte, wie er sich in jemand verliebte, den er als sehr gute Freundin betrachtete. Aber sie, sie hatte von Anfang an gewusst, dass sie mehr für ihn empfand.

Sie hätte schon vor Jahren etwas unternehmen sollen. Stattdessen war sie zu stolz und zu ängstlich gewesen, um ihn wissen zu lassen, was sie fühlte, aus Angst, sie würde sogar ihre Hoffnung verlieren, ihre Stütze in all diesen Jahren, sollte ihr Geständnis kein gutes Ende nehmen.

Aber das war vorbei. Sie wollte kein Feigling mehr sein. Sie wollte sich nicht mehr zurückhalten. Sie klammerte sich nicht mehr an eine Hoffnung, ohne einen ersten Schritt zu wagen.

„Verläuft alles so, wie du es geplant hattest?", fragte sie.

Er sah sie an, ohne zu antworten.

„Ich werde für ein paar Tage nach Henley Park fahren", sagte sie. „Und wenn ich zurückkomme, sollten wir uns ernsthaft darüber unterhalten, getrennte Wege zu gehen."

Er wurde vor Schreck ganz blass. „Was meinst du?", fragte er mit erhobener Stimme, was er sonst nie tat. „Unsere Wege trennen sich nicht, Millie. Wir ..."

Sie legte ihre Hände auf seine Arme, die Wolle seiner Jacke war warm unter ihren Handflächen. „Hör mir zu, Fitz. Ganz genau. Denk an Mrs Englewoods Kinder. Wie wollt ihr ihnen euer Arrangement erklären? Was werden die anderen Leute sagen?"

Er öffnete seinen Mund, doch er konnte darauf nichts erwidern.

„Wenigstens sind es eheliche Kinder, ihre Eltern waren verheiratet. Aber was, wenn Mrs Englewood von *dir* ein Kind bekommt? Was wird aus diesen Kindern?" Sie atmete tief ein. „Wenn du den Rest deines Lebens mit ihr verbringen willst, dann musst du sie heiraten."

Sein Gesicht nahm einen störrischen Ausdruck an. „Ich kann sie nicht heiraten. Ich bin schon verheiratet."

„Wir veranlassen eine Annullierung."

„Auf keinen Fall. Du könntest ein Kind erwarten."

„Das tue ich nicht." Ihre Regelblutung hatte vor sechs Tagen so zögerlich und stockend eingesetzt, dass sie ihre dünne, verblassende Hoffnung nur in die Länge zog, ehe sie sie völlig zerstörte. „Wirst du wieder mit mir schlafen?"

„Ich ..."

„Dann werde ich kein Kind erwarten, und wir können die Annullierung durchziehen. Die Marsdens haben es getan: Sie haben ihre Ehe hinter sich gelassen. Es gibt keinen Grund, warum wir es nicht auch können."

„Es ist mir egal, was die Marsdens getan haben. Wir lassen unsere Ehe nicht annullieren."

„Wenn du dir darüber Sorgen machst, wie du Henley Park instand halten sollst, überschreibe ich dir gerne die Hälfte der Anteile von Cresswell & Graves. Die Firma ist viermal so groß wie damals, als wir geheiratet haben, ich mache dabei also immer noch ein gutes Geschäft."

Er starrte sie an, als würde er sie nicht wiedererkennen. „Eher brenne ich Henley Park nieder, als dass ich zulasse, dass du glaubst, ich würde dich nur wegen deines Geldes nicht gehen lassen."

„Warum lässt du mich also nicht gehen?"

Er rieb sich die Nasenwurzel. „Er hat bereits eine Ehefrau. Was nützt dir also eine Annullierung, wenn du ihn ohnehin nicht heiraten kannst?"

Sie ließ die Hände sinken und trat einen Schritt zurück – sie hatte noch immer vor dem Angst, was geschehen würde, wenn sie endlich die Wahrheit aussprach. Aber sie würde es nicht länger hinauszögern. „Es gibt keinen anderen. Es hat ihn nie gegeben."

Er wirkte verwirrt und desorientiert. „Aber du hast gesagt, du würdest ihn lieben. Du hast gesagt, du hättest ihn aufgeben müssen, als wir geheiratet haben. Du …"

„Ich weiß, was ich über die Jahre gesagt habe. Aber an der Wahrheit ändert sich dadurch nichts: Es gab nie einen anderen – es gab nur dich." Sie starrte auf ihre Hände. „Ich habe mich in dich verliebt, als ich dich das erste Mal sah. Als du so wütend auf das Schicksal warst, war ich es auch, denn es hat aus mir die letzte Frau gemacht, dass du je lieben würdest."

Ein langer, langer Augenblick des Schweigens verging. Er fasste sie an den Armen. „Meine Güte, Millie! Warum hast du mir das nie gesagt?"

Sie hob ihren Kopf und erwiderte seinen Blick. „Ich hätte es vermutlich tun sollen. Es tut mir leid, dass ich es dir nicht früher gestanden habe, aber jetzt weißt du es."

Wenn er sie liebte, war jetzt der Zeitpunkt, ihre Liebeserklärung zu erwidern. Und natürlich liebte er sie. Die Frage war nur, wie sehr.

Er starrte sie an, seine Augen wie der Morgenhimmel, voller Wärme und dem Versprechen auf einen neuen Tag. Die wortlose Verbindung von Hoffnung und Verlangen schmerzte in ihrem Herzen. Er musste nichts sagen. Ein Kuss wäre genug.

Aber er küsste sie nicht. Er kehrte ihr den Rücken zu und trat ans Fenster, die Finger gegen die Schläfen gedrückt. „Du hättest es mir sagen sollen", sagte er. „Vor Jahren schon."

„Wenn Mutter noch lebte, hätte sie es mir vielleicht geraten." Sie biss sich auf die Lippe. „Ich bin mir sicher, dass du jetzt verstehst, warum es mir unmöglich ist, mit dir verheiratet zu bleiben, wenn du dich mit Mrs Englewood einlässt."

Er drehte sich um. „Millie …"

Jemand klopfte an der Tür. Es war einer ihrer Diener, der Millie darüber informierte, dass ihre Kutsche auf sie wartete.

Nachdem sich die Tür wieder hinter dem Diener geschlossen hatte, ging sie zum Fenster. „Du hast in letzter Zeit viel von Gerechtigkeit gesprochen. Ich denke, es wäre nur gerecht, dass du mich, wenn du dich für Mrs Englewood entscheidest, gehen lässt, damit ich eine wahre Ehe suchen und vielleicht eines Tages eine Familie haben kann."

„Millie ..."

„Ich habe bereits alles gesagt, was es dazu zu sagen gibt. Jetzt muss ich meinen Zug erreichen." Sie küsste ihn auf die Wange. „Du weißt, wo du mich findest."

KAPITEL 19

Fitz konnte nicht aufhören, die Fotografien anzustarren.

Es war Nacht und nur noch wenige Stunden, bis er und Isabelle Doyle's Grange besuchen würden, das Haus auf dem Land, das sie für sie beide mieten wollte. Millie war seit mehr als einem Tag fort, und ihre Abwesenheit hinterließ eine schmerzende Leere in seinem Herzen.

Von ihrer Reise nach Amerika Anfang des Jahres als zweite Anstandsdame für Helena abgesehen, waren sie seit Jahren nicht mehr getrennt gewesen. Während ihrer Abwesenheit hatte er ihr fast täglich geschrieben und hatte nur deshalb nicht jeden Tag zur Feder gegriffen, weil es zu beschämend gewesen wäre, seine Frau ständig mit Briefen zu überhäufen.

Und jetzt stand er in ihrem Zimmer, vermisste sie, vermisste den Teil seiner selbst, der mit ihr gegangen war.

Er hob seine Lieblingsaufnahme vom Kaminsims und betrachtete sie genauer. Sie stammte vom letzten Sommer. Der Fotograf hatte vermutlich nur Hastings fotografieren wollen, der an einem Ende einer Chaiselongue saß und recht ernst dreinblickte. Aber am anderen Ende des Sofas standen Fitz und Millie.

Er hätte gutes Geld darauf verwettet, dass sie nichts Ernsteres als die Unterhaltung ihrer Gäste besprachen, aber es wirkte sehr vertraulich. Sie hatten die Köpfe einander zugeneigt und ihre Mienen wirkten aufmerksam. Seine Hand ruhte auf der Rückenlehne des Sofas, doch im Winkel der Kamera sah es so aus, als hätte er seine Hand auf ihre Hüfte gelegt.

Sie liebte ihn. Sie hatte ihn die ganze Zeit geliebt.

Was für ein Narr er doch war, dass er es nicht eher bemerkt hatte.

Hätte er sein eigenes Herz besser verstanden, als Isabelle ihn fragte, ob es zu spät wäre, das zurückzufordern, was hätte sein können, hätte er anders geantwortet. Sie wäre enttäuscht gewesen, aber nicht am Boden zerstört. Jetzt, nachdem er ihre Hoffnung mit seinem Versprechen auf eine gemeinsame Zukunft geschürt hatte, würde sie wütend werden – und ihr Herz würde brechen.

Er konnte es nicht ertragen, ihr Herz erneut zu brechen.

Er konnte es nicht ertragen, Millie zu verlieren.

Millie hatte gesagt, dass er immer das Richtige tat. Er klammerte sich an dieses Lob, wie ein armer Fischer an ein zerrissenes Netz. Aber konnte er hier überhaupt das Richtige tun? Woher sollte er wissen, was das Richtige war?

DOYLE'S GRANGE WAR AUF DEN ersten Blick eine angenehme Überraschung. Eine mit dicken, lila Blütentrauben behangene Rhododendronhecke trennte das Grundstück von der kleinen Landstraße, die daran vorbei führte.

Das Tor war einfach bezaubernd, die Pfosten waren mit geschmiedeten Weinblättern verziert, eiserne Ranken wanden sich um die Stangen. Pinien säumten die kiesbestreute Einfahrt. In der Ferne plätscherte ein Bach.

Das Haus war aus Ziegeln erbaut, mit großen Erker- und Giebeldachfenstern. Efeu kletterte über den Portikus. Das Innere war mit all seinen Büchern und den cremefarbenen und gelben Möbeln hell und gemütlich.

Isabelle war offenkundig hingerissen, aber in jedem Zimmer warf sie ihm einen unsicheren Blick zu, als wollte sie seine Reaktion abschätzen. Nachdem sie die Innenräume gesehen hatten, gingen sie nach draußen in den Garten. Die Rosen waren bereits verblüht, aber die Nelken und der Rittersporn standen in voller Blüte. Die Bienen summten. In der Luft lag der feinste englische Sommer, ein Hauch Wärme, der Duft nach Heu und ein blühender Garten.

„Kannst du dir vorstellen, hier zu leben?", fragte sie.

Plötzlich wusste er, was das Richtige war. Um Isabelle glücklich zu machen, müsste er lügen, und so konnte man kein gemeinsames Leben beginnen. Sie verdiente etwas Besseres. Sie verdiente einen Mann, der sich danach sehnte, ein Haus mit ihr zu teilen, einen Mann, in dessen Herz sie immer an erster Stelle stehen würde.

Er war nicht dieser Mann. Und er war es schon seit langer, langer Zeit nicht mehr.

„Es tut mir leid, Isabelle, aber ich möchte ganz woanders leben", sagte er.

Ihre Mundwinkel zuckten. „Du möchtest dir ein anderes Haus ansehen?"

Es lag eine solche Angst in ihrem Blick, dass er beinahe nicht weitersprechen konnte. „Nein, mein Platz ist auf Henley Park."

Ein Funken ihrer alten Leidenschaft brach hervor. „Diese Ruine? Ich habe es dir nie gesagt, aber ich bin hingefahren und habe es mir angesehen, bevor du geheiratet hast. Es war ein schrecklicher Ort."

„Das war er. Aber er ist es nicht mehr."

Ihr Gesicht nahm einen sturen Ausdruck an. „Ich glaube dir nicht."

„Dann komm mit mir", schlug er leise vor. „Und sieh es mit eigenen Augen."

WANN HATTE FITZ SICH IN sein Haus verliebt? Sehr wahrscheinlich schon vor langer Zeit. Erkannt hatte er es aber erst im vergangenen Jahr, als er aus der Saison in London zurückgekehrt war.

Sie hatten nie aufgehört, an Henley zu arbeiten – Jahrzehnte der Vernachlässigung konnten nicht mit nur einem Renovierungsdurchgang behoben werden. Die Erneuerung des Anwesens war ein beständiger und fortlaufender Prozess.

Vielleicht lag es daran, dass immer gebaut wurde, dass es immer etwas gab, was seiner Aufmerksamkeit bedurfte, oder weil er in den zwei Jahren davor nachts nach Henley Park zurückgekehrt war, aber dies war der erste Tag, an dem Fitz Henley Park in Ruhe betrachten konnte, als wäre er ein Tourist, der es zum ersten Mal sah.

Haselnussbäume schmiegten sich in Doppelreihen an die Auffahrt. Durch ihr Blätterdach fiel ein Licht so grün wie die Blätter selbst, ein klares, kühles Licht mit goldenen Punkten, die im Rascheln der Blätter tanzten.

Dort, wo die Auffahrt eine Kurve beschrieb, würde er an dem Schandfleck vorbeifahren, den der marode griechische Ziertempel darstellte – der nicht einfach zu einer rustikalen, idyllischen Ruine verfallen war, sondern plump und hässlich war und so aussah, als müsste er nach Dingen stinken, die man in gemischter Gesellschaft besser nicht benannte.

Doch nein. Die Restaurationsarbeiten waren abgeschlossen. Weiß strahlend und von schlanken Säulen umgeben schien der

Lustbau den gräsernen Hang nicht zu berühren, auf welchem er erbaut worden war, sondern förmlich zu schweben, während sich seine Fassade im angelegten See darunter spiegelte.

Und der See, der einst im Schilf erstickt war, war jetzt so klar wie ein Spiegel. Der Steg, der damals im See versunken war, war wiederhergestellt worden und an ihn war ein strahlend blau gestrichenes Ruderboot gebunden, in dessen Bug zwei Ruder lagen.

Die Straße führte aufwärts, abwärts und wieder aufwärts. Und vor ihm erstreckten sich die Lavendelfelder, ein See aus lila Spitzen, die in der Brise hin und her schwankten.

„Meine Güte", murmelte er.

„Ich weiß", sagte Millie, die mit ihm in der Kutsche saß. „Ich liebe es, hierher zurückzukehren."

Glück erfasste ihn. Dieser wunderschöne Ort gehörte ihm, und er gehörte zu diesem wunderschönen Ort. Er würde ihn nie wieder nur als das Anwesen betrachten, das er geerbt hatte. Es war jetzt sein Zuhause – und würde es bis zu seinem Tode sein.

HENLEY PARK WAR SO WUNDERSCHÖN, wie Fitz es je erlebt hatte. Die Einfahrt, der See und der Ziertempel, die Lavendelfelder und schließlich das Haus, das er mit Millie teilte, ein gepflegtes, kompaktes Haus im georgianischen Stil, dessen Wände durch das allmähliche Ausbleichen der Ziegel lavendelfarben geworden waren, dessen asymmetrische Form vom Fehlen des zerstörten Nordflügels rührte, und das sich trotz allem harmonisch in die Landschaft fügte.

„Hier liegt mein Herz", sagte er zu Isabelle. „Das ist mir der liebste Ort auf der ganzen Welt."

Das Schicksal hatte ihm diesen Ort zugespielt, doch die Liebe ließ ihn diesen Ort behalten.

Er gab dem Fahrer zu verstehen, dass er anhalten sollte. Sie stiegen aus und gingen schweigend Arm in Arm bis zur neuen Brücke, die den Forellenbach überspannte, eine japanische Brücke aus Stein, die einen perfekten Bogen bildete.

Zwei Schwäne schwammen darunter hindurch.

„Ich hätte es früher bemerken sollen, aber ich war ein Narr. Wir haben diesen Ort gemeinsam aufgebaut, meine Frau und ich. Und wir haben ein gemeinsames Leben aufgebaut. Sie ist jetzt ein Teil von mir, der größere und bessere."

Isabelle wandte sich ab. Er hielt sie an den Schultern fest. „Isabelle."

„Ich verstehe es jetzt – und es ist nicht so, als hätte ich nicht gespürt, wie die Zukunft, die ich mir für uns ausgemalt hatte, in den letzten Wochen dahinschwand", sagte Isabelle mit brechender Stimme. „Es ist nur so, dass ich …"

„Du wirst nicht allein sein, Isabelle. Ich kann nicht dein Geliebter sein, aber ich *bin* dein Freund. Und ich bin bei Weitem nicht dein einziger Freund."

Sie hatte Tränen in den Augen. „Ich hoffe, dass du recht hast, Fitz. Ich wünsch dir alles Glück auf Erden."

Er nahm sie in die Arme. „Und ich wünsche dir dasselbe. Ich liebe dich und werde es immer tun."

Aber die Liebe seines Lebens war die Frau, mit der er sein Leben aufgebaut hatte.

MILLIE GING SPAZIEREN IN DER HOFFNUNG, Trost zu finden, aber wenn sie Trost fand, dann war er von schmerzhafter Sehnsucht durchsetzt, denn auf jedem Quadratzentimeter von Henley Park sah sie ihre gemeinsame Arbeit. Sie und Fitz hatten jede noch so verborgene Ecke dieses Landes sanft in die Hände genommen, um gleichsam die Wutanfälle eines Gutes zu beruhigen, das von all der Vernachlässigung launisch geworden war.

Sie hatten einmal keine fünfzehn Zentimeter vom Weg entfernt gestanden und darüber beraten, was sie mit der Unmenge entfernten Gestrüpps anfangen sollten. Sie hatten sich letztlich gegen ein großes Feuer und dafür entschieden, es als Mulch zu verwenden und damit die Felder zu bedecken. An der nächsten Biegung war sie vor einigen Jahren Fitz begegnet, als er kleine Knollen aus seiner Tasche ins Land warf. Sie hatte zu viele für ihren Garten gekauft und er wollte sehen, ob einige von ihnen auf ganz natürliche Weise im Wald wachsen würden. Ein paar hatten Wurzeln geschlagen und durchbrachen in jedem Frühling den Boden und blühten von neuem als gelbe, violette und weiße Punkte inmitten der braunen Blätter vom vergangenen Herbst. Und natürlich lag weiter vorne die Stelle, an welcher der Forellenbach vor ihrer Italienreise übergelaufen war und die alte Brücke und ein Gewächshaus überflutet hatte. Sie waren tagelang vor ihrer Abreise am Ufer entlang gelaufen und hatten besprochen, was besser wäre, eine Verbreiterung oder eine Begradigung.

Manchmal hatte sie vor Arbeit nicht gewusst, wo ihr der Kopf stand. Oft hatte ihr ein weiteres knarzendes Rad im Getriebe, das ihre Aufmerksamkeit verlangte, die letzte Geduld geraubt. Sie waren beide dem jeweils anderen begegnet und hatten lautstark nach Dynamit verlangt, um einen besonders störrischen Teil des Anwesens in die Luft zu jagen.

Aber wenn sie zurückblickte, konnte sie nur wunderbare Augenblicke sehen, die Fäden zweier getrennter Leben, die sich allmählich, unmerklich zu einem verwoben.

Der Pfad wand sich erneut. Sie erblickte die neue Brücke und hielt inne. Ihr Herz stürzte in einen tiefen Abgrund.

Ein Mann und eine Frau standen auf der Brücke und umarmten sich. Und dann, selbst nachdem sie sich getrennt hatten, ruhte seine Hand noch immer auf ihrer Schulter, und sie lehnte ihren Kopf gegen seinen.

Millie wich langsam zurück. Und als sie sicher war, dass sie sie nicht hören konnten, drehte sie sich um und rannte los.

Sie rannte, bis sie nicht mehr rennen konnte. Dann ging sie – bis sie nicht mehr gehen konnte. Und als sie sich auf einen moosbedeckten Stein setzte, überwältigten sie schließlich ihre Tränen.

Sie nahm an, dass es ihr irgendwann wieder gut gehen würde. Sie war eine beneidenswert reiche Frau und noch immer jung. Und wenn ein so erbärmlicher Ort wie Henley Park wieder zum Leben erweckt werden konnte, dann konnte alles wieder aufgebaut werden.

Aber sie konnte die Zukunft nicht sehen, sie konnte nur ihren Verlust betrauern. Tag für Tag, Jahr für Jahr, Freundlichkeit für Freundlichkeit hatten sie dieses Leben zusammen aufgebaut, seine Basis eine unerschütterliche Zuneigung, seine Wände eine Partnerschaft und seine Zinnen Leidenschaft. Sie wollte es weiter aufbauen, stärken und pflegen.

Jetzt würde sie es zurücklassen müssen, wo es in sich zusammenstürzen und zur Ruine zerfallen würde.

Sie brach wieder in Tränen aus.

*

ALS ES ANFING, DUNKEL ZU WERDEN, machte sie sich auf den Weg nach Hause. Sie würde Henley Park immer als ihr Zuhause betrachten.

Da sie nicht wollte, dass irgendjemand sie sah, öffnete sie eine Tür an der Seitenterrasse und schlüpfte die Dienstbotentreppe hinauf in ihr Bad. Im Spiegel war ihr Gesicht aschfahl und fleckig.

Sie spritzte sich kaltes Wasser ins Gesicht, trocknete sich mit einem Handtuch ab, ging in ihr Schlafzimmer und schaltete die Lampen ein. Sie glaubte nicht, dass Fitz Mrs Englewood zum Abendessen hierher einladen würde, aber sie wollte auch nicht in den Speisesaal hinuntergehen, um es herauszufinden. Sie würde ihr Essen oben und allein zu sich nehmen.

Das Geräusch schneller Schritte näherte sich ihrem Zimmer. Die Tür flog auf, und Fitz klammerte sich mit einer Hand an den Türpfosten, während er um Luft rang, als wäre er durch ganz Henley Park gerannt.

„Du Idiotin. Wo zum *Teufel* bist du gewesen?"

„Ich war … spazieren."

„Mrs Gibson hat mir gesagt, du wärst heute Morgen um elf zum Spaziergang aufgebrochen. Es ist jetzt halb zehn abends. Wir haben die letzten vier Stunden nach dir gesucht. Gott, ich habe gerade allen befohlen, den See trocken zu legen. Ich hatte befürchtet … ich dachte … und dann hab ich gesehen, dass bei dir das Licht angemacht wurde …"

Sie wurde plötzlich hochgehoben und gegen den Bettpfosten gedrückt. Er küsste sie, als wäre die ganze Welt ein Vakuum und sie die letzte Sauerstoffquelle.

„Tu mir das nie wieder an", knurrte er, als er einen Augenblick zum Luftholen von ihr abließ.

„Aber Mrs Englewood, ihr seid … ich habe euch gesehen, euch beide zusammen."

„Was?"

„Auf der neuen Brücke. Du hast sie umarmt – fest."

„Natürlich habe ich das. Ich hatte ihr gerade gesagt, dass ich hierher gehöre – zu dir."

„Oh", sagte sie.

Er hatte sich am Ende für sie entschieden. Sie konnte nicht anders, sie brach wieder in Tränen aus. „Und geht es Mrs Englewood gut?"

„Ich denke schon. Sie hat gesagt, sie werde zu ihrer Schwester nach Aberdeen zurückkehren. Ihre Kinder sind noch dort. Sie wollte nicht, dass ich sie zurück nach London begleite, also habe ich Hastings telegrafiert, dass er sie am Bahnhof in Empfang nimmt. Er hat mir bereits zurückgeschrieben, dass sie gemeinsam Tee getrunken haben und er sie zum Zug gebracht hat."

„Ich hoffe, dass sie glücklich wird", sagte Millie durch ihre Tränen. „Ich hoffe, dass sie so glücklich wird, wie ich es jetzt bin."

Er drückte sie an sich. „Ich bin ein solcher Narr gewesen."

„Ich auch. Wenn ich es dir früher gesagt hätte, wenn ich nicht solche Angst gehabt hätte …"

Sein Kuss erstickte ihre Worte.

„Lass mich die Suche abblasen, damit die Leute nicht weiter im Dunkeln umherstolpern und nach nichts suchen." Er küsste sie noch einmal. „Ruh dich besser aus. Wenn ich zurückkomme, lasse ich dich keine Sekunde lang schlafen."

„In Ordnung, geh", sagte sie mit einem breiten Lächeln auf den Lippen und Tränen in den Augen.

„AU", SAGTE FITZ.

Er war vor einiger Zeit zurückgekommen, und sie hatte ihn ins Bett geschubst und sich auf ihn gesetzt. Sie war immer noch auf ihm, fuhr mit ihrer Hand über seinen Arm, knabberte an seiner Schulter.

Er zog eine eingerahmte Fotografie unter sich hervor. „Ich muss sie auf deinem Bett liegen lassen haben, als ich darauf gewartet hatte, dass du von deinem Spaziergang zurückkommst."

Sie atmete scharf ein. „Es tut mir leid, Liebling. Ich wusste nicht, dass du die ganze Zeit Schmerzen hattest. Es tut mir so …"

Er legte ihr einen Finger auf die Lippen und lächelte verwegen. „Glaub mir, ich hab's gar nicht bemerkt."

Sie sahen sich die Fotografie einen Augenblick lang an. Sie standen beide am Rande eines Bildes, das nur Hastings hätte zeigen sollen. Es war ihr Lieblingsbild – sie hatte in jedem Haus einen gerahmten Abzug und mehrere ohne Rahmen in ihrem Ankleideraum.

„Lass uns Hastings rausschneiden", schlug Fitz vor. „Damit nur wir darauf zu sehen sind."

Sie kicherte. „Der arme Hastings."

„Ich bin mir sicher, dass er uns freiwillig allein lässt."

Als die Fotografie sicher auf dem Nachttisch stand, küsste er sie. „So fühlt es sich also an, mit der Frau, die ich liebe, verheiratet zu sein."

Mit der Frau, die ich liebe. Sie würde es nie leid sein, diese Worte zu hören. „Befriedigend, hoffe ich doch."

„Jahrelang habe ich mich gefragt, wie anders – wie viel besser – mein Leben wäre, hätte ich in der Zeit zurückreisen und gewisse wichtige Ereignisse ändern können. Wenn ich zum Beispiel das Leben des vormaligen Earls hätte verlängern oder dafür sorgen können, dass der Nordflügel nie gebaut würde. Nach einer Weile habe ich aufgehört, solchen Träumen nachzuhängen, denn ich war viel zu sehr beschäftigt, und es hatte keinen Sinn. Aber jetzt weiß ich es. Ich würde nichts ändern, denn nur das Leben, dass ich geführt habe, konnte mich hierher, zu dir führen." Er fuhr mit einem Finger über ihre Augenbrauen. „Ich bin mehr als froh, dass ich hier bei dir bin."

In ihren Augen schimmerten wieder Tränen. „Ich liebe dich."

„Ich liebe dich." Er küsste sie wieder. „Ich liebe alles an dir."

Sie lächelte durch ihre Tränen hindurch und küsste den Siegelring an seiner Hand. Und dann fuhr sie mit der Zunge darüber, wie sie es seit so vielen Jahren schon hatte tun wollen. „Ich stelle Sie jetzt vor die Entscheidung, Lord Fitzhugh: Abendessen oder mich?"

„Dich, meine Liebe." Er zog sie an sich. „Immer nur dich."

Danke, dass Sie „Eine bezaubernde Erbin" gelesen haben.

- Möchten Sie wissen, wann der nächste Roman von Sherry Thomas auf Deutsch erscheint? Melden Sie sich für den Newsletter auf www.sherrythomas.com an. Sie können ihr auch auf Twitter folgen unter @sherrythomas und ihre Facebookseite http://facebook.com/authorsherrythomas mit „Gefällt mir" markieren.
- Rezensionen sind erwünscht, egal auf welchem Portal.
- „Eine bezaubernde Erbin" ist der zweite Roman der Fitzhugh-Trilogie und folgt auf „Eine betörende Schönheit". Die Reihe schließt mit „Eine verführerische Braut".

PROLOG

Januar 1896

DAVID HILLSBOROUGH, VISCOUNT HASTINGS, war noch nie verliebt gewesen. Und ganz sicher war er noch nie unglücklich verliebt gewesen. Sein Herz war vollkommen unbeschwert von Kümmernissen, während er sich der Aufgabe widmete, alles, was das Leben einem reichen, gut aussehenden Junggesellen wie ihm zu bieten hatte, in vollen Zügen zu genießen.

Das war wenigstens das Bild, das er allen präsentierte.

Einige seiner engsten Freunde hatten die Wahrheit vermutlich erraten – vielleicht schon vor langer Zeit, denn sein spezieller Fall von unerwiderter Liebe begleitete ihn schon fast die Hälfte seines Lebens. Es tröstete ihn jedoch, dass *sie* davon nicht die geringste Ahnung hatte. Und mit etwas himmlischer Hilfe würde das auch so bleiben.

Denn wenn sie es je herausfand, würde er durch die Hölle gehen.

Nicht, dass er augenblicklich weit von diesem Ort entfernt war, da er der Frau seiner Träume – Miss Helena Fitzhugh – dabei zusah, wie sie einen anderen Mann voller Bewunderung anblickte. Ihre ältere Schwester war nach einhelliger Meinung die schönste Frau ihrer Zeit, aber er persönlich konnte den Blick nie von Miss Fitzhugh abwenden. Von ihrem flammend roten Haar, ihrem strahlenden Teint, ihrem klugen, spitzbübischen Blick.

Es grämte ihn nicht so sehr, dass sie einen anderen liebte. Wenn man sich an einem Wettkampf nicht beteiligte, konnte man sich schließlich nicht beschweren, dass jemand anderes gewann. Dass der Mann, an den sie ihre Aufmerksamkeit so freigiebig verschwendete, diese nicht im Geringsten verdiente, störte ihn jedoch zutiefst.

1

Andrew Martin hätte sie vor Jahren ehelichen können. Aber seine Mutter hatte von ihm erwartet, dass er eine andere zur Frau nahm, um zwei benachbarte Ländereien zu vereinen. Da ihm der Mut gefehlt hatte, seiner Mutter zu trotzen, hatte er sich ihren Wünschen gefügt.

Selbst in einem Land voller emotionsloser, arrangierter Ehen hob sich Mr Martins von allen anderen als besonders kalt und förmlich ab. Die Eheleute speisten zu unterschiedlichen Zeiten, bewegten sich in verschiedenen Kreisen und kommunizierten fast ausschließlich schriftlich miteinander.

All das war nebensächlich. Glücklich oder nicht, ein verheirateter Mann war ein verheirateter Mann, und eine ehrbare junge Frau hatte anderswo nach Erfüllung zu suchen.

Miss Fitzhugh scherte sich nicht um Regeln. Bisher waren es allerdings eher Verhaltensempfehlungen gewesen, die sie bewusst ignoriert hatte, statt dass sie wirklich Regeln gebrochen hätte. Als sie als Einzige der Geschwister Fitzhugh nach einem Universitätsabschluss strebte, wertete man das als exzentrisch, und als sie ihr Geld nach Erhalt eines geringen Erbanteils in einen Verlag steckte, den sie selbst führte, wurde dieses Unternehmen schlicht als eine weitere Eigenart der Familie abgetan – schließlich leitete ihr Bruder Earl Fitzhugh die Konservenfabriken, die seine Frau geerbt hatte.

Eine enge Freundschaft mit einem verheirateten Mann zu pflegen, sprengte aber die Grenzen dessen, was als angemessenes Benehmen betrachtet wurde. Sie musste dafür nicht einmal wirklich sündigen. Der bloße Anschein von Unschicklichkeit würde vollkommen ausreichen, um sie angreifbar zu machen.

Der Salon des Landsitzes von Lord Wrenworth hallte von Lachen und guter Laune wider. Mrs Denbigh, Miss Fitzhughs verheiratete Freundin, die auf der Hausgesellschaft der Wrenworths als ihre Anstandsdame fungierte, war vollauf damit beschäftigt, sich zu amüsieren. Hastings wartete auf eine Pause in der Unterhaltung, an der er teilgenommen hatte, entschuldigte sich und ging quer durch den Raum zu Miss Fitzhugh und Martin, die einander zugewandt auf einer Chaiselongue saßen, sodass sie allein schon durch ihre Körperhaltung Störungen durch andere verhinderten.

„Mr Martin, was tun Sie denn noch hier?", fragte Hastings. „Sollten Sie nicht gerade an Ihrem neuen Wälzer schreiben?"

Miss Fitzhugh antwortete für Martin. „Aber er arbeitet doch. Er berät sich mit seiner Verlegerin."

„Wenn ich mich nicht irre, verhandelt er bereits seit heute Morgen mit seiner Verlegerin. Ein Koch kann sich den ganzen Tag mit der Herrin des Hauses beraten, das bringt jedoch am Ende des Tages keine Mahlzeit auf den Tisch. Mr Martin würde seine Leser um sein nächstes, vortreffliches Werk bringen, wenn er all seine Stunden damit verbrächte, lediglich darüber zu sprechen, und keine einzige damit, die Worte tatsächlich zu Papier zu bringen."

Martin errötete. „Da haben Sie nicht ganz unrecht, Lord Hastings."

„Ich habe nie unrecht. Mir ist zu Ohren gekommen, dass Sie zum Arbeiten hier sind und Lord Wrenworth eigens um ein ruhig gelegenes Zimmer gebeten haben. Sie haben dieses Zimmer zu diesem Zweck noch nicht benutzt, oder?"

Martin errötete noch heftiger. „Ah ..."

„Ich für meinen Teil kann es kaum erwarten, mehr über Offa von Mercien zu erfahren."

„Sie haben das Buch gelesen?"

„Natürlich. Warum so überrascht? Habe ich an der Universität etwa keinen äußerst ausgeprägten Intellekt und weitreichende Neugier an den Tag gelegt?"

„Doch, sicher."

„Dann sollten Sie sich geehrt fühlen, mich zu Ihren Lesern zählen zu dürfen. Nun gehen Sie schon. Schreiben Sie bis tief in die Nacht, und hören Sie auf damit, Miss Fitzhugh für sich allein zu beanspruchen. Sie sind ein verheirateter Mann, schon vergessen?"

Martin lächelte leicht verlegen und erhob sich. Miss Fitzhugh warf Hastings einen eisigen Blick zu. Er ignorierte ihn, scheuchte Martin weg und nahm dessen Platz auf der Chaiselongue ein.

„Ich glaube nicht, dass Sie Mr Martins Buch gelesen haben."

Hastings las jedes von ihr veröffentlichte Buch von der ersten bis zur letzten Seite, selbst die, die sie einzig des Profites wegen herausbrachte. „Nur die erste und die letzte Seite – aber war es nicht beeindruckend, wie ich darüber gesprochen habe?"

Sie sah ihn voller Verachtung an. „Sie klangen blasiert und überheblich, Hastings – und meinen Freund einfach wegschicken? Wahrhaftig, selbst von Ihnen habe ich Besseres erwartet."

Er lehnte sich zurück. „Lassen Sie uns keine Worte mehr an Mr Martin verschwenden, der Ihr Interesse sicher nicht verdient. Ich würde es vielmehr begrüßen, darüber zu sprechen, wie entzückend Sie heute Abend aussehen, meine liebe Miss Fitzhugh."

Er machte keinen Hehl daraus, wohin sein Blick schweifte: direkt in ihr Dekolleté. Er hatte sie schon geliebt, bevor sie überhaupt so etwas wie Brüste gehabt hatte, und scheute sich nicht, deren Anblick zu genießen, wann immer ihr Ausschnitt es zuließ.

Im Gegenzug klappte sie ihren Fächer auf und verwehrte ihm damit geschickt die Sicht. „Lassen Sie sich von mir nicht aufhalten, Hastings. Wenn ich mich nicht irre, versucht Mrs Ponsonby, Ihre Aufmerksamkeit zu erregen."

„Sie irren sich nicht", erwiderte er halblaut. „Sie alle ringen um meine Aufmerksamkeit, alle Frauen, die ich je getroffen habe."

„Ich weiß, worauf das hinausläuft. Sie möchten, dass ich widerspreche und sage, ich hätte Ihre Aufmerksamkeit nie gewollt. Dann kontern Sie damit, ich hätte immer nur so getan, als ignorierte ich Sie, und meine Gleichgültigkeit sei schon immer nur der jämmerliche Versuch gewesen, Sie neugierig zu machen."

Sie klang leicht gelangweilt. Er hatte sie früher besser und für längere Zeit verärgern können. Mehr noch als ihre Wut fürchtete er ihre Gleichgültigkeit – nicht Hass war das Gegenteil von Liebe, sondern Desinteresse: in einer solchen Nähe zu ihr zu existieren und doch von ihr unbeachtet zu bleiben, keinen bleibenden Eindruck zu hinterlassen.

Er schnalzte mit der Zunge. „Miss Fitzhugh, so wenig originell würde ich nie sein. Natürlich möchten Sie meine Aufmerksamkeit, aber nur, um sie mir um die Ohren zu schlagen. Es bereitet Ihnen Vergnügen, mich in meine Schranken zu verweisen, meine Liebe."

Ein Funke blitzte in ihren Augen auf, fast schon wieder verschwunden, ehe er ihn überhaupt bemerkt hatte. Für diese Augenblicke lebte er – Momente, in denen sie gezwungen war, den in ihm zu sehen, der er war, statt den, für den sie ihn hielt.

Das Schlimmste daran, sich so früh in sie zu verlieben, war, dass er mit vierzehn ein richtiger Schnösel gewesen war, überheblich und zugleich voller Selbstmitleid. Die Tatsache, dass er bei ihrer ersten Begegnung fast fünfzehn Zentimeter kleiner gewesen war als sie – sie hatte einen Meter fünfundsiebzig gemessen, er wenig mehr als einen

Meter sechzig –, war fast genauso schlimm gewesen. Obwohl sie nur ein paar Wochen älter war, hatte sie in ihm nur ein Kind gesehen – während er unter den Höllenqualen der ersten Liebe litt.

Als er keinen Weg fand, ihre Aufmerksamkeit anderweitig zu erregen, begann er, sich abscheulich zu betragen. Sie verabscheute den Wicht, der versuchte, sie in Besenkammern zu locken und ihr Küsse zu stehlen, er hingegen war unglücklich und verzückt zur gleichen Zeit gewesen. Abscheu war besser als Gleichgültigkeit; alles war besser als Gleichgültigkeit.

Als er sie endlich überragte – letztlich um fast zehn Zentimeter –, den Babyspeck verloren hatte und seine Wangenknochen markant hervortraten, hatte sie sich bereits eine feste und unverrückbare Meinung von ihm gebildet. Er für seinen Teil hatte sein Selbstmitleid abgelegt, aber nicht seinen Stolz, und verweigerte sich der Demütigung, die es für ihn bedeutet hätte, sie um einen Neubeginn zu bitten.

Es war nicht so, dass er es nicht gewollt hätte. Jedes Mal, wenn er ihr begegnete, ihre Selbstsicherheit, ihre gewinnenden Züge, ihre schlanke, grazile Gestalt sah, wollte er lauthals Reue über all seine vergangenen Dummheiten bekunden.

Doch stattdessen fügte er jedes Mal der Liste seiner Widerwärtigkeiten eine weitere hinzu. *Eine Hochschule für Frauen, nennt man heute die Brutstätten lesbischer Liebe so? Sie werden also Verlegerin – glauben Sie nicht, dass es schon genug schlechte Bücher auf dem Markt gibt? Das ist ein entzückendes Kleid, meine liebe, teure Miss Fitzhugh, zu schade, dass Sie nicht etwas mehr Rundungen haben, um es gefälliger auszufüllen – oder überhaupt irgendwelche.*

Bei ihren schlagfertigen Erwiderungen fing sein Herz jedes Mal aufs Neue Feuer. *Mir war bereits bewusst, dass es viele gute Gründe gibt, eine Hochschule für Frauen zu wählen, aber eine Brutstätte lesbischer Liebe – meine Güte – das ist ja fast so, als stieße man auf eine Goldader auf genau dem Land, das man gerade eben gekauft hat, nicht wahr? Gewiss erscheinen Ihnen in Anbetracht Ihrer geringen Bildung die meisten Bücher anstrengend – aber Sie können beruhigt sein, ich werde nur für Sie ein paar Bilderbücher veröffentlichen.*

Sein Favorit war ihre Antwort auf seine Verunglimpfung ihrer Figur: *Lieber Lord Hastings, es tut mir leid, ich fürchte, ich habe Sie nicht richtig verstanden. Sie nuscheln. Haben Sie den Mund voller – tatsächlich! – voller saurer Trauben?* Dabei hatte sie mit dem Zeigefinger eine Linie von ihrem Kinn bis knapp über ihren Ausschnitt gezogen, ihm einen verächtlichen Blick zugeworfen und war dann entschwunden. Er war nie hoffnungsloser verliebt gewesen.

„Sie starren mich an, Hastings", stellte Miss Fitzhugh im Hier und Jetzt nicht ohne Schärfe fest.

„Ja, ich weiß. Ich betraure Ihren bevorstehenden körperlichen Verfall. Im Moment sind Sie natürlich noch durchaus ansehnlich, aber der Alterungsprozess wird unausweichlich in Bälde einsetzen. Sie werden auch nicht jünger, Miss Fitzhugh."

Sie wedelte mit dem Fächer. „Wissen Sie denn, was Frauen, die ein gewisses Alter erreicht haben, sich angeblich am meisten wünschen?"

Ihr angedeutetes Lächeln weckte sein Verlangen. „Sagen Sie es mir."

„Sie loszuwerden, Hastings. Damit sie die wenigen kostbaren Jahre, die ihnen noch bleiben, nicht darauf verschwenden müssen, unter Ihren lüsternen Blicken zu leiden."

„Wenn ich aufhörte, Sie unsittlich zu betrachten, würden es Ihnen fehlen."

„Warum unterziehen wir diese Annahme nicht einfach einem Test? Sie hören damit auf, und ich sage Ihnen in etwa zehn Jahren, ob ich es vermisse."

Er starrte sie noch einen Augenblick an. Er hätte sie den ganzen Abend lang ansehen können – tatsächlich würde er sie den ganzen Abend lang beobachten, egal, wo er sich in Lord Wrenworths Salon aufhielt –, doch es war an der Zeit, die Chaiselongue zu verlassen, ehe sie ihn unter Anwendung von Gewalt vertrieb.

Er erhob sich und verneigte sich leicht. „Sie würden es keine zwei Wochen aushalten, Miss Fitzhugh."

GEGEN HALB ELF ZOGEN SICH die Damen zurück. Die Herren rauchten noch Zigarren, spielten ein paar Runden Karten und einige Partien Billard. Hastings war um halb zwölf der Letzte, der sich nach oben begab.

Er ging jedoch nicht direkt auf sein Zimmer, sondern trat in eine Nische, von der aus er begrenzte Sicht auf ihr Zimmer hatte – unglücklich verliebt zu sein, bedeutete nun einmal, auf verschlossene Türen zu starren, während man sich vorstellte, sie seien geöffnet. Schwaches Licht fiel durch den Spalt über dem Boden; höchstwahrscheinlich las sie im Bett.

Nur noch ein paar Seiten.

Hampton House, wo sie aufgewachsen war, war von bescheidener Größe gewesen. Wenn er zu Besuch war, hatte er ein Zimmer bewohnt, das drei Türen neben ihrem lag. Allabendlich war ihre Gouvernante gekommen und hatte sie gedrängt, das Licht auszumachen. Sie hatte stets geantwortet: „Nur noch ein paar Seiten."

Sobald die Gouvernante wieder verschwunden war, schlich er sich aus seinem Zimmer und starrte so lange auf ihre Tür, bis das Licht schließlich erlosch. Erst dann kehrte er in sein Bett zurück, wo wieder Verlangen und Sehnsucht von ihm Besitz ergriffen.

Eine Gewohnheit, die er noch immer pflegte, wann immer sie unter dem gleichen Dach nächtigten.

Das Licht in ihrem Zimmer erlosch. Er seufzte. Wie lange würde er noch so weitermachen? Er wurde bald siebenundzwanzig. Hatte er vor, noch mit siebenunddreißig nächtens in einem dunklen Korridor zu stehen und ihre Tür anzustarren? Mit siebenundvierzig? Siebenundneunzig?

Er fuhr sich mit der Hand durchs Haar. Es war Zeit, sich in sein leeres Bett zurückzuziehen, das er mit einer Frau hätte teilen können, wäre er nicht derart abgeneigt, mit einer anderen zu schlafen, wenn Miss Fitzhugh in der Nähe war. Möglicherweise lag es an einem letzten Rest Ritterlichkeit, dass er sich diesem heuchlerischen Akt verweigerte, vielleicht war es aber auch einfach Aberglaube und die Befürchtung, dass ein derartiges Tun die schwache Hoffnung, die er noch immer hegte, zerstören würde.

Ihre Tür öffnete sich.

Er holte tief Luft und hielt den Atem an. Hatte sie seine Anwesenheit gespürt? Er presste sich gegen die halbrunde Rückwand der Nische. Es war zu dunkel, um viel sehen zu können, doch sie schien auf der Türschwelle stehen zu bleiben. Suchte sie ihn?

Die Tür schloss sich leise. Er stieß seinen letzten Atemzug wieder aus. Sie musste in ihr Zimmer zurückgegangen sein.

Plötzlich stand sie vor ihm, nur ein jäher Lufthauch. Sein Herz machte einen Satz und schlug ihm bis zum Hals. Zahllose verheerende Szenarien zuckten durch seinen Geist, sein jahrelanges, sorgsam inszeniertes Schauspiel würde mit einem Mal auffliegen. Sie würde eine ihrer zarten Brauen heben und über die Zwecklosigkeit seines Begehrens lachen.

Sie ging an ihm vorbei. Er blinzelte, verwirrt darüber, wie rasch die Gelegenheit einer vielversprechenden Konfrontation verpufft war. Sie hatte ihr Zimmer nicht seinetwegen verlassen, sondern um vielleicht etwas zu essen oder sich ein neues Buch zu holen. Sie hatte aber nicht einmal eine Kerze in der Hand, die ihr den Weg leuchtete. Es war, als wolle sie nicht, dass jemand sie sah – oder bemerkte, wohin sie ging.

Wäre es Sommer gewesen, hätte er ihr vielleicht nicht folgen können. Sie hätte seine Schritte auf dem Fußboden hallen gehört. Doch es war Winter, und man hatte einen dicken Teppich ausgelegt. So lief er geräuschlos, hielt sich nahe an den Wänden.

Sie näherte sich der Treppe. Wenn sie auf dem Weg in die wärmende Küche oder die Bibliothek war, würde sie nach unten gehen. Das tat sie nicht. Sie stieg die Stufen empor. Die meisten Gäste waren im selben Stock untergebracht, unverheiratete Damen und Herren auf unterschiedliche Flügel verteilt. Oben wohnten zumindest in diesem Flügel die Gäste, die später eingetroffen waren – und Andrew Martin.

Eine böse Vorahnung beschlich ihn. Aber damit konnte er unmöglich recht haben. Sie war eine viel zu besonnene Frau, um zu dieser nächtlichen Stunde das Zimmer irgendeines Mannes aufzusuchen, geschweige denn das eines verheirateten.

In der nächsten Etage gab es nur eine Tür, unter der noch Licht hindurchdrang. Als sie sich ihr näherte, öffnete sie sich von innen. Im Spalt stand lächelnd Andrew Martin.

Sie schlüpfte hinein. Die Tür schloss sich. Hastings blieb wie benommen stehen.

Sie war nicht nur Martins Freundin und Verlegerin. Sie war seine Geliebte.

ER FAND SICH AUF DEM Boden sitzend wieder, die Ellbogen auf die Knie gestützt, den Kopf in den Händen. Sie blieb zwei Stunden in Martins Zimmer und ging dann so leise, wie sie gekommen war, huschte die Treppen hinunter wie ein Phantom der Nacht. Hastings kehrte erst in sein Zimmer zurück, als es fast dämmerte.

Sie war nicht verpflichtet, sich um seine Gefühle zu scheren, aber sorgte sie sich denn gar nicht um ihre eigene Zukunft? Was sie getan hatte, war der reine Wahnsinn. Hätte sie sich in das Zimmer eines unverheirateten Mannes geschlichen, wäre Hastings kein bisschen weniger am Boden zerstört gewesen, aber dann hätte ihr Liebhaber sie wenigstens heiraten können, wenn es zum Schlimmsten kam.

Bei Andrew Martin gab es einen solchen letzten Ausweg nicht.

Er begegnete ihnen am späten Vormittag des nächsten Tages in der Bibliothek, während sie in zwei nebeneinanderstehenden Klubsesseln lasen. Sie strahlte Zufriedenheit aus. Er drehte sich um und ging wieder.

In dieser Nacht besuchte sie Martin wieder. Hastings stand an der Treppe Wache und versuchte vergeblich, sich nicht vorzustellen, was sich gerade in Martins Zimmer ereignete.

Er fand wieder keinen Schlaf.

In der darauffolgenden Nacht saß er auf den mit Teppich ausgelegten Stufen, und sein Kopf lehnte am kühlen Treppengeländer. Er würde am Morgen abreisen – er blieb nie länger als drei Tage von seiner Tochter fern. Sollte er auf dem Heimweg auf Fitz' Anwesen vorbeischauen und dort behutsam über Miss Fitzhughs Fehlverhalten berichten? Er mochte für Helena Fitzhugh nicht existieren, aber ihr Zwillingsbruder Fitz war sein bester Freund.

Würde sie ihm je verzeihen, wenn er das tat?

Er setzte sich aufrechter hin. Ein Paar kichernder Gäste kam die Treppe herauf. Er erkannte ihre flüsternden Stimmen, ein Mann und eine Frau, verheiratet, aber nicht miteinander.

Sie klangen mehr als nur ein wenig angetrunken.

Sein Herz klopfte heftig, er hustete laut. Die angehenden Ehebrecher verstummten. Nach wenigen Sekunden war ein hektischer Austausch zu hören. Sie drehten um und gingen wieder hinunter.

Es dauerte noch einige Minuten, bis er seine Finger, die das Treppengeländer umklammerten, lösen konnte.

Es war nicht gesagt, dass die beiden ihr Glück an Martins Tür versucht hätten. Auch nicht, dass Martins Tür nicht sicher verschlossen war und ein Stuhl als Bollwerk gegen Eindringlinge unter der Türklinke verkeilt war. Aber wenn das so weiterging, würde jemand eines Tages irgendwo eine Tür öffnen, die nicht sicher verschlossen war.

Er stand langsam auf und stützte sich aufs Geländer. Er kannte sie. Es war leichter, einem Löwen einen Zahn zu ziehen, als ihre Meinung zu ändern. Sie würde diesen einmal gewählten Weg entlangstürmen und sich weigern, sich davon abbringen zu lassen, bis sie an die Grenzen der gesellschaftlichen Toleranz stieß, und so sehr er es immer noch wollte, er würde sie nicht immer beschützen können.

DIE UMARMUNG DES GELIEBTEN SORGTE DAFÜR, dass man dem Universum in seiner Gesamtheit gegenüber milde gestimmt war. Als Helena Fitzhugh in ihr leeres, dunkles Schlafzimmer zurückkehrte, seufzte sie wohlig zufrieden.

Oder eher mit dem Maß an wohliger Zufriedenheit, das ihr in Anbetracht der Tatsache, dass die Umarmung ihres Geliebten durch ihrer beider Nachthemden hindurch geschehen war – Andrew war fest entschlossen, keine Schwangerschaft zu riskieren –, vergönnt war. Wie neu und aufregend es trotzdem gewesen war, sich in der Geborgenheit und Ungestörtheit eines Bettes zu küssen und zu berühren. Es reichte fast aus, um so zu tun, als wären die vergangenen fünf Jahre nie gewesen, und alles, was sie trennte, seien zwei Lagen Stoff.

„Hallo, Miss Fitzhugh", erklang die Stimme eines Mannes aus dem Dunkel.

Ihr blieb fast das Herz stehen. Hastings war der beste Freund ihres Bruders Fitz – aber gewiss keiner ihrer Freunde.

„Haben Sie mein Zimmer mit dem einer Ihrer Gespielinnen verwechselt?" Sie war stolz auf sich. Ihre Stimme klang ruhig, fast gleichgültig.

„Dann hätte ich Sie mit dem entsprechenden Namen begrüßt, oder etwa nicht?" Seine Stimme klang ebenso ungezwungen wie ihre.

Ein Streichholz flackerte auf, erhellte ein ernstes Augenpaar. Sie war jedes Mal wieder überrascht, dass er manchmal so finster – geradezu einschüchternd – schauen konnte, obgleich er ein so frivoler Mensch war.

Er zündete eine Kerze an. Das Licht ließ seine Züge deutlich hervortreten. Seine Haarspitzen schimmerten bronzefarben. „Wo waren Sie, Miss Fitzhugh?"

„Ich hatte Hunger. Ich habe mir in der Vorratskammer ein Stück Birnenkuchen geholt."

Er blies das Streichholz aus und warf es in den Kamin. „Haben Sie den direkten Weg zurück genommen?"

„Nicht, dass es Sie etwas angeht, aber ja."

„Wenn ich Sie nun also küsste, würden Sie nach Birnenkuchen schmecken?"

Man konnte sich darauf verlassen, dass bei Hastings jede Diskussion unter der Gürtellinie endete. „Absolut. Da Ihre Lippen meine jedoch nie berühren werden, ist dies eine überflüssige Diskussion, Lord Hastings."

Er sah sie misstrauisch an. „Sie sind sich schon darüber im Klaren, dass ich einer der engsten Freunde Ihres Bruders bin?"

Eine Freundschaft, die sich ihr nie richtig erschlossen hatte. „Natürlich."

„Das heißt, dass es für mich angebracht ist, Ihren Bruder unverzüglich in Kenntnis zu setzen, sobald ich von einem groben Fehltritt Ihrerseits erfahre."

Sie hob das Kinn. „Grober Fehltritt? Nennt man so heute einen kleinen Raubzug in die Vorratskammer?"

„Vorratskammer, nennt man so heute das Gebiet unter Mr Martins Bettdecke?"

„Ich weiß nicht, wovon Sie reden."

„Soll ich den wissenschaftlichen Begriff verwenden?"

Wie ihm dies gefallen hätte. Da es aber einer ihrer Grundsätze war, dass er sich nie auf ihre Kosten amüsieren durfte, erklärte sie: „Mr Martin und ich sind seit Langem befreundet, nichts weiter."

„Sie und ich sind seit Langem befreundet und …"

„Sie und ich sind seit Langem miteinander bekannt, Hastings."

„Gut. Ihre Schwester und ich sind seit Langem miteinander befreundet, und doch hat sie noch nie Stunden in meinem Zimmer verbracht. Allein. Nach Mitternacht."

„Ich habe mir ein Stück Kuchen geholt."

Er legte den Kopf auf die Seite. „Ich habe Sie vierzig Minuten nach Mitternacht in Mr Martins Zimmer gehen sehen, Miss Fitzhugh. Als ich vor zwanzig Minuten ging, waren Sie noch immer dort. Ich habe in den vergangenen Nächten übrigens dasselbe beobachtet. Sie können mich vieler Dinge beschuldigen – und das tun Sie auch hinlänglich –, aber Sie können mir nicht vorwerfen, dass ich voreilige Schlüsse bei unzureichender Beweislage ziehe. Zumindest nicht in diesem Fall."

Sie versteifte sich. Es schien, als habe sie ihn unterschätzt. Er war so oberflächlich und flatterhaft wie immer gewesen. Sie wäre nie darauf gekommen, dass er die geringste Ahnung von ihren nächtlichen Ausflügen hatte.

„Was wollen Sie, Hastings?"

„Ich will, dass Sie den Irrweg korrigieren, den Sie eingeschlagen haben, meine liebe Miss Fitzhugh. Ich weiß, dass Mr Martin in einer idealen Welt Ihnen hätte gehören sollen. Mir ist auch klar, dass seine Frau sich sehnlichst gewünscht hat, dass er eine Affäre eingeht, damit sie dasselbe tun kann. Aber all das wird egal sein, wenn man Ihnen auf die Schliche kommt. Sie verstehen also, dass ich moralisch verpflichtet bin, wenn ich bei Tagesanbruch aufbreche, Ihre Geschwister, meine teuren Freunde, darüber zu informieren, dass ihre geliebte Schwester ihr Leben wegwirft."

Sie verdrehte die Augen. „Was wollen Sie?"

Er seufzte theatralisch. „Das verletzt mich, Miss Fitzhugh. Warum unterstellen Sie mir immer verborgene Motive?"

„Weil Sie welche haben. Was muss ich für Ihr Schweigen tun?"

„Dafür können Sie nichts tun."

„Ich weigere mich zu glauben, dass Sie nicht käuflich sind, Hastings."

„Ach, solch unerbittlicher Glaube an meine Bestechlichkeit. Es tut mir fast leid, Sie zu enttäuschen."

„Dann tun Sie es nicht. Nennen Sie Ihren Preis."

Sein Titel war noch relativ jung – er war nach seinem Onkel erst der zweite Viscount Hastings. Die Familienkasse war randvoll. Sein Preis würde sich nicht in Pfund bemessen.

„Wenn ich schweige", sinnierte er, „wird Fitz mir das verübeln."

„Wenn Sie schweigen, wird Fitz nichts davon wissen."

„Fitz ist ein kluger Mann – ausgenommen in Bezug auf seine Frau möglicherweise. Er wird es früher oder später erfahren."

„Aber Sie sind ein Mann, der im Hier und Jetzt lebt, oder?"

Er hob eine Braue. „Das ist nicht etwa Ihre Art zu sagen, ich sei hohlköpfig und unfähig, an die Zukunft zu denken?"

Sie machte sich nicht die Mühe, die Frage zu beantworten. „Es wird spät. Es dauert nicht mehr lange, bis jemand kommt, um Feuer zu machen. Ich möchte nicht, dass man Sie in meinem Zimmer sieht."

„Ich könnte Sie heiraten, um Ihre Ehre zu retten, wenn das passieren sollte. Mr Martin ist dazu nicht in der Lage."

„Das tut nichts zur Sache. Sagen Sie mir, was Sie wollen, und dann verschwinden Sie."

Er lächelte, ein schiefes zweideutiges Lächeln. „Sie wissen, was ich will."

„Sagen Sie bitte nicht, dass Sie mich immer noch küssen wollen. Habe ich nicht bereits mehr als deutlich gemacht, dass ich daran kein Interesse habe?"

„Ich will Sie nicht küssen. Sie werden mich küssen müssen."

Sie, ihn küssen?

„Ah, ich sehe, Sie hatten gehofft, Sie könnten duldsam dastehen wie eine christliche Märtyrerin, die sich gottergeben ihrem Schicksal fügt, im Kolosseum von Löwen zerfleischt zu werden. Aber schließlich sagen Sie selbst immer, ich sei ein Mann von unziemlichen Gelüsten. Also werden Sie die Löwin spielen müssen und ich den Märtyrer. Ich erwarte Ihren Angriff, Miss Fitzhugh. Legen Sie los."

„Wenn ich eine Löwin wäre, würde ich Sie für ein Stück verdorbenen Fisches halten, ganz und gar nicht nach meinem Geschmack und kaum genießbar, wohingegen ich gerade eben die zarteste Gazelle der Savanne gekostet habe. Sie müssen mein Unvermögen, auch nur die geringste Begeisterung für Sie aufzubringen, entschuldigen."

„Keineswegs. Ein solches Unvermögen kann ich nicht entschuldigen. In keinster Weise. Sie werden die Begeisterung irgendwie aufbringen, andernfalls nehme ich den ersten Zug Richtung Süden."

„Und wenn es mir gelingt, in einem ausreichenden Maß falsche Leidenschaft vorzutäuschen?"

„Dann werde ich niemandem von Mr Martin erzählen."

„Geben Sie mir Ihr Wort?"

„Geben Sie mir Ihr Wort, dass der Kuss sündhafter sein wird als jeder, den Sie Mr Martin gegeben haben?"

„Sie sind pervers, Hastings."

Er lächelte erneut. „Und Sie gehören zu der Sorte Frau, der das gefällt, Miss Fitzhugh, ob Sie es nun wahrhaben wollen oder nicht. Sie werden nun also Folgendes tun. Sie werden mich an den Schultern packen, gegen die Wand drücken, Ihre Hand unter mein Jackett schieben …"

„Mir kommt gleich die Galle hoch."

„Dann sind Sie bereit. Auf geht's. Ich erwarte Ihren Übergriff."

Sie verzog das Gesicht. „Wie ich es hasse, meine perfekte Bilanz der Abweisung Ihrer Avancen zu ruinieren."

„Nichts währt ewig, meine liebe Miss Fitzhugh. Und vergessen Sie nicht: Der Kuss muss leidenschaftlich sein. Sonst müssen Sie es noch einmal tun."

Sie konnte es genauso gut hinter sich bringen.

Mit zwei großen Schritten überwand sie den Abstand zwischen ihnen und packte ihn an den Ärmeln seines Morgenrocks. Statt ihn nach hinten zu drücken, wie er angeordnet hatte – als ob sie zuließe, dass er die Einzelheiten ihrer Tortur diktierte –, riss sie ihn an sich, presste die Lippen auf seine und stellte sich vor, ein Hai mit Hunderten messerscharfer Zähne zu sein.

Oder vielleicht war sie auch ein Geschöpf aus der Unterwelt mit einem Pfuhl aus brennender Säure und Schwefeldämpfen im Mund, das seine Seele verschlang und sich an all den müßigen Unsittlichkeiten labte, die er in seinem Leben begangen hatte und die nur als Lückenfüller zwischen den entscheidenderen Sünden gedient hatten.

Oder eine Venusfliegenfalle voll köstlichen Nektars. Doch wehe ihm, wenn er dachte, er könne einen Rüssel hineinstecken und von ihren verlockenden Säften kosten. Stattdessen würde sie ihn sich an Ort und Stelle einverleiben, diesen gemeinen Widerling.

Dunkel nahm sie etwas Hartes und Glattes an ihrem Rücken war. Sie hatten in der Mitte ihres Zimmers gestanden, warum wurde sie jetzt an eine Wand gedrückt? Und warum war unerwartet sie es, die verschlungen wurde?

Die Muskeln seiner Arme waren gespannt und hart unter ihren Händen, sein Körper groß und massiv. Statt wie ein Schmelzofen gieriger Lust zu schmecken, war sein Mund kühl und köstlich, als habe er gerade einen großen Schluck frischen Quellwassers getrunken.

Sie stieß ihn von sich und wischte sich mit dem Handrücken angewidert über die Lippen. Ihr Atem ging keuchend. Sie wusste nicht, warum.

„Mein Güte", murmelte er. „So wild, wie ich es mir immer vorgestellt habe. Ich hatte recht. Sie begehren mich."

Sie ignorierte ihn. „Ihr Wort."

„Ich werde niemandem von Andrew Martin erzählen. Darauf können Sie sich verlassen."

„Gehen Sie."

„Mit Vergnügen, nun habe ich ja bekommen, weswegen ich herkam." Er grinste. „Gute Nacht, meine Liebe. Sie waren das Warten wert."

Mehr Bücher von Sherry Thomas

Historische Liebesromane

Die Fitzhugh Trilogie

1. „Eine betörende Schönheit"

Eine Transatlantiküberfahrt auf einem Luxusdampfer. Eine geheimnisvolle Frau mit Rachegedanken. Ein Herzog, der sich in die eine Frau verliebt, die er geschworen hatte, nie zu lieben.

„Komplexe, fesselnde Charaktere, eine ungewöhnliche, mitreißende Handlung und ein Schreibstil mit der Tiefe und Schönheit von Musik – was kann ein Leser mehr verlangen?" – The Romance Dish

2. „Eine bezaubernde Erbin"

Verheiratet: 8 Jahre. Ehe vollzogen: 0 Mal. Das ändert sich: jetzt.

Von *Publishers Weekly* als Beste Lektüre des Sommers 2012 ausgezeichnet.

„[Die Geschichte von] Millies und Fitz' Ehe ist eine der ehrlichsten, romantischsten und optimistischsten Erzählungen, die ich seit langer, langer Zeit gelesen habe. Und was kann ich sagen … Sherry Thomas rockt." – All About Romance

2½. „A Dance in Moonlight" (Kurzgeschichte)

Eine untröstliche Frau trifft einen Mann, der genau so aussieht, wie der, den sie verloren hat. *Komm spät nachts*, sagt sie zu ihm, *damit ich so tun kann, als wärst du der, den ich liebe.*

3. „Eine verführerische Braut"

Er liebt sie. Sie hasst ihn. Aber dann mischt das Schicksal die Karten neu: Nach einem Unfall sieht sie in ihm nur noch einen gutaussehenden Fremden.

Von *Library Journal* als Bester Liebesroman des Jahres 2012 ausgezeichnet.

„Auf den Punkt gebracht: Dies ist der beste historische Liebesroman des Jahres 2012. Wenn Sie dieses Jahr nur einen Historical lesen, selbst wenn Sie das Genre sonst … meiden, sollte es ‚Eine verführerische Braut' sein." – The Season

(Die deutsche Übersetzung dieses Werks wird im März 2014 erhältlich sein.)

3½. „The Bride of Larkspear" (Kurzgeschichte)

Der Held aus **„Eine verführerische Braut"** verfasst für seine Angebetete keine Sonette. Stattdessen, schreibt er seiner Liebsten einen Erotikroman. Dies ist eben dieser Roman.

historische Liebesromane, keine Serie

„Eine fast perfekte Ehe"

Sie lebt in London, er lebt in New York – und ihre Ehe wird als perfekt bezeichnet. Aber was passiert, wenn sie ihn um die Scheidung bittet?

Von *Publishers Weekly* als bestes Buch des Jahres 2008 ausgezeichnet.

„Sinnlich und geistreich … dieses überragende Historical-Debut punktet mit einem geschickt ersonnenen Plot und schillernden Charakteren." – Ausgezeichnete Rezension, *Publishers Weekly*

„Köstlich wie dein Kuss"

Ein Mann, der eines Tages Premierminister werden will. Eine Frau, die ihr Leben in der Küche verbringt. Eine Cinderella-Geschichte, wie Sie sie noch nie gelesen haben.

Von *Library Journal* als bester Liebesroman des Jahres 2008 ausgezeichnet.

„Eine grandiose, märchenhafte Liebesgeschichte … eine unwiderstehliche Köstlichkeit." – *Chicago Tribune*

„Gefährliche Leidenschaften"

Einst war er ihr Ehemann. Jetzt ist er nur ihr Begleiter und Beschützer auf der gefährlichsten Reise ihres Lebens.

Gewinner des renommierten RITA®-Preises der Romance Writers of America für den besten historischen Liebesroman des Jahres 2010.

„Eine wunderschön geschriebene, sehr bewegende Geschichte über das Wiedererwachen einer Liebe und moralische Wiedergutmachung vor der Kulisse einer abenteuerlichen Reise durch den Nordwesten Indiens." – Read React Review

„Eine skandalöse Liebesfalle" und „Zwischen Liebe und Skandal"

Ein Mann, der die Kunst, sich dumm zu stellen, perfektioniert hat. Eine Frau, die verzweifelt genug ist, ausgerechnet ihn in eine Ehe zu locken. Stellen Sie sich die Hochzeitsnacht vor.

Gewinner des renommierten RITA®-Preises der Romance Writers of America für den besten historischen Liebesroman des Jahres 2011.

„Ich erwische mich dabei, dass ein Teil meines Gehirns denkt, ‚Oh Gott, ich kann nicht fassen, wie gut das ist', während der andere sagt ‚Sei still und lies weiter'. Dies ist definitiv ein Buch für die einsame Insel." – Dear Author

„The Luckiest Lady in London"

Eine verarmte, junge Frau, die gut heiraten muss, trifft einen Mann, der nicht besser als Ehemann für sie geeignet sein könnte. Aber als der ideale Gentleman ihr einen Antrag macht, bietet er ihr nicht die Ehe, sondern eine Carte blanche. Was soll man als junge Frau tun? Nun, diese junge Frau wird das Spiel nach ihren eigenen Regeln spielen.

Von *Kirkus Review* und *Library Journal* als bester Liebesroman des Jahres 2013 ausgezeichnet.

„Ein Meisterwerk. Ein wunderschön geschriebener, exquisit verführerischer … Edelstein unter den Liebesromanen." – Ausgezeichnete Rezension, *Kirkus Review*

Young Adult Fantasy

„The Burning Sky"

Die Geschichte eines Mädchens, das tausend Jungs genarrt hat, ein Junge, der ein ganzes Land getäuscht hat, eine Partnerschaft, die das Schicksal von Königreichen ändern wird und eine Macht, um den größten Tyrann, den die Welt je gesehen hat, herauszufordern. Magie inklusive.

„Thomas … erschafft eine komplexe Fantasiewelt mit einer großartigen Liebesgeschichte, die mich bis zur letzten Seite gefesselt hat. Was für eine atemberaubende Reise!" – Marie Lu, New York Times Bestseller-Autorin der Legend Serie

Anmerkung der Autorin

Weil Frauen oft Entscheidungen für den Kauf von Haushaltsartikeln fällen, haben Hersteller und andere Händler schon lange versucht, sich mit ihrer Werbung speziell an sie zu wenden. Daher haben Frauen im Werbegeschäft viel schneller Fuß fassen und Erfolg haben können als in vielen anderen Berufen und seit dem letzten Jahrzehnt des 19. Jahrhunderts sogar Werbeagenturen geleitet.

Und für die Leser, die wissen wollen, was aus Isabelle Pelham Englewood geworden ist: Das erfahren Sie in der Novella „A Dance in Moonlight".

Über die Autorin:

Sherry Thomas gilt bei Fans und Kennern historischer Liebesromane als Meisterin ihres Fachs. Sie hat in zwei aufeinanderfolgenden Jahren den RITA (den „Liebesroman-Oscar") gewonnen und ist auf unzähligen „Die Besten des Jahres"-Listen aufgeführt, unter anderem auf denen von *Publishers Weekly*, *Kirkus Review*, *Library Journal*, *Dear Author* und *All About Romance*. Sie lebt mit ihrem Mann und ihren Söhnen in Austin, Texas.

Sie schreibt neben historischen Liebesromanen auch im Genre „Young Adult". Hier ist im September 2013 ihr Debütroman „The Burning Sky" erschienen.

Ihre Romane verfasst Sherry nicht in ihrer Muttersprache Chinesisch – sie hat Englisch durch das Lesen von Liebesromanen und Science Fiction Büchern gelernt – genau genommen jedes Wort, das Isaac Asimov je geschrieben hat. Sie ist stolz darauf, mit Fug und Recht behaupten zu können, dass ihr ältester Sohn ihr größter Fan ist – allerdings bei dem Young Adult-Buch, nicht bei den Liebesromanen, das kommt vielleicht später.

Aktuelle Informationen per eMail zu Sherrys Büchern können Sie auf ihrer Website bestellen oder ihr schreiben: http://www.sherrythomas.com/contact.php.

www.ingramcontent.com/pod-product-compliance
Lightning Source LLC
Chambersburg PA
CBHW050732180626
46814CB00002B/714